陌上紫鸢 著

逍遥王爷野蛮妃

XIAOYAO WANGYE YEMAN FEI

中国华侨出版社

图书在版编目(CIP)数据

逍遥王爷野蛮妃/陌上紫鸢著. —北京：中国华侨出版社，2013.4
ISBN 978-7-5113-3515-9

Ⅰ.①逍… Ⅱ.①陌… Ⅲ.①长篇小说－中国－当代 Ⅳ.①I247.5

中国版本图书馆 CIP 数据核字(2013)第 076281 号

● 逍遥王爷野蛮妃

著　　者／陌上紫鸢
出 版 人／方　鸣
策　　划／周耿茜
责任编辑／文　喆
责任校对／孙　丽
装帧设计／玩瞳装帧
经　　销／全国新华书店
开　　本／710×1000　1/16　印张 15　字数 180 千字
印　　刷／北京中印联印务有限公司
版　　次／2013 年 6 月第 1 版　2020 年 5 月第 2 次印刷
书　　号／ISBN 978-7-5113-3515-9
定　　价／48.00 元

中国华侨出版社　北京市朝阳区静安里 26 号通成达大厦 3 层　邮编：100028
法律顾问：陈鹰律师事务所
编辑部：(010)64443056　64443979
发行部：(010)64443051　传真：(010)64439708
网　　址：www.oveaschin.com
E-mail：oveaschin@sina.com

目 录

楔子　若无你　坐拥天下又如何 / 001

一　初见　是否已是永远 / 003

二　怅望江湖　为谁钟情 / 015

三　点染江山　月下痴念 / 039

四　念往昔　繁华竞逐 / 049

五　终身痴守　换你刹那凝眸 / 095

六　无人处　暗弹相思泪 / 130

七　醉眼看他人入对出双 / 149

八　相逢一醉是前缘 / 163

九　锦绣江河　情与谁诉 / 186

十　人生天地间　忽如远行客 / 200

十一　塞北黄沙　送我无尽风华叹 / 212

十二　云中烛火　顾盼依稀如昨【完】/ 231

楔子　若无你　坐拥天下又如何

紫禁之巅，白雪漫天。

一个身影定定地立着，纹丝不动，眉宇间的英气和霸气足以威慑人心，只是眼中平添了一份惆怅。

这个人摊开手掌，晶莹的雪花落在他的手上，融化，一如她冻结的哀伤融化做泪水，泪湿衣襟。他是火焰，她是雪花，她就这样在他的手中慢慢融化。

鹅毛般的飞雪纷纷扬扬，仿佛要掩盖一切，可是，雪能掩盖什么？冲动、惶惑、血流、罪恶、泪水……还有，那些秘密，能被掩盖吗？秘密，那个秘密，用一生去保守的秘密，用一生的缺憾去祭奠的秘密……

他仰天长叹，为何？老天把什么都给了他，除了幸福……

还有，那背在人身上的包袱，她渴望的平凡夫妻的幸福……

还有，那一生都不曾改变的最纯情、最惨烈的情感……

还有，那失去的笑颜，那聪慧而机敏的女子。

长相思，久离别，美人之远如雨绝。独延伫，心中结。望云云去远，望鸟鸟飞灭。

千万恨，恨极在天涯，山月不知心里事，水风空落眼前花。

十年，那是十次白雪漫天的年头，那是少年十挽发丝的年华……

十年，无数个日夜的叠加下，这位年轻有为的君王为吴国创造了一个太平盛世，一个她希望看到的盛世，可是身边却没有了她的温度，没有了那娇俏美丽的笑颜。

如今的自己坐拥天下，却偏偏失去了那个最重要的人，那个自己本应该用一生去守护的人。

十年足以从沧海到了桑田 十年足以去消磨和平静当年轻狂的心，如果可以重新来过，那么，自己是否可以弥补那时犯下的错误，是否可以早一点儿发现其实自己爱的人是她？可惜，一切都没有如果……

这一切的故事要从十年前说起，那时的他们神采飞扬，一张张年轻的脸为世人仰慕，俯视众生，泰乐之巅笑谈天下变幻，袖中长剑如虹，剑气掀起白色的长衣，剑寒夺人。谈笑间，沧桑已改……

一　初见　是否已是永远

复是一年深秋至，桶雨相思泪满霜。百叶凋零，这寂寥王宫，更显冷清了。

轻轻推开门，一片淡淡的蓝色映入眼帘，那是那一个女子一直以来都十分喜欢的颜色。

蓝色的纱帘随风而动，飘飘欲仙，如同她那飘飞的衣襟，如同那个女子依旧在自己的身边。

"皇上。"柔声袭来，美音中恬静如水，却无法掩饰的担忧。立于那一抹明黄身后，心里荡起万丈涟漪，翻江倒海而来。

"子衿。"他回首，露出淡笑，然足以令身旁的女子安心。明黄怡衬，那掩饰不住的王者之风，眉宇间，嘈杂着一些复杂，似是愁然吧？

"皇上，我听赵公公说你中午水米无入，我做了些点心，你吃点吧，纵使有事也该注意身体。"她——夏子衿，一袭鹤黄宫袍，面色平静。淡雅的着装丝毫遮掩不住倾城容颜，朱唇轻抿。端着那些精致的糕点，放于桌上，碎步轻若飞燕带着动人心弦的妖娆，却又不显妩媚。每一步都小心翼翼，生怕有所差错。

"谢谢你，子衿，但，我真的吃不下。"他，是司徒弈，亦是吴恩佑，那个叫夏子衿的女子，是比他大上几个月的重臣之女，更是他的王后。悄然坐下，盯着夏子衿，眼底最深处，却是另一抹倩影。

"皇上。"夏子衿轻唤。这样的眼神，她太常见，多年来，眸中都充满着无尽的爱恋，在他眼底的最深处，她总看到一个人的影子，然，却不是她，夏子衿。

"嗯？"恍若如梦初醒，默然定神，他，真的又犯痴了。

"我可以问你一个问题吗？"她垂首，心跳快极了，与司徒弈相识多年，此时竟不知怎样面对他，数年中，司徒弈对她很好，非常好，可是那种若即若离，让她猜不透他的心思，有情还似无情，咫尺天涯，人在身旁，心，又不知去向。

"你问吧。"司徒弈淡淡一笑，自从自己即位之后，后宫只有夏子衿王后一人，外界所传国主对王后娘娘一往情深，不愿多留一妃一嫔。他只是一笑而过，只怕只有周弘与莫云芊知道，后宫于他而言，形同虚设。

"其实，你每一次看着我的时候，是不是总看到了另一个人的影子？"她开门见山，他们不仅是夫妻君臣，亦是朋友。即使说他们毫无情爱可言，至少姐弟情，亲情还在。更何况，夏子衿对司徒弈是一份深深的爱恋呢？"我总是觉得，你的眼中心中，有的都是另外一个人。"

"……"司徒弈微微一愣，没有回答，当是默认吧？并非是他刻意隐瞒，只是不想其他人担心。更不愿再勾起往事伤心，死者已矣，来者可追不是吗？

"可以告诉我'她'的故事吗？"夏子衿眼底闪过一丝狡黠，又随即褪去，心中隐隐的痛并没有减少她对那个未曾谋面的"情敌"失去好奇，她更想知道，是怎样一位倾城美人，让他这个坐拥天下的帝王如此念念不忘。

司徒弈不发一语，走至一张书桌前，取出一卷画筒，又折回夏子衿面前，将画卷慢慢展开……

一时间，夏子衿呆了，但见画中女子一袭水蓝色长衣，身姿妙曼，柔若无骨，如雪的肤色焕发着一层光辉；眉若柳叶，鼻如悬胆，朱唇轻起，似笑及嗔；如月的眼眸中清澈得毫无嘈杂，盈盈秋水饱含深情。然而这些都不是夏子衿所惊讶的，她所惊艳的是画中女子与自己那般八分相似。只是，不同的是她给人感觉更多的是娇柔，而画中的女子，眉宇之中却有着一份清朗和坚毅。她，究竟是谁？

"相思恨别离，季雨梧桐秋。"猛然瞥见画轴上的字样，虽是短短的十个字，但字字有力，饱含无尽的情意尽在其中："她……"

"她叫上官晗烟。"不等夏子衿有所反应，司徒弈一语中的，盯着画中女子，前尘旧梦悠然而现，悲欢离合，苦痛，笑颜，泪滴，欢乐，过往种种，再无法掩然。

"你，想听一个故事吗？一个很长很长的故事。"是啊，那是一个很长的故事，起码对于他而言，那是一段足以让他用一生去回忆的往事。他漠然转身，扫视一眼周围，不知怎的，少了空虚，多了一眼温暖，夕阳渐现，想是一天又快结束了吧？

"……"她双手一颤，忘了回答，司徒弈亦不多言，再度陷入，那段充满喜怒哀乐的回忆之中。

……

"公子，"一身形修长，腰挂长剑的男子对走在自己身边的人说道："我们此番出行，目的就是查清朝中那些乱臣贼子和江湖中人相互勾结的证据，这样的话不但可以肃清朝纲，你也有机会可以继承大统，最重要的是其他的人也不会再有什么理由反对了。"

"周弘，"被唤为公子的男子笑着看着自己身边亲如手足之人，笑着说道："我已经说过很多次了，我在意的不是龙椅的归属，我只是希望龙椅之上的那个人可以给吴国一个太平盛世，不然的话我也没有必要冒险出宫了。我既然知道了朝中有人妄图置吴国于不利，那么我就绝不可能坐视不理，我为的不是皇位，而是吴国的百姓可以安居乐业。"言辞淡然，可是眉目中却是浑然天成的王者之气。此人便是吴国未来的太子人选，司徒弈，此番出宫换名吴恩佑。而他身边的周弘则是吴国骠骑大将军之子。

"吴大哥，"同行的一个红衣如火般的女子笑着对二人说道，"之前你们不是说皇上可是嘱咐你们要找一个人的，可是天下这么大，你们要去哪儿找啊？"说话的女子名叫莫云芊，本是与自己的师傅行走江湖施药救人的医者，不过因为一次偶然的相遇，莫云芊毅然决定与二人同行，虽然名义上是确保他的安全，不过更多的原因则是因为那个叫作周弘的男子，初见，他们便以知晓何为"一见钟情"，那个曾经桀骜不驯的剑客也为了这位相识不久的女子渐渐让自己的心向她靠拢。

"其实，父皇也只是担心我们这一行不安全，才会让我们找那位前辈来帮忙的，"吴恩佑笑着说道，"我看大家也不用过于担心此事，父皇不是已经告诉我们该怎么办了吗？我们就去之前约定的地方看一下，那么一切就都清楚了。"

这一行三人所到之处无不引起一阵骚动。原因无他，只因他们实在太惹眼了。

只见吴恩佑闲庭信步、气定神闲、玉树临风。往脸上一看，面如冠玉、眉如墨画、目如朗星、唇若施脂。粉面含春威不露、丹唇未启笑先闻。竟有种让人挪不开眼的魅力。远观则：仪态旷远，容华绝俗，俯仰进退，咸有风则。一身素白，纤尘不染，超凡脱俗，恍如谪仙，惊为天人。真乃绝世佳公子！

再看周弘，脸如斧削、鬓若刀裁、剑眉凤目、鼻若悬胆、唇若抹珠。面若中秋之月，色如拂晓之花。五官竟是出奇的刚毅俊朗，着一身青色劲装，系条玉色腰带，身姿挺拔，长身玉立，腰挂佩剑，目光如电，正气凛然！

莫云芊则体态婀娜、娉婷袅袅、婉转娥眉、色若梨花、眸如黑夜，一双杏眼，目光流转、转盼多情、顾盼神飞，巧笑倩兮、美目盼兮、素以为绚兮。更兼樱桃樊素口、杨柳小蛮腰，口如含朱丹，腰若流纨素。走起路来更是"凌波微步，罗袜生尘"，实在见之可亲，观之忘俗。

"就是这儿了，"说话间，几人便已经来到了之前约定的地点，吴恩佑抬起头看了看那家看似普通的客栈，笑着说道，"我们快点儿进去吧，不要让前辈等我们。"

"师傅，您不是说过您都不会再过问江湖之事了吧？这一次为什么要找我回来啊？"客栈内，一个女子眉黛弯弯，妩媚迷人的眼睛在眼波流转之间光华显尽，浅蓝色银纹绣百蝶度花的缎裙，只袖子做得比一般的紧些，为这倾城之貌添了些英姿飒爽。女子有些不满地说道："师傅，您身边又不是只有我一个人，您为何要我去做这件事啊？"这女子虽然衣饰稍显普通，但是却不是一种清雅华贵。手中佩剑使她一扫寻常女子的娇柔之气，显得英姿飒爽，尽显巾帼之风。

"烟儿，这件事情师傅是经过深思熟虑之后才把你找回来的。况且，我的确说不过问世事，但是这件事关系甚远，就算是为师我也无法坐视不理了。"与她同桌坐着一个年过五旬的老妇，只消一眼，便可以看出此人的雍容华贵之气。"我几个徒儿当中，你最为聪慧机灵，而且只有你的江湖经验是最为丰富的，由你来完成此事最为稳妥。"那人语重心长地说道。

"可是，不是还有师兄吗？"那女子似乎依旧有些不情愿地说道。

"你师兄现在还要打理无忧山庄的事情，哪有那么多的精力啊？"听到女子的话，此人笑着说道："而且你这个二小姐的身份也比较方便行事，你不是一直喜欢行走江湖吗？这一次就当成是和他们结个伴儿好了。再说了，你也是吴国的一分子，这件事情你没有理由不去帮忙啊。"

"这怎么能一样，师傅，你又不是不知道我……"

"师太，"步入客栈的几人看到桌边的二人，吴恩佑率先走上前说道，"在下吴恩佑，不知您是否就是净慧师太。"

"吴公子果然器宇轩昂，实乃人中之龙啊。"净慧看了看立于自己身前的吴恩佑，一边笑着示意他们几人坐下说话。又有些无奈地看了看自己身边一脸不满的徒儿，笑着对几人说道："贫道来介绍一下吧，这是我的徒儿，上官晗烟。这一次就有她与你们一同出行了。"

上官晗烟有些无奈地看着眼前的几个人，原本一脸不情愿的她在看到眼前的几人后不由一惊，看来自己的师傅说得的确没错。这几人中，两个男子一个温和谦逊，一个身材魁梧。至于那个一身红装的女子也是聪明灵动，这么看来，也难怪师傅会如此在意此事了。上官晗烟起身笑着说道："诸位，在下上官晗烟。"

"吴恩佑。""周弘。""我叫莫云芊。"

几人一一介绍过彼此之后，净慧师太笑着说道："你们也算是认识了。吴公子，现在天色也不早了，你们就先在此住下吧，这间客栈是绝对安全的，你们不必有什么顾忌。"净慧师太环顾四周后说道:"如今武林盟之人日益猖獗,吴公子选择在此时出现恐怕不是什么明智之举,如果他们的人知道你的行踪的话,恐怕会对你不利的"。"我正是因为这个原因才选择现在出行的",吴恩佑温和地笑着,说道:"朝廷中人和武林盟相互勾结,企图陷吴国于不利,我自然是希望可以借着查清武林盟与朝中之人的关联,而且据我所知,武林盟和外族之间的关系极为密切,如果可以借此机会除去武林盟的话便是最好的,若是不能成功,那么查清彼此之间的联系,也算是不虚此行了。"吴恩佑说道,脸上挂着淡淡的笑意。

"吴公子既然有自己的想法,那么我等也不多言了。"净慧师太说道:"我还有不少的事情要去处理,这里就交给烟儿好了,接下来就让她和你们同行吧,我想烟儿还是有能力帮助你们的。"净慧师太笑着看了看上官晗烟,又说道:"烟儿,你不要忘了为师和你说过些什么。"

"上官姑娘,"待净慧师太离开之后,莫云芊立即拉着上官晗烟笑着说道,"我可不可以叫你晗烟啊?"

"当然。"上官晗烟笑着说道,虽然只是初识,不过上官晗烟倒是对这个活泼热情的女子有着一种特别的好感,或许是因为都是年纪相仿的女子,三言两语间,两个人便已经成为了朋友。

周弘看了看上官晗烟,笑着说道,"上官姑娘,这一路上我们就要相互照应了。"

"嗯,"上官晗烟笑着对几人说道:"我还担心我会不会给你们添麻烦呢。论武艺,我恐怕没有师傅说得那么好。"上官晗烟笑着耸了耸肩。

"我听说上官姑娘精于易容之术,轻功暗器也是不俗,又怎么可能会给我们添麻烦?"吴恩佑看着自己眼前这个女子,一直以来,自

己接触过的大都是王孙贵族家的女儿，一个个温婉有礼，却又欠缺灵性。而此番出行，无论是莫云芊还是上官晗烟，她们的身上都有一种浑然天成的灵动，或许是因为她们的生活不同于那些闺阁之中的柔弱千金，倒是让人觉得更加的真实亲切。

上官晗烟笑着对身边的几人说道："其实我可没有你们说的那么厉害，不要对我抱太大的期望，不然我可不敢保证你们以后会不会失望。"上官晗烟笑着说道："不过我既然是奉师傅之命和你们同行的，自然不会辜负师傅对我的信任。"虽然和这几个人相处的时间还不算是长，但是还是不难看出，这个吴恩佑的确是颇具王者之风，也难怪自己的师傅会如此看重此事了。"好了，我想你们应该也赶了一段时间的路了，时间不早了大家还是先去休息吧。师傅已经帮你们安排好了房间，我带你们过去吧。"

"上官姑娘。"入夜，上官晗烟独自坐在屋檐之上不知在想着些什么，不知何时，吴恩佑出现在了她的身边。

"吴公子，"对于出现在自己身边的人，上官晗烟并没有表示出什么奇怪，只是笑着说道："看来吴公子的武艺着实不俗，毕竟能够在我毫无察觉的情况下出现在我身边的人还真的是不多，若是被师傅知道，一定会说我不够谨慎的。"上官晗烟笑着对吴恩佑说道："不过吴公子叫我晗烟就可以了。"

"嗯，那你也不必再叫我吴公子了。"吴恩佑的脸上带着温和的笑意，道："我想应该是比你年长几岁，如果不介意的话，你就叫我一声大哥好了，整天公子公子的，反倒是惹人注意。"

"那我就叫你恩佑哥好了，"上官晗烟笑着说道："不知道你们接下来有没有什么打算啊？如果没有一个周详的计划，我担心你们此行会无功而返，毕竟这些江湖中人都是十分狡猾的，应该怎么办你真的有考虑清楚吗？"

"既然作出这个决定，那么我一定是做好了充足的打算了，"吴恩佑认真地说道，"我已经打探过，武林盟的人曾经不止一次出现在永安县内，这一次，我们最先就去永安，看一下有没有什么线索。"

"永安？"上官晗烟侧着头看了看身边的人，说道，"永安离这儿倒不算远，可是据我所知永安可不是那么太平的，那里有没有武林盟的人我不清楚，但是却有不少的江湖帮派在那儿，我之前曾经去过永安，那里来往之人龙蛇混杂，甚至有一些江湖帮派公然打家劫舍，百姓怕是有苦难言啊。"上官晗烟叹了口气，对吴恩佑说道："现在可是有很多人对于永安这个地方都是避之不及的。"

"永安的地方官员难道就任由那些江湖中人横行霸道？"听到上官晗烟的话，吴恩佑有些奇怪。也许是因为鲜少离宫的原因，自然有很多的事情不是很清楚。

听到这话，上官晗烟微微一笑，"恩佑哥，看样子你之前出宫的次数应该不算多吧？如今的吴国虽然还算是太平，不过这地方官员和江湖人士勾结的事情也是时有发生。依我看，这永安县的县令，要么是和那些江湖帮派有所勾结，相互庇佑；要么就是这县令迫于这些江湖人士的威胁，不敢为百姓出面。"看到吴恩佑面色微变，上官晗烟继续说道："有不少的地方父母官，仗着天高皇帝远就可以为所欲为，甚至把自己视为王法。至于各地的太守……恐怕也只是报喜不报忧吧，你身处宫闱之内，自然对于这些事情不甚了解。恩佑哥，"上官晗烟叹了口气，说道："这一次你出宫，若是可以以自己皇子的身份为这些地方的百姓带去一些福祉的话，也算是不枉此行了。"

"看来这吴国还是存在很多的问题的。"吴恩佑有些无奈地说道，

"如果不亲自到民间走一走，恐怕我永远也不会知道这些事情。"

"吴国建立的时间还不算长，有很多的制度都还在沿袭着前朝，再加之近年来中原武林本就争执不断，自然会有些问题存在，"上官晗烟笑着对吴恩佑说道："这也不是一朝一夕可以改变的事情，不过恩佑哥你也不要心急。这些事情上，如果急于求成的话只会适得其反，我们还是先了解一下情况之后再作打算好了。"

"这一点我也知道，"吴恩佑笑着说道，"不过这一次我既然出了宫，那么就一定要为吴国做一些什么事情才可以。"吴恩佑看了看身边的上官晗烟，笑着说道："我实在是无法看着我们吴国的百姓生活于水深火热之中。"

"其实历朝历代在管理上都会存在一些弊端的，这也是没有办法避免的事情，何况就算是想要改变也不是一朝一夕就可以完成的。"上官晗烟带着笑意看着吴恩佑，"恩佑哥，我有一件事情想要问你。你有没有想过帝王之位？"上官晗烟微微侧头，对坐在自己身边的吴恩佑说道："你不必觉得奇怪，我会这么问没有什么其他的意思，师傅之前和我说你有帝王之才，若是能够继承大统，那么日后必然可以为吴国百姓造福。如今看来确实如此，这也难怪这一次师傅会把我找回来了。"

"是前辈抬举了才对，"吴恩佑看着月下的上官晗烟，淡淡地说道，"至于帝王之位，我真的没有什么奢望，现在的我只是希望可以尽自己的力量为吴国的百姓做一些实实在在的事情罢了。"

上官晗烟笑了笑，又说道："自古以来，有多少人为了这帝王之位趋之若鹜，甚至不惜父子相逼，兄弟相残，不过你身为皇子，这般温和淡泊，着实难得。"

"高处不胜寒……"吴恩佑微微叹了口气，"从古至今，帝王坐拥天下,可是却也失去了不少的东西,生于帝王之家,总是会有很多的无奈的。"吴恩佑看了看上官晗烟,笑着问道:"那你呢?看样子前辈对你这个徒弟也是极为看重,而且,之前听净慧前辈说,你可是无忧山庄的二小姐,据我所知,无忧山庄在江湖之上的地位是很高的,不知道你……"

上官晗烟浅笑着摇了摇头,"无忧山庄的庄主云晚风是我的师兄,我这个人从小就不安分,总是喜欢四处闯荡,师傅师兄担心我行走江湖不安全,这无忧山庄二小姐的身份也只是为了给当时初涉江湖的我一个有力的依靠罢了,不过是徒有虚名而已。"只是,此时的上官晗烟还不会想到,终有一日,她会心甘情愿地收起自己飞翔的羽翼。"恩佑哥,时间也不早了,你还是早点儿去休息吧,我们明天就要起程去永安了。"

上官晗烟笑着看着吴恩佑跃下房檐,随即收回了自己的视线,对着月光微微地叹了口气,接下来的路,谁也不知道会发生些什么……

翌日。

"恩佑哥,云芊。"刚刚走下楼的上官晗烟便看到了坐在大堂中的两人,笑着说道:"没想到你们起得这么早啊。"

莫云芊笑着看了看上官晗烟,说道:"恩佑哥?你什么时候和我们的吴公子这么熟了?好像昨天还不是这么称呼的吧?"

"昨天,不行吗?"吴恩佑笑着看了看坐在自己身边的莫云芊,"晗烟,周弘已经去准备了,我们一会儿就可以出发了。"

"嗯,"上官晗烟笑着点了点头,"但愿我们这一路可以一切顺利吧。"

"恐怕有些困难,"莫云芊笑着对几人说道,"我们这一路也不会太平静吧？吴公子离宫的消息恐怕武林盟的人早就已经知晓了，这一路上我们就多多提防着点儿吧。"

"这也是意料之中的事情，"吴恩佑笑着对莫云芊和上官晗烟说道，"不过你们既然敢于与我同行，应该也就知道会有危险了吧？"吴恩佑笑着看了看莫云芊，说道："何况，云芊，你和我们同行好像不是为了我吧？"说到周弘，吴恩佑微微一笑，自己和周弘可以说是亲如手足，他的个性自己自然是清楚，只是没有想到，此番出现，一向桀骜风流的周弘会对这个相识不久的女子动心。想到此处，吴恩佑笑着看了看面色微红的莫云芊。

听到这话，上官晗烟一脸了然地看了看莫云芊，没有再说些什么。

二　怅望江湖　为谁钟情

"哒哒哒……"

青山，阳光。

青山古道，尘土飞扬。

四匹骏马由远及近，飞驰而过。

"你们有没有感到这一路似乎有些过于安静啊，这好像不太寻常。"周弘有些警惕地对身边的几人说道。

"若是换做其他的地方倒是的确有些不寻常，不过若是在这儿也没什么可奇怪的，这条路就是这样的，"上官晗烟笑着对身边的人解释道："我们已经快要到永安县内了，这附近有不少的江湖人士打劫来往的商贩路人，很多人宁愿绕道而行也不会走这条路的，我们也要小心点儿才行。不过……我想你们会发现武林盟的人出现在永安，应该也是因为此处龙蛇混杂的原因吧。"上官晗烟看了看几人，说道："就算是他们藏匿于此，若不是有心调查，我想也不会有什么人会发现他们的踪迹吧？"

"此处尚且如此，这永安县内的百姓还不知会如何呢。"听到这话，莫云芊有些无奈地说道："看来我们要快点儿赶路了。"

"云芊，"上官晗烟侧着头看了看莫云芊，有些无奈地叹了口气，"你也是江湖中人，也应该知道，就算是有我们一行人各自的特殊身份，永安的问题也不会那么轻易地就得到解决，何况……"上官晗烟看了看吴恩佑，继续说道："江湖事江湖了，不过我想恩佑哥倒是可以以自己的身份为永安的百姓肃清官员。如果那位永安的县太爷是个正直清廉之辈，恐怕现在的永安也不会如此了。"

说话间，突然，一根绊绳凌空而起，将四人的马匹拦下，四人忙借着武功，从马上及时地翻了下来。莫云芊首先不满地嚷嚷道："是谁，还不快出来？"

"哈哈哈哈，兄弟我也没有别的事情，只不过最近，手头有点儿紧。"两旁的深林里出来了一堆人马，为首的壮年男子笑道。

"呦，这两个妞儿长得不错啊？"男子看到上官晗烟和莫云芊色迷迷地凑上去，就要抬上官晗烟下巴。"放开，"上官晗烟厉声一喝，将男子甩开。男子面子上有些挂不住了："哼！废话少说，交钱。"

看到此人的轻浮，莫云芊立即与劫匪动起手来，吴恩佑等人也无奈加入了战斗，没有想到，几人还未到达永安，便已经遇到了麻烦，不过好在那些劫匪的武艺均不算很高，这四人对付他们也算是绰绰有余了。

"好了，赶紧走吧"，看到几名劫匪跑远，上官晗烟显然没有放松警惕，跨上马就要走。

"云芊，小心！"上官晗烟发现了一支箭向莫云芊飞来，可是为时已晚。

"呃……"莫云芊后背正中一箭，马受了惊，向着天嘶鸣起来，莫云芊从马背上摔了下来，血从后背的伤口上流了出来，红得耀目。从马上坠下的伤加上一箭还有长期奔波的劳累，莫云芊的脸白得吓人。几人连忙从马上跳下来，奔向莫云芊。

"云芊，云芊！怎么样？坚持一下，到了前面安顿下来我就给你上药。"上官晗烟皱着眉对有些虚弱的莫云芊说道,而站在一旁的周弘自然地环抱起莫云芊向自己的马走去。

"晗烟,你……"看到上官晗烟手臂处的暗红色,吴恩佑有些担心地说道,"你受伤了?"

"嗯?"上官晗烟顺着吴恩佑的目光看去,这才发现了自己手臂上的伤,笑着说道,"擦伤而已,没什么,我们还是快点儿离开此地吧,这儿并不安全。"

"对了,公子,上官姑娘,你说刚刚的是什么人?"周弘像是想起来什么问道。

吴恩佑眉头皱了起来:"这个我也不清楚,应该就如晗烟所说的,是一些打劫来往路人的江湖人士吧。算了,赶紧吧,先安顿下来再说。"

"我们还是快走吧,"上官晗烟警惕地看了看四周的情况,对身边众人说道,"到永安找一家客栈吧,云芊身上还有伤呢。"

但他们没有发现,树林中的黑影笑得诡异。

客栈。

"云芊怎么样了?"看到上官晗烟走出房间,周弘急忙走上去问道。

"没什么,只是一点儿皮外伤,那支箭不算深,她休息两天应该就不会有什么事情了。放心好了。"上官晗烟看了看周弘,继续说道:"对了,你们有没有去查一下这一段时间永安附近打劫过往行人的帮派都有哪些啊?如果刚刚那些人真的是一般的江湖人士倒还没有什么可担心的,但是如果是武林盟的人我们可就麻烦了。"

周弘有些无奈地摇了摇头,"已经打探过了,其实在永安的帮派只有独龙帮和无情谷,不过一般情况下在永安附近的这些人都只是

江湖上的闲散人士，只怕不会那么容易找出他们的。"

"哦，"上官晗烟叹了口气，说道："我之前担心这一次我们遇到的这些人会和武林盟的人有所关联，不过看样子……"上官晗烟耸了耸肩，"我从来没有和武林盟的人交过手，对他们的情况不是很清楚，不过我们还是小心点儿吧。"

"晗烟，"一旁的吴恩佑对上官晗烟说道："既然来到了永安，那么我们就要时刻注意安全了。不过没有想到，你还会医术？"

"不过是从前闲来无事和一位前辈学过一些，不过些皮毛罢了，若说是医术我可远不如云芊。"上官晗烟笑着说道："我自幼在江湖上行走，一些简单的东西还是要懂得，不然的话我恐怕是没有办法在江湖之上立足了。身处于江湖之上，首先要学会的不是武艺，而是如何保证自己不会死。"

"这倒也是。"周弘笑着说道："习武之人总是要会一些东西的。"

"这样吧，恩佑哥不大方便出面，我以无忧山庄的名义想办法查一下永安县内的这些事情吧，说不定可以找到武林盟的一些线索的，"上官晗烟笑着说道："总之无忧山庄介入江湖也是无可厚非的，我想应该不会引起什么怀疑，不过我想我和你在一起的事情武林盟的人应该不会不知道。"

"也只能这样了，"吴恩佑看了看上官晗烟，说道："明日一早我便和周弘一同去县衙看看，至于这些江湖帮派的事情就交由你来处理好了，总之明日我们大家都谨慎些吧。"

迎着初升的旭日，几人先后离开了客栈。上官晗烟独自走在街上，这街市也依然渐渐喧闹起来，尽管四周有着这些江湖人士的叨扰，可是百姓的日子还是要过的。只是……这喧闹的背后却是暗藏杀机。上官晗烟有些无奈地皱了皱眉，仔细想想，这一次能够帮助自己打探消息的人到还是有些人选。上官晗烟注意到县城之内有些乞丐，一直以来，这些乞丐流窜于各处，而且相互之间都有联系，他们的消息自然是十分灵通的。

"姑娘，我们都是丐帮的人，说起来也受过无忧山庄的恩惠，您这些银子我们不能要。"城中的几名乞丐看了看上官晗烟手上的令牌，急忙把银两塞还给上官晗烟，说道："其实聚集于永安的基本上都是一些寻常的绿林抢匪，他们本就是靠着在四处拦路抢劫过活的，因为这些人没有一个特定的组织，因此想要找到他们应该是有些困难的。"

"这些银两你们还是拿着吧，"上官晗烟笑着对几人说道，"就当是我谢谢你们告诉我这些消息，你们若是不收下可就是不给我们无忧山庄的面子了。何况，我若是不给你们些银两的话，怕是庄主知道之后会生气的。"上官晗烟深知自己师兄的个性，自己自然要给这些乞丐一些报酬的。

再者，便是这县城之中的独龙帮了，独龙帮在这永安多年，对于永安的一切自是熟悉，再加之独龙帮只是江湖中一个小帮派，自会畏惧无忧山庄的势力，上官晗烟这个二小姐的身份倒是可以为她提供不少的便利条件。

思索间，上官晗烟便已走到了独龙帮所在之地，对于护卫的拦截，上官晗烟倒是并不在乎，"这位小哥，我今天来也没有什么其他的意思，只不过你们独龙帮四处打劫，不过就是为了图财罢了，"上官晗烟微微一笑，"去告诉你们帮主，本姑娘可以为他指一条生财的明路，若是可行，事后你们只要稍稍分我一点儿就可以了，"上官晗烟言罢，一副贪财的小模样甚是可爱，"如果行不通，我就任凭你们处置好了。"

或许是因为上官晗烟口中的财路，或许是因为她坚定而自信的语气，她颇为轻松地见到了这独龙帮的帮主。

"小丫头，你的口气不小啊！"大堂之上，一个中年男子坐于主位，一脸傲慢地看着缓缓走入的上官晗烟，说道："我倒是要听听你有什么生财之法，可以让你如此笃定地出现在我独龙帮的地盘之上。"

上官晗烟耸了耸肩，无所谓地说道："这条财路，是我给你了……"，上官晗烟看着眼前之人，继续说道："我想要知道关于永安县内所有江湖人士的情况，如果结果让我满意的话，这可是一笔不小的财富。"其实上官晗烟知道，自己说这话实在是底气不足，自己手中的钱财很大一部分都已经给了帮忙的丐帮弟子，若是自己现在没能说服独龙帮的帮主的话，恐怕就只能亮明身份了，若是把这件事情推到无忧山庄的身上，那么自己的师兄也就不可能坐视不理了。想到这儿，上官晗烟的脸上挂着一抹阴谋得逞后的笑意。

"你一个小丫头，要这些做什么？何况，我实在是不相信，你这一个小丫头可以给我们多少钱，恐怕还不够我们兄弟们分的吧？"正如上官晗烟所想，这独龙帮的帮主的确是对自己的话有所怀疑。

"我没说过这钱是我给你啊。"上官晗烟理所当然地说道："何况……"，上官晗烟有些故作神秘地继续说道："不知帮主可否借一步说话。您也不要担心，我不过是一个小女子，这儿全是您的弟兄，我是伤不了您的。"

上官晗烟极为自信的口气着实勾起了这独龙帮帮主的兴趣，只见他挥手屏退众人，对上官晗烟说道："我倒是要看看，你这个小丫头能耍出什么把戏来。"

上官晗烟笑着拿出了自己的令牌，说道："就凭这个，您是个聪明人，这其中的厉害关系您应该是清楚的，和我合作好处自然不会少了您的，如果不然……"上官晗烟轻轻一笑，道："您这独龙帮算不算是江湖正派您自己心中也是清楚的。"

"你究竟是什么人？"看到上官晗烟手上的令牌，独龙帮帮主有些惊讶地问道。

"我？"上官晗烟笑着指了指自己，说道，"我叫上官晗烟，无忧山庄的庄主云晚风是我的大哥，就算是你怀疑我的身份，不过这块令牌造不得假，更何况，今日我可以找你希望合作，也一样可以以无忧山庄之名，肃清江湖，就算是大哥和师傅知道，我想他们也不会怪罪我的。"有了这些年行走江湖的经验，上官晗烟早已练就了波澜不惊的气魄，纵使是面对独龙帮帮主的怀疑，也一样可以沉稳应对，"不过你若是肯帮我，我可以以无忧山庄的名义给你们独龙帮一笔绝对可观的财富。"

"看你这小丫头的气势，倒着实像是那么回事，不过……"独龙帮帮主看了看上官晗烟，继续说道："你为何要调查永安的事情？我需要一个合理的理由，不然的话我是不会贸然地帮助你的。"

"这其中的原因您暂时不需要知道，等到时机成熟的时候我自然会告诉您的"，上官晗烟淡然地说道："我这么做自是有我的理由，你们也无须多问，不过，您也不要怪我说话不好听，如果让我知道您给我的消息有什么虚假的话……后果自负！"上官晗烟看了看独龙帮帮主，说道："我们无忧山庄在江湖上的威望您是知道的，事成之后，我给您的酬金自然是不会少的，这件事对您而言有百利无一弊吧。"

上官晗烟在独龙帮中游说之时，吴恩佑和周弘也一同到达了县衙之内，只是这位县太爷傲慢无礼的态度让二人颇为不满。不过，

在周弘说明自己少将军的身份后，这位县太爷的态度倒是来了个大逆转。

"这永安的事情还真的不能算在这位县太爷的身上"，回到客栈后，周弘有些无奈地对上官晗烟说道："这小小县城中，衙役的人数有限，对于这些为数不少的江湖人士，他们的确是有些力不从心了。看样子，想要解决永安的事情，这些江湖人士才是问题的关键所在。不过，单看他对我们的态度就已经知道了，在永安，如果是一般的百姓遇到什么麻烦，我想他甚至会坐视不理吧。"周弘有些无奈地说道。

"我已经找过独龙帮的人了，他们也已经答应会帮我们的忙了，最晚三日后便会有结果。"上官晗烟笑着说道："这几天我们就在永安城内看一看吧，说不定会找到什么线索呢。"

"对了，云芊怎么样了？"周弘有些担心地问道："今天都没有看到她。"

"她早就没什么事情了，"上官晗烟笑着说道："云芊的伤势本就不重，再加上她的身体底子很好，自然康复得会很快。你可以上去看看她。"

看到周弘离开后，上官晗烟笑着对吴恩佑说道："看样子他们的感情还是不错的。"

吴恩佑微微一笑，对上官晗烟说道："其实他们认识的时间也不算是太长，不过……"吴恩佑看了看楼上，继续说道："爱情这种东西真的是没有办法说的，相识的时间根本就不是什么问题的。"

上官晗烟笑着耸了耸肩，吴恩佑说道："或许吧"。上官晗烟笑着帮吴恩佑递上一杯茶，继续说道："说说你们今天的经历吧，我倒是想知道今天究竟发生了些什么事情。"

"其实也没什么，"吴恩佑依旧保持着自己温和的笑意，"那位县太爷原本倒是一副盛气凌人的样子，不过周弘表明了自己的身份之后态度变得很快，无论我们问什么也都据实回答了，不过看他的样子，只怕对这永安县也不会有什么太大的贡献的。"吴恩佑看了看上官晗烟，继续说道："你呢？今天还算是顺利吗？"

"还好吧，丐帮的消息倒是灵通，不过他们在乎的也无非就是自己的利益罢了，我拿出了一些钱财，再加上有无忧山庄，他们都也同意帮忙了，有钱能使鬼推磨嘛。"上官晗烟笑着抿了一口茶，继续说道："至于独龙帮……我看那独龙帮的帮主倒也是个颇为精明的人，何况江湖中人大都看重自己的名利地位，尤其是他身为帮主，自然会为了自己的帮派谋取福利，我拿出了自己无忧山庄二小姐的身份，再加之一定的钱财作为报酬，他也就没有什么反对的了，况且，没有几个人敢于欺骗无忧山庄的。"

"可是……这件事情会不会让你破费了？"听着上官晗烟的话，吴恩佑有些担心地说道。

"其实这没什么。"上官晗烟的脸上带着一种得逞般的笑容，"何况……这钱不见得要我出啊。"之前给丐帮的钱的确是上官晗烟自己出的，但是答应独龙帮的事情，完全可以让自己的师兄出面帮忙。

"看样子你是早有打算了。"吴恩佑看着上官晗烟的笑容，说道："晗烟，你在江湖上的时间比较长，我很想知道，现在是不是有很多的县城都像永安一样啊？"

"这个……"上官晗烟看了看吴恩佑的神态，严肃地说道，"这件事还真的不是很好说，就像我之前说的，江湖事江湖了。很多时候，就算是地方官员自己的管辖范围之内出现了这些江湖人士，只要对自己和四周的百姓不会造成什么伤害，大家也大都选择视而不见了。不过看得出来，你是真的很关心吴国的事情，我也就实话告诉你，这么长时间以来，我倒是见过不少或唯利是图或胆小怕事的地方官吏，所以说，恩佑哥你这一次离宫，恐怕不仅仅只是要调查关于武林盟的事情。"上官晗烟顿了顿，继续说道："这些地方官吏若是长久如此，只怕会惹起一些事端的，千里之堤溃于蚁穴的道理，即使我不说，你也是明白的。"

"看来，果然是眼见为实，"吴恩佑有些无奈地说道，"一直以来，这些朝中大臣大都是报喜不报忧的，如果不亲自到民间走一走的话，这些事情也许我永远也不会知道。"

"报喜不报忧也没有什么可奇怪的，"上官晗烟一副了然的神态对着吴恩佑说道："有谁愿意承认自己的管理不力呢？我想多数人都会抱着这样的心态的，纵使是皇上，只怕也是不愿意听这些不好的事情的吧？就是因为大家都抱有这样的心态，因此大家不约而同地选择了隐瞒一些不好的事情，何况你们久居庙堂之上，若不是因为这一次离宫，我想应该永远都不会知道这些事情吧。"

吴恩佑有些惊奇地看着眼前这个女子，通过这几次的交流，可以看得出，她应是一个胸襟见识都极为广博的女子，而且看待问题也是极为通透，"晗烟，在我认识的女子中，你是十分特别的一个。"

听到这话，上官晗烟淡淡一笑复又说道："恩佑哥你接触的女子应该大都是那些深闺淑女吧？和我们这些自幼在江湖之中长大的人，自然是不同的。"

"或许是吧，不过我倒是觉得还是你和云芊给我的感觉更加的真实。"吴恩佑不置可否地一笑，继续说道："我们明天就到各处走走，至于具体的计划，就等到对于此处了解透彻之后在另做打算好了。"

"恩佑哥，"上官晗烟笑着看了看天色，说道："时间也不早了，而且大家都已经忙了一天了，就先去休息吧。"

"云芊，"看到站在月光之下的莫云芊，周弘有些担心地说道："你身上还有伤呢，为什么不早点儿去休息？"

看着周弘眼中的关切，莫云芊心中一暖，微微笑着说道："你也知道，我这个人是闲不住的，何况我现在已经没有什么事情了，我的伤本来就不重，在客栈里休息了一整天，早就没什么事情了。如果让我再休息下去，我想我会疯掉的，何况……武林盟的事情我也想要帮帮忙啊。"

"你啊，"周弘有些无奈地摇了摇头，说道，"你的性子还真的应该收一收了，这么下去，我还真是有些担心你会不会再次受伤。"

"行走江湖，有谁没有受过伤？"莫云芊不以为然地说道，"何况这一次我和你们一同出行，便早已经料到这一路上会是危险万分的。"

"云芊，"周弘看了看莫云芊，似笑非笑地说道，"和我们在一起自然会有危险，不过你现在后悔也还来得及，可没有人强求你和我们同行的。"

"怎么？"莫云芊挑着眉看了看周弘，说道："如果我真的回到师傅身边的话，会不会有人舍不得啊？"

"这个我可不知道，"看到莫云芊的确没有什么大碍了，周弘也乐于和她开玩笑，"你是担心有人舍不得你还是你舍不得啊？"

"我？的确有些舍不得，"莫云芊指了指自己，笑着点了点头，说道，"我和晗烟认识的时间虽然不算长，不过从这几天相处来看我们还是很投缘的，如果真的离开的话还真的有些舍不得，还有吴大哥，这一路上他也很照顾我，在我看来就真的像是我的哥哥一样。至于其他的……"莫云芊看着周弘，若有所思般地说道："应该没有什么会让我特别留恋的吧,你说呢?"莫云芊一脸笑意看着周弘说道。

"是吗?"周弘笑得有些危险,看着眼前一脸理所当然的莫云芊,说道:"这话可是你说的,你最好是记住了。"

这一夜,院落中的二人尽情地嬉闹着,对于充满迷茫的前路,这般轻松的夜晚不知道还能维持多久……

"晗烟,"经过了在永安短暂的休整,几人对于永安县也有了一定的了解。一日用过早餐之后,几人便先后离开了客栈,莫云芊笑着对身边的上官晗烟说道,"我们今天先去什么地方?"

"其实也没有什么特别的安排,太刻意反而引人注意。"上官晗烟说道,"我们就到处看看好了,说不定会有什么收获呢。"

"也许的确会有收获,"莫云芊笑着指了指前面的一个首饰摊子,拉着上官晗烟快步走了过去。

"晗烟,"莫云芊拿起一个发簪,笑着对上官晗烟说道,"你觉得这个怎么样?"

"很漂亮啊,"上官晗烟看着莫云芊手中的发簪,说道,"这个倒是很衬你,喜欢的话就买下来好了。"

"听你的,"莫云芊笑着对老板说道,"老板,就要这个了,麻烦帮我包起来。"

"晗烟,"离开那个摊位之后,莫云芊看了看身边的上官晗烟,有些不好意思地说道:"我们可是说要出来调查永安的事情的,就这么到处闲逛买东西,回去之后周弘他们一定会说我们不务正业的。"

"可这就是正事啊,"上官晗烟笑着全然一副理所当然,"起码是对于我们而言。云芊,我已经打听过了,前面有一家永安县最好的脂粉店,我们去看看怎么样?"

"好啊，"莫云芊笑着说道："我想我们回去之后周弘也说不出什么来。"

"你就只管去买东西就可以，剩下的事情交给我处理。"看到莫云芊有些不解的神态，上官晗烟笑着说道："既然是永安最大的脂粉铺，那么来往的人一定不少，而且那家脂粉铺的掌柜的是一对兄妹，而且这一段时间留在店里的可是那个男子，我们总是会打听到一些有用处的消息的。"

莫云芊看了看上官晗烟狡黠的笑容，了然地点了点头，"那我们就好好去看看吧。"

"掌柜的，"上官晗烟看着莫云芊在店铺中四处挑选着自己喜欢的东西，便笑着倚在一旁的案子上对掌柜的说"我的朋友都是外地来的，想问问你这永安有没有什么好去处啊？"上官晗烟看了看掌柜的，继续说道："我们之前过来的时候看到这城郊倒是山清水秀的样子，不知道……"

"姑娘，我奉劝你一句，这城郊还是不去为妙，"掌柜的看着上官晗烟一脸明媚的笑意，便好心提醒道："那城郊现在听说是有什么无情谷的杀手组织，都是些凶狠毒辣的江湖人士，你们两个女子，还是小心一些吧。这永安啊，表面上看起来倒是都还算是正常，可实际上是充满危险的。"

"无情谷……"上官晗烟看着眼前这位掌柜的依旧有些谨慎的神态，微微皱眉，一脸不解地看着掌柜的。上官晗烟清楚，每日来往于这商铺之中的女子为数不少，自己若是不好好想想对策，恐怕也套不出什么话来。上官晗烟咬了咬下唇，继续说道："这一段时间我们也走过不少的地方了，我怎么从来都没有听说过这个帮派啊？"

"如果我没有记错的话，无情谷的人应该是在去年的乞巧节前后出现在永安的，刚刚开始的时候大家都没怎么注意，不过后来才发现他们不是什么善类，只要给得起钱，他们什么事情都可以去做，杀人在他们看来不过是一件寻常不过的小事罢了。"那掌柜似乎有些担心地说道："你们两个本来就是外来的，而且又都是女子，我还是劝你们不要在永安停留太长的时间，如果惹上什么是非就麻烦了。"

上官晗烟故作惊讶地说道："还好掌柜的你告诉我了……"上官晗烟眨了眨眼说道："我看我们还是早点儿离开好了，这些江湖上的人我们得罪不起。没想到我们刚刚到这永安，就遇到了掌柜的你这样的好人。"上官晗烟看着掌柜的，脸上浮起灿烂的笑容，"是不是这些江湖中人都这样子啊，如果那样的话我看我们还是早点儿回家吧。"上官晗烟说完，又一脸疑惑地继续说道："本来我们还希望可以借着这一次的机会好好出来玩玩呢。"

"其实永安附近一直有不少江湖人士，不过之前倒也一直相安无事，虽然说那独龙帮有些时候会打家劫舍，但是他们却从来不会伤害寻常百姓，自从这无情谷的人出现之后……"掌柜的有些无奈地摇了摇头，"这些人现在已经把永安弄得人心惶惶了，大家都很怕自己会得罪什么人，那无情谷的人可是杀人不眨眼的，而且我听那些来往的人说，这无情谷的背后可是有着靠山的，不过这些江湖上的事情谁又真的知道呢。"

"晗烟，"莫云芊笑着看了看上官晗烟，说道："我已经买好东西了，走吧，不要打扰人家掌柜的做生意。"二人携手离开之后，莫云芊笑着对上官晗烟说道："看样子，你的美人计起到效果了？"

上官晗烟笑着点了点头，"虽然这掌柜的知道的事情也不算很多，不过对我们而言也算是有些收获了，对于无情谷也算是有了些了解了。"上官晗烟看了看莫云芊手中的东西，笑着说道："你都买了些什么啊？"

莫云芊笑着拿出一盒胭脂，说道："我觉得这个颜色应该很适合你，要不要试一下。"

"你的眼光还真的是很好啊，"上官晗烟笑着接过莫云芊递上的胭脂，笑着说道，"那我就不客气了，这个归我了。"

"没问题，"莫云芊大方地一笑，说道，"我们再四处逛逛吧，我看永安还是有不少的好东西的，这一次我们的收获还真是不小。"莫云芊一脸满意地看着自己手中的东西。

"从现在来看，永安的情况似乎比我预想的要好得多。"上官晗烟对莫云芊说道："看来无情谷和独龙帮还没有完全影响到永安百姓的生活，对我们而言这算是一件好事情，起码我们的麻烦会少一些。"

"不知道周弘他们那面的情况怎么样了？"莫云芊笑了笑，说道，"不过我觉得他们两个男人，应该不会像我们这么方便吧？"

"话也不能这么说啊，"上官晗烟笑着说道："以他们两个人的身份，想要查些事情还是有办法的，何况……"上官晗烟笑着看了看莫云芊，说道："你应该知道，有些地方还真的是他们才能去的，而且还的确是个调查永安县的好地方。"

"你指的是……"听到上官晗烟的话，莫云芊想了想，忽然说道，"他敢去！"

上官晗烟笑着对莫云芊说道，"你和周弘大哥究竟是什么关系啊？他去什么地方你怎么这么……激动啊？"

"我……"听到上官晗烟的话，莫云芊一时语塞，想了想之后又说道，"他……与我有什么关系啊？我只是不希望和我们同行的人会去什么不该去的地方，若是惹上什么人，对我们也是麻烦。"

029

二 怅望江湖 为谁钟情

"嘴硬，我们相处的时间虽然不常，不过有些事情我可是很清楚的。"上官晗烟笑着对莫云芊说道。

"你……"莫云芊无奈地追上了上官晗烟的脚步，继续说道，"就算是真的有关系，那么最多也就是相互……欣赏。"

"随你怎么说。"上官晗烟笑着说道："总之这是你自己的事情，与我本来就没有什么太大的关系。"

"好了好了，我们可不可以不说这些事情了？"莫云芊有些无奈地对上官晗烟说道，"我们再去其他的地方看看吧。"莫云芊想了想，又说道："不知道还有什么地方可去？"

"我们去吃点儿东西吧？"上官晗烟笑着提议道。

莫云芊点了点头，"那我们就找一家来往的人比较多的地方吧。"

"掌柜的，来几个你们店的招牌菜吧。"二人一同来到了"来香阁"，这是永安县内来往人员最多的地方，二人均是希望可以在此处得到一些有用的消息。"云芊，这一次该你来出面了吧？"

"我？"莫云芊有些无奈地指了指自己，"你觉得我可以套出什么话来吗？"

上官晗烟笑着示意莫云芊看向不远处的一桌人，"看他们的样子，应该是往来南北的商人，而且很有可能是做药材生意的，所以我才让你去。"

"你怎么知道？"莫云芊有些疑惑地问道。

"他们脚下的包袱上沾有一些暗绿的苔藓，我之前注意过，这种苔藓最多的是在永安县通往常州的路上，而且他们对于永安的事情似乎不是很熟悉，应该不是本地人。"上官晗烟笑了笑，继续说道："小时候学易容之术，师傅便要求我仔细观察身边的每一个人，刚刚我们经过他们的时候，我闻到那些人身上有一点淡淡的草药的味道，我想我猜得应该没错。"

"你说得没错，"一段时间后，莫云芊回到了上官晗烟的身边，笑着说道："他们的确是往来四处做生意的人，他们担心路上的那些劫匪，所以绕行了一段来到了永安县，按照他们的说法，这一段时间来永安的商贩已经不多了，他们也只是因为途经永安才会过来的，具体的事情他们也不是很清楚，只是知道这一段时间在永安附近打劫来往商人的应该是有两三伙人，不过不知道具体是什么人。总之啊，是没有什么有用处的线索，不过……"莫云芊有些无奈地说道："我刚刚还觉得他们手中会有什么特别的药材呢，不过是一些给药材铺子的一些草药罢了。"

"哦，"上官晗烟抬起头看了看莫云芊，说道，"无所谓，毕竟我们今天已经算是有收获了。"

"也对，我们找到了一些关于无情谷的线索，而且……也买到了不少的东西。"莫云芊笑着指了指自己身边的东西，说道："不知道周弘和吴大哥那面怎么样了。"

"他们的收获不会比我们少，"上官晗烟笑着说道，"以周大哥的身份来看，他们行事应该会比我们轻松得多，我猜他们已经回到客栈了。"

"你们也太过分了吧？"果然，上官晗烟和莫云芊一回到客栈，周弘便一脸不满地说道，"我们也算是奔波了一个上午，你们倒好……"

"你就不要抱怨了，"莫云芊笑着拍了拍周弘的肩，说道，"我们也不算是一无所获啊，如今在永安县中，大家担心的大都是无情谷，按照我们得到的消息，无情谷的人是在去年的乞巧节前后出现在永安县中的，作为杀手，只要出得起钱，那么无论是什么事情他们都会去做的，杀人这种事情在这些人的眼中不过是一件寻常不过的小事。至于独龙帮，虽然打家劫舍，却很少伤及寻常百姓。"

"无情谷的人均是无情无义之人，"吴恩佑笑着看了看几人，说道，"就算是这县太爷也没有什么好的办法，江湖中人阴狠毒辣也是人尽皆知，这永安县中，无论是官员还是百姓，大都是敢怒不敢言。据我们查到的消息，武林盟的人应该也是在去年出现在永安县的。"

"无情谷……"，上官晗烟说道："我收到消息，无情谷的人原本分布于荆州、泸州等地，内部组织纪律严明，这一次将分坛设于永安，正是因为此处来往人员较多，四周又有为数不少的江湖人士在此地逗留，对于他们而言，是一个敛财的好地方。"上官晗烟看了看几人，说道："不过无情谷的出现，给永安的百姓带来了不小的困扰，这对我们而言也是一个十分棘手的问题。"

"从现在来看，最有可能和武林盟勾结的就是无情谷的人，"周弘严肃地说道，"若是武林盟的人……"

"无情谷的人是认钱不认人的，和武林盟合作也没有什么奇怪的地方。"吴恩佑淡淡地说道："我现在只是担心，无情谷的人会威胁到永安县百姓的安全。"

"如果我们想要除去无情谷怕是不可能了，现在我们只能设法维持无情谷和永安百姓这种微妙的平衡关系。"上官晗烟微微皱眉，说道："我们现在最重要的就是武林盟，只要武林盟不从中作梗，那么无情谷的人对于永安的百姓而言还不会有什么太大的威胁。"

"武林盟的目标，是整个吴国。"吴恩佑说道，"依我看，武林盟此举，不过就是为了联合江湖势力以及朝中奸臣，妄图与吴国分庭抗衡。"

"恩佑哥，想要吴国江山的，是朝中的那些乱臣贼子，至于武林盟，他们想要得到的是武林霸主的地位。"上官晗烟严肃地说道："他们各有所图，相互勾结，只怕不是那么好应付的。"

"好在，我们还有一些时间，此事急不得。"吴恩佑说道："无论对于朝堂还是江湖，武林盟的存在都是后患无穷。"

"其实师傅此番也是担心武林盟会危害江湖，这才会对此事如此在意。"上官晗烟说道："武林盟如果真的称霸江湖，那么武林之中恐怕是要混乱不堪了。"上官晗烟看了看众人，有些无奈地继续说道："只是武林盟之人行事一向隐秘，江湖众人几番调查，却也一直没有一个结果。"

"我知道武林盟的存在也是因为无意中听到朝中有人暗中议论此事，之后才派我的亲信去四处打探此事才知道了一些关于武林盟的消息的。"吴恩佑有些无奈地说道："至于武林盟的具体情况，我们还需要再多加了解才可以。"

"那我们接下来该怎么办？"莫云芊有些担心地说道："现在我们对于永安县的情况都已经有了一定的了解，总是要有所行动才可以啊。"

"现在还不是有所行动的时候，"吴恩佑严肃地说道："我想我们出现在此地的消息武林盟的人便早已经知晓了，敌暗我明，我们绝对不能贸然行事，不然的话最后受到伤害的只会是我们自己。"

"我倒是觉得我们此行应该先解决永安县的问题。"周弘对几人说道："我们既然来到了这永安，那么对于永安的事情就没有坐视不理的道理。"

"其实造成永安县一切的核心问题还是在于武林盟，"莫云芊有些无奈地说道："如果没有他们，无情谷的人就不会出现在此，那么永安百姓和独龙帮的人还是可以相安无事的。只是……那些趁火打

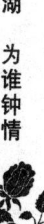

劫的江湖闲散人士恐怕不是那么好对付的。"

"大家不必为那些江湖人士担心，"上官晗烟笑着说道，"我们现在的任务是武林盟，至于那些江湖众人，我会修书告诉师兄这面的情况，他们就交给无忧山庄好了。我想只要无忧山庄愿意出面的话，那些人也就不敢过于放肆了。"

"江湖事江湖了，这样也好。"吴恩佑说道："大家就先回去吧，等到下午我们再出去看看还有没有什么问题。"

"有人花钱买你的命！"无情谷的杀手对站在自己眼前的一位当铺的掌柜的说道："我也只是奉命行事，要怪就只能怪你自己。"

"公子，"刚刚经过此地的周弘拦下了要阻止那名杀手的吴恩佑，"此事您不方便出面，小心引火烧身。"

"这件事交给我来解决。"上官晗烟看了看几人，走了过去，"这位大侠，就算是要杀人，您也要让他死得明白啊，不然的话就算是变成鬼都不知道该找什么人报仇，您就不担心他变成厉鬼缠着您啊。"上官晗烟眨着眼，一脸担心地看着那人。

"小丫头，你是什么人？不要多管闲事。"那名杀手恶狠狠地对上官晗烟说道："还不赶快让开！"

"哦，那我就不管了，你杀吧。"上官晗烟一脸真诚地说道，待那人一脸阴狠地准备动手的时候，上官晗烟又说道："嗯？等一下，我没让你杀他。"上官晗烟抬起头笑着说道："何况，你们无情谷的事情与我而言也不算是闲事啊，你要杀人，总要有一个合适的理由啊，至于让开……抱歉，没让过，何况，我也没那个习惯。"

"姑娘，是我自己得罪到了一些江湖人士，早就料到会有这个下场了。"那当铺的掌柜看着上官晗烟说道："你还是快走吧，我不能连累其他的人。"

"我说过的，无情谷的事情我一定要去管的。"上官晗烟认真地说道："更何况，今天还是被我看见了的。"

"我看你是敬酒不吃吃罚酒！"言罢，那名杀手双腿腾空而起，旋转一周，手持长剑，双腿在空中使力一蹬，长剑一挥，剑气灼人，带着嗖嗖的风声，直奔上官晗烟。

一旁的众人莫不一惊，看样子此人的武艺应该不俗。只见上官晗烟微微一笑，右手手腕一转，用暗器轻松挡过那名杀手的快攻。杀手倒也不惊微笑着刚要反攻，只见三枚暗器迎面而来，躲闪不及，那杀手重重地跌倒在地，蓝色衣袍坠地染尘。

"哼，"那杀手看了看自己身上的伤，说道："暗箭伤人，为人所不齿！"

"无情谷的人，也配和我讲道义？"上官晗烟微微一笑，"如果说武艺，我知道我不是你的对手，就只能用其他的办法了，更何况，你就没有听说过唯女子与小人难养也吗？我是女子。"上官晗烟看了看他，待看到那掌柜的已经趁乱离开之后，上官晗烟又笑着说道："你还是回去处理一下自己的伤势吧，不然的话会失血过多的。对了，我也不怕告诉你，我是无忧山庄的人，专管不平之事。"

回到众人身边之后，上官晗烟笑着说道："我们还是快走吧，不然的话还真的不知道会有什么麻烦呢。"上官晗烟看了看吴恩佑脸上的笑意，说道："为什么这么看着我？"

"只是没有想到罢了，你不但暗器精湛，还有些胡搅蛮缠的本事啊。"吴恩佑笑着说道："你倒是一个很特别的人。"

"这回惨了。"刚刚走了几步，上官晗烟忽然停下脚步兀自呢喃着。

"怎么了？"听到上官晗烟的话，莫云芊有些奇怪地问道。

"没什么，"上官晗烟看了看莫云芊，说道："只是觉得就算今天有我们出面，恐怕那个掌柜的也是难逃此劫，以无情谷众人的个性来看，既然拿到了钱财，那么就一定会再找机会下手的。不过江湖中的事情就是这个样子，任谁也左右不了。"上官晗烟有些无奈地叹了口气，"只是希望那掌柜的最后可以逃过此劫吧。"

"这倒是，"莫云芊同样有些无奈地说道："他们也算是拿人钱财替人消灾了，何况想要除去无情谷，几乎是不可能的，江湖上的杀手何其之多，我们就算是要管也是力不从心。不过，你担心的应该不是这件事情吧。"

"其实使我担心的是无忧山庄，"上官晗烟有些无奈地说道："我这一次是倚着无忧山庄的名义出面的，如果被师兄知道了，我担心他会生气的。"

"原来你也有怕的人啊。"莫云芊笑着对上官晗烟说道："我还以为你什么样的人都有办法应对呢。"

"我只是担心会给师兄惹来什么不必要的麻烦而已。"上官晗烟笑着说道："此地不宜久留，我们还是回去吧。如果一会儿有无情谷的人找来，那么我们可就真的麻烦了。"上官晗烟深知这一次无情谷派出的杀手武艺之高，自己发出三枚暗器，却只能伤及皮肉，若是硬拼，自己远不是他的对手。

"如今无情谷的事情我们该怎么办？"周弘有些担心地说道："如果这样下去的话，永安的百姓就真的是人人自危了。"

"无情谷……"吴恩佑有些无奈地说道："我对于江湖之事还不甚了解，这件事还要仔细考虑才可以定夺啊。"

"恩佑哥，江湖上的事情您还是不要插手过多的好，以免惹火烧身，若是强出头，我们只好腹背受敌。"上官晗烟严肃地对吴恩佑说道:"既然我已经把无忧山庄和这件事扯上关系了,那么我想师兄就算想不管也不行了,我想他最后一定会出面的。至于恩佑哥你,既然此行的主要目的是武林盟,那么行事就一定要十分谨慎才可以,我们倒是还好,你若是暴露了身份,那可就真的麻烦了。"

"我看这件事情还真的是有些棘手,"周弘有些无奈地说道,"从现在的情况来看,想要解决无情谷的事情,最重要的就是武林盟。"

"武林盟的事情是要解决的,可是我担心的是就算是有朝一日我们可以除去武林盟,但是无情谷的人还是会在此地作祟。"

"云芊说得没错,就算是没有武林盟的人,这些江湖中的杀手也还是会继续如此,这是江湖中的生存法则,任谁也没有办法更改,"上官晗烟有些无奈地说道,"这些杀手也是为了生存才会这么做的,不过有很多的杀手也都是有自己的原则的。"

"可是……我们难道就这么看着他们滥杀无辜吗?"周弘似乎有些愤愤不平。

"这也没有办法啊?不然我们能怎么做,把那些杀手都杀了?"上官晗烟说道,"如果那样的话我们和无情谷的人还有什么区别吗?我们不能说无情谷的人就都是江湖邪派人士,他们杀的人中,也有为数不少的强豪土绅或是贪官污吏。"

"晗烟这话说得没错,周大哥,你和吴大哥都是在朝堂之上长大的人,很多江湖之事都不是很清楚,"莫云芊笑着说道,"江湖中很多属于自己的规矩,一直以来,江湖中人不问朝政,而朝堂之上也不干涉江湖之事,这就是规矩。"

"哎……"周弘有些无奈地叹了口气,"看来我们还有很多的事情要去适应啊。"

"你自己知道就好,"莫云芊笑着说道:"你们涉足江湖的时间还不算长，还有很多的事情要慢慢了解才可以。"

"我们还是回客栈吧，"吴恩佑看了看身边的几人，说道："这一次的事情我们还要从长计议才可以，不然的话事情只会越来越麻烦。"

"接下来的事情恐怕会有些麻烦了，"莫云芊笑着说道："依我看，我们还是见机行事吧，至于无情谷的事情我们还是尽力不要插手的好，我只是怕最后我们真的会腹背受敌。"

"恩佑哥，"上官晗烟看了看自己身边的吴恩佑，笑着说道："你好像是有心事，怎么了？"

"其实也没什么，"吴恩佑笑了笑，说道："只是此番出行才知道世间有如此多的无可奈何，其实一切也并非是非黑即白的。"

"如今，每个人都是自己的求生之道，"上官晗烟淡淡地说道："我们生活之中面对的事情并不都是非黑即白的。无论是朝堂还是江湖，都会存在很多灰色的区域，我们生活中的对错，其实也不是可以简单地判定的，恩佑哥你不必为此事伤神，因为这个就是最真实的生活，既然不能改变，那么我们就只能学会去适应这样的生活了。"或许因为自己自幼行走江湖，上官晗烟也就早已习惯了这样的生活，可是长在宫闱之内的吴恩佑和周弘对于江湖中的是是非非还需要一段时间去适应。

"或许我也只能去适应了，"吴恩佑有些无奈地说道："不过，我想想要适应这些事情，于我而言还是需要一些时间的，不过既然自己选择了这样一条路，那么我也就会努力地去适应这样的生活。"

三　点染江山　月下痴念

"恩佑哥，"入夜，上官晗烟看到独自一人的吴恩佑，便走上前问道："你还在为武林盟和无情谷的事情担心？"

"晗烟，"吴恩佑回过头看了看上官晗烟，淡淡地说道："我只是不知道接下来该怎么办罢了，从现在的情况来看，我想在我离宫的时候只是为了可以尽快除去朝中奸佞以及武林盟，可是还有很多的事情没有考虑清楚，现在看来还有很多的问题没有一个适合的解决办法，我现在觉得自己的选择似乎有些轻率了，只是现在也没有办法回头了。"

"既然不能回头那就向前看好了，"上官晗烟笑着对吴恩佑说道："就算是再棘手的事情，也都会有解决的办法，况且，你不是便早已经知道这一路上会遇到不少的麻烦吗？既然知道这一路不会那么顺利，那么也就没有什么好担心的了。"上官晗烟看了看吴恩佑，继续说道："我们与其担心接下来会发生些什么还不如做好充足的准备，以便于应对接下来的事情。"

"是啊，"吴恩佑笑了笑，"事情总会有解决的办法，只是时间的问题罢了，不过这几天我倒是有一些奇怪，武林盟的人应该便早已经知道我离宫的事情，可是他们却一直没有任何的行动，他们的平静反而让我有些担心。"吴恩佑叹了口气，继续说道："我现在是担心他们会不会有什么阴谋，甚至会因此连累到无辜的人，这是我不想看到的事情。"

"恩佑哥，"上官晗烟笑着说道："我知道你在担心些什么，不过呢……"上官晗烟顿了顿，笑着对吴恩佑说道："以现在的情况来看，就算是武林盟会威胁到其他的人……也不过就是我们几人罢了，既然我们都已经选择了和你同行，那么就已经做好了面对危险的准备了，何况师傅既然让我与你们同行，那么也就会告诉我自己接下来要面对的事情了。"上官晗烟微微一笑，继续说道："前些日子我已经把永安的情况告诉师兄了，如果有无忧山庄出面，那么无情谷的事情也就好解决得多了，只是，以他的个性……"上官晗烟有些无奈地摇了摇头，"还不知道会不会同意呢。"

"其实这些事情本应与你们无关的，"吴恩佑说道："不过是父皇担心我的安全，这才把你们牵连其中的。至于无忧山庄，我也不想让你的师兄再牵扯进来了，何况，这件事本就与无忧山庄无关，你就不要在为了此事叨扰到你的师兄了，此事不要再牵连到更多的人了。"吴恩佑看了看上官晗烟，严肃地说道。

"就算是皇上没有找到师傅，武林盟的事情她也不会坐视不理的，"上官晗烟笑着说道："师傅现在虽然已经不问世事，但是对于武林盟还是有所耳闻的，此番出行，我也是希望可以查清武林盟之事，中原武林也需要一个太平啊。"上官晗烟笑着对吴恩佑说道："至于无忧山庄……不到万不得已之时，我也不会去麻烦师兄的。"

"晗烟，你能不能告诉我一些关于师太的事情？"吴恩佑看了看上官晗烟，笑着问道："我只是知道父皇和师太是旧识，其他的还真的不是很清楚，我还真的对师太的事情有些兴趣呢。"

"恩佑哥，其实这个我也不是很清楚，"上官晗烟有些无奈地说道:"我只是听说师傅年轻的时候喜欢游历四方,结交了不少的江湖豪杰和地方官员,我想师傅也是那个时候认识的皇上吧。等到师傅收我为徒的时候,她便已经很少涉足江湖之事了,近几年更是隐居山林,再也不问世间之事了。我也是直到这一次才知道师傅和皇上是旧识的,从前的事情师傅提及的并不多,就算是提及旧日的事情,师傅也只是和我讲一些关于她和其他江湖人士的故事,至于她是如何和皇上相识的我便不知道了。"上官晗烟微微一笑,隐隐觉得自己的师傅和皇上之间似乎不仅仅只是旧识那么简单。旧日师傅的话似乎再一次回响在耳边,"烟儿,要记得宁为百姓妻,莫做将相妃。师傅曾经已然为了一个情字伤心不已了,只希望你不要再重蹈覆辙才是。"

"周弘,你最好把这件事给我解释清楚了。"客栈的另一处,周弘似乎是遇到了些小麻烦,"既然今天你是和吴大哥一同出去的,那么那个茶楼掌柜的女儿,怎么偏偏就找到你了呢,这究竟是怎么回事?"

"这个我也不知道啊,"周弘有些无奈地看着眼前的莫云芊,"今天我和公子一同去喝茶,希望可以打探到一些消息,后来就和那掌柜的女儿聊了几句,我也不知道她为什么会来找我,你不要误会。"周弘有些无奈地看了看莫云芊,"云芊,我是真的没有骗你,你不会是不相信我吧?"

"我误会,既然你和吴大哥同行,那么为什么人家单单只是找你啊?"莫云芊一想到刚刚那女子一副含情脉脉的样子便觉得生气,就只想知道究竟是什么情况,"我看人家是喜欢上你了吧?"

"她喜欢我?"周弘有些无奈地对莫云芊说道:"那你应该去问她啊,我可没有让她喜欢上我,何况今天我们也没有和她说什么,我想是她误会了才对，我和她不过是一面之缘罢了。"

"我怎么知道是真是假，"莫云芊说道："你的风流韵事我可是听说过的，谁知道你现在是怎么想的。"

"你……"周弘看着莫云芊的样子，不禁一笑，"你还不会是吃醋了吧？"

"周弘！"听到这话，莫云芊俏丽的脸庞染上一抹红霞，随后又说道："我在和你说正事，你不要岔开话题。"

"你就相信我一次，不可以吗？"周弘扶住莫云芊的肩，有些无奈地说道："云芊。我也没有必要去为了这种事情骗你，最多就是我以后注意一些，绝对不会再让任何的女子误会还不行吗？"

"这是最后一次，"听到周弘这么说，莫云芊也没有再计较些什么，只是说道："不过我可告诉你，如果下一次再有这种事情，我不会这么轻易就放过你的。"

"好好，我保证不会有下次还不行吗？"周弘似乎有些无奈地对莫云芊说道："时候也不早了，你还是赶快回去休息吧，明天还不知道会有什么事情发生呢。"

"晗烟，你怎么了？"第二天一早，莫云芊便看到一脸无奈的上官晗烟从楼上走了下来，便有些疑惑地问道。

"也没什么，只是我那师兄，"上官晗烟有些无奈地说道："他说无情谷的事情他现在还不想插手，毕竟无情谷的人也没有做出什么伤天害理的事情来。"上官晗烟耸了耸肩，笑着说道："不过也随他好了，无情谷的事情我们自己处理也是一样的，毕竟我们之间也没有什么太大的关系，还是不要麻烦师兄好了。"

"没什么关系？晗烟，你好像昨天还阻止了他们的行动，而且还伤了他们的一个杀手。"莫云芊好心提醒道。

"这应该不是什么问题，"上官晗烟笑着说道："就算是无情谷的人真的要因为此事来找我的麻烦，我也自然有办法去应对。"

"晗烟，"莫云芊看了看上官晗烟，随后说道："这一次来到永安，我们还不知道接下来还会遇到些什么事情呢，不过这一段时间武林盟都没有任何的动作，我还真的有些担心，这几天有些过于安静了吧？"

"现在我们就只能慢慢等待了，"上官晗烟笑了笑，对莫云芊说道："这件事是不能操之过急的，不然的话最后麻烦的只会是我们。不过，我们倒是可以借着这一段时间好好准备接下来的事情，免得到时候我们措手不及。"

"晗烟，云芊。"刚刚下楼的吴恩佑看到坐在大堂的二人说道："我们再出去看看，如果有什么事情的话我们晚一点儿再聊吧。"

"周弘！"听到吴恩佑的话，莫云芊急忙说道："你不要忘了你昨天晚上说过的话，如果再惹到什么人的话我绝对饶不了你！"

"我知道。"看到莫云芊的神态，周弘有些无奈地说道："答应你的事情我是不会忘记的，放心好了。"

"你们是怎么回事啊？"吴恩佑和周弘离开之后，上官晗烟有些疑惑地问道："你们昨天怎么了？"

"也没什么事情，"莫云芊笑着说道："不过是一些狂蜂浪蝶罢了，我只是提醒一下周弘要注意自己的言行，不要让什么人产生什么不必要的误会，也是为了免得耽误到我们的事情。"

"我看你是吃醋了吧？"上官晗烟笑着对莫云芊说道："我想应该是昨天他们两个人出去的时候遇到了什么爱慕周弘的人了吧？"

"我……"莫云芊一时语塞，顿了一下之后又说道："我昨天的确是有一点儿生气了，不过谁让他在外面招惹别人的，我们明明是有要事要解决的，可是他……"

"我还以为你能嘴硬到什么时候呢？还敢说自己不喜欢他？"上官晗烟看着莫云芊的神态，笑着说道。

"其实我的确是喜欢他，所以这一路上才会一直和他闹，"莫云芊有些无奈地说道："只是他是大将军之子，以后注定要在朝堂之上生活的，而我，只希望可以继续像从前一样在江湖之上四处行医，我们之间真的是有一些差距啊，所以有些时候我明明喜欢却又不敢去靠近他。"莫云芊摇了摇头，又说道："不过我也不管这些事情了，先过好现在的日子再说好了，以后路谁又知道呢？"

"周弘，"离开客栈之后的吴恩佑也同样有些疑惑地对周弘说道："你和云芊是怎么回事啊？"

"也没有什么事情，公子，你还记得昨天那个茶楼掌柜的女儿吧？"看到吴恩佑点了点头，周弘继续说道："昨天傍晚的时候她来找过我，不巧被云芊看到了，结果……"周弘有些无奈地叹了口气，"云芊因此有些误会，不过我也都解释清楚了。"

"那女子不会是喜欢上你了吧？"吴恩佑笑着说道："看来你还真是很受女子的欢迎啊。"

"公子，你就不要拿我开玩笑了，"周弘有些无奈地说道："不过还好云芊没有什么太大的误会，不然的话我可真的麻烦了。"

"你和云芊啊，还真是一对欢喜冤家，"吴恩佑笑了笑，继续说道："要不然的话我们再去那间茶楼看看，既然那个掌柜的女儿对你有好感，那么说不定我们还可以再从她那儿得到些什么消息呢。"

"公子，你可饶了我吧。"周弘有些无奈地说道："要去的话还是你去吧，如果云芊知道的话还不知道会怎么样呢。"

"你从前可不是这个样子的，"吴恩佑笑着对周弘说道："若是换做从前，你是不会在意这事情的，而且你也不会去和那些人解释什么，看来这次你是真的爱上云芊了。"

"没错，"周弘倒是坦然，"算起来我们相识的时间也不算短了，她真的是一个很特别的女子……"周弘顿了顿，继续说道："这是我第一次知道真正喜欢一个人的感觉，只是……我觉得他似乎有所顾虑。"

吴恩佑笑着拍了拍周弘的肩，说道："好好珍惜有缘人吧。"

"我当然知道了，"周弘笑着问道："我们今天怎么办？现在来看恐怕也打听不到什么有用处的消息了吧。"这几日大家四处打探关于永安的消息，基本上百姓知道的事情他们都已经了解了，若是再问，不但不会问道什么有用处的消息，只怕还会引人怀疑，若是那样便真的麻烦了。

"还是到处走走吧，"吴恩佑笑着说道："就算是没有什么新的消息了，我们也总要看看百姓的生活啊。"

"云芊，我们也出去吧，我可不想在客栈闷着。"上官晗烟和莫云芊聊了一段时间之后便一起离开了客栈，只是她们都还没有料到，就在刚刚还毫无举动的武林盟会出现得如此突然，以至于众人难免有些措手不及。

刚刚走到街上，上官晗烟便极为机警地发现了四周的异样，"云芊，这儿有问题，我们小心点儿。"

"嗯，"莫云芊同样警惕地看了看四周的情况，低声对上官晗烟说道："我们分开走，最后在客栈会合，你自己小心点儿。"

而另一面，吴恩佑和周弘也同样发现了问题。"公子，我们……"

"挑繁华的路段走，"吴恩佑说道："武林盟的人绝对不会冒险在此处动手的，我们现在还不会太过危险。先看一下情况，一会儿回客栈，大家商量一下对策。"

"你们是什么人？都已经跟了我一路了。"知道自己被人跟上，上官晗烟疾步走到一片树林之中，停下脚步，对跟着自己的人说道："我们无冤无仇的，你们跟我做什么？我可没钱给你们劫。"

"昨日就是你伤了我们无情谷的人的？"领头之人一脸凶相地对上官晗烟说道："敢阻止我们无情谷的人还真的是不多见。"

"原来是无情谷的人啊，"听到这话，上官晗烟松了口气，对于自己而言，无情谷的人还算是好对付的。"昨天的事情只是一个意外，我也不想啊，更何况，我的武艺不及你们的人，只是……"上官晗烟皱着眉说道："我也没有想到他会躲不过去啊。"自幼行走江湖，上官晗烟倒也是练得伶牙俐齿起来了，上官晗烟深知自己敌不过无情谷之人，现在的自己能够做的也就只有拖延时间了。

"废话少说，今天我们跟着你也并不想伤害你，只是想要提醒你一下，身在江湖，还是不要多管闲事为妙。"为首的那人对上官晗烟说道："我们已经答应云庄主不会伤害你，但是如果你依旧如此多管闲事的话，那我们可就不敢保证我们答应云庄主的事情还能不能做得到了。"

"那小女子就先谢过几位了，"上官晗烟笑着说道："不过如果我们下一次还会再见面的话，你们完全可以不用顾及无忧山庄的面子，毕竟有些时候，我的事情师兄也是管不了的。"言罢，上官晗烟便转身离开。

"怎么回事？"回到客栈之后，上官晗烟看到吴恩佑等人也都先后回来，便问道。

"事情有变，我们回房再说。"吴恩佑看了看几人，率先走上楼去。

"晗烟，我们分开之后我便再没有发现有人跟踪我，看来那些人是冲着你去的。"莫云芊对上官晗烟说道。

"我知道，"上官晗烟看了看几人，说道："他们是为了之前的事情而来的，于我们而言还构不成什么威胁。"

"我怀疑今天跟踪我们的是武林盟的人，那些人步伐沉稳矫健，而且行动极为隐蔽，不像是一般的江湖人士。"吴恩佑严肃地对几人说道："我们之前已经查过的武林盟的人在冀州出没较为频繁，但是现在来看，他们的人已经开始注意到我们了。"

"冀州？"上官晗烟有些疑惑地说道："我之前曾经在冀州住过一段时间，没有听说过那面有和武林盟有关的人或事啊。"

"这一点我们也不是很清楚，"周弘有些无奈地说道："毕竟现在冀州的情况我们也不是很清楚。"

"现在冀州的情况我们还不清楚，而永安又有武林盟和无情谷的人，"莫云芊有些无奈地叹了口气，说道："现在我们……"

"我建议我们分头行事，"上官晗烟对几人说道："既然现在永安和冀州都已经出现了武林盟的人，那么我们分两地打探消息，也许会有一个结果。"

"这样也好，晗烟，你就和云芊留在永安吧，冀州那边由我和周弘前往。"吴恩佑看了看几人，说道。

"我不能留在永安，"上官晗烟笑了笑，严肃地说道："若是留在永安，怕是打探不出什么消息，这样吧，武林盟之人的目标应该是恩佑哥……我担心恩佑哥无论去哪儿都会有危险的。"

"这样吧，"吴恩佑想了想，说道："晗烟，你与我一同前往冀州。永安这面就交给周弘和云芊，就如晗烟所说，他们的目标是我，你们二人留在此地应该不会有什么太大的危险。"吴恩佑言罢，又对上官晗烟说道："晗烟，这一路上必然会有些危险，你若是有所担心的话可以留在永安。"

上官晗烟摇了摇头，笑着说道："没关系，恩佑哥你和周大哥都还不太了解江湖之事，我与你同行，应该也可以帮得到你，何况，我既然答应了师傅要与你们同行，那么便早已知晓这一路上会有危险的。"

"那好，我们就这样决定了，"吴恩佑笑了笑，说道："晗烟，你简单收拾一下行囊，我去准备一下，我们要早日起程才可以。至于周弘和云芊，你们一定要事事小心，现在这家客栈怕是也不会太安全了，以现在的情况来看，无论是无情谷还是武林盟的人，都已经注意到我们几人了。"

"晗烟，你确定要和我一起去冀州吗？"准备出发之前，吴恩佑有些担心地对上官晗烟说道："这一路上怕是危险重重啊。"

"从师傅找我回来的那天开始我便已经知道我和你们同行会有很多的危险和困难了，"上官晗烟靠在院落中的一棵树上，笑看着吴恩佑："既然便早已经料到了有危险，那么我也就没有什么可怕的了。"

风有些大了，树叶纷纷扬扬地撒落在吴恩佑的肩上、发上，背在身后的手心里，风也吹乱了上官晗烟的发丝，却还是能依稀看见她抿成一条线的薄唇，和微颤的长长的睫毛，竟给人一种身处仙境的错觉。看着上官晗烟暗流波动的眼，吴恩佑不由心中一动，"无论如何你都要小心些，这一路上武林盟的人不会善罢甘休的。"

四　念往昔　繁华竞逐

秋意渐浓，清风已凉，城郊柳林的柳树上叶已渐渐染上一层金黄，微风拂过便有秋叶随风在空中飘零而舞，渐飞渐远，自是一派凄清美景。足下长至脚踝的秋草早已微黄，在从柳中透出的阳光照射下生出绒绒质感。耳畔萦绕的是秋虫不止的悲鸣，好一幅秋图。沿着官道一路疾驰的上官晗烟眼中似乎蒙上了一层不明的情愫。

"晗烟，你怎么了？"在前往冀州的路上，吴恩佑见上官晗烟似乎有些心事，便疑惑地问道："这一路上我都觉得你好像有什么心事，不知道你方不方便告诉我，就算是不能帮到你，起码也可以为你分忧啊。"

"其实也没有什么方便不方便的，"上官晗烟有些无奈地对吴恩佑说道："恩佑哥，你知道吗？我从很小的时候就已经独自在江湖上闯荡了，我原本觉得自己已经足够强大，起码是足够有能力去保护我自己……"上官晗烟顿了顿，继续说道："可是仔细想想，其实这么长的时间，我都是在师傅和师兄的保护下才能够安然无恙的，连我自己都不知道，如果没有了他们，那么我的生活会变成什么样子。"上官晗烟侧过头看了看吴恩佑，说道："你知道我为什么说我不想留在永安吗？"

"你……"吴恩佑有些疑惑地摇了摇头。

"是我的师兄，"上官晗烟有些无奈地笑了笑，"是他告之了无情谷的人我的事情，所以即使是我伤了无情谷的人，他们也没有再追究些什么，如果不是这样，我想这件事情也不会那么容易解决的。从小到大，我每一次打着无忧山庄的名义去做这些事情的时候师兄都会很生气，觉得我总是会给他惹麻烦，可是每一次他都会帮我收拾那些烂摊子，都会默默地保护着我。他总是说那么做是因为不想给自己招惹到不必要的麻烦，其实我自己知道，他和师傅都是关心我罢了。我有的时候会觉得如果没有师傅和师兄，那么我什么事情都做不好。我之所以敢于这样毫无顾忌地阻止无情谷的行动，就是因为我知道即使师兄不会出面干涉无情谷的事情，他却也绝不会让我受到任何的伤害。"

"其实你现在已经很优秀了，"吴恩佑看了看上官晗烟，说道："我想师太和庄主也是为了你好，毕竟你一个女孩子独自在外并不是那么安全。"只是，此时的吴恩佑还没有发现，当自己得之有一个人如此不问缘由地保护着上官晗烟之时，自己心中划过的那抹酸意，"天色也不早了，我们还是快点儿赶路吧，不然的话还不知道什么时候才能到达冀州呢。"

"到冀州应该还有一段路程，不过……"上官晗烟笑着说道："看着天色我们今晚怕是要在此地露宿了，时间也不早了，我们还是明天再赶路吧。"上官晗烟笑着看了看四周的环境，随后转过头对吴恩佑说道："恩佑哥，你应该没什么问题吧？"

"放心好了，这种事情对我来说还没有什么困难。"吴恩佑笑着对上官晗烟说道："我还没有那么金贵，这一路上，风餐露宿的日子也不是没有过。"

"那就好，时间也不早了，我们还是休息一晚再赶路吧，不然的话就算是我们受得了马也会受不了的。"上官晗烟笑着说道。

"晗烟,现在看来我们这一路不会太平了,"吴恩佑看了看四周,笑着对上官晗烟说道:"看来这一路上,我们可是有麻烦了。"

"既然我们便早已经知道会有麻烦了,也就没有什么可怕的了。"上官晗烟笑着对吴恩佑说道:"今天我们还是好好休息一下吧,我们还不知道明天会发生什么事情呢。现在入秋了,天气开始转凉,我去找点柴火回来。"

天色微明,阳光透过树枝渐渐映照在上官晗烟的身畔。二人身侧的枯枝枯叶早已经燃烧殆尽,晨曦中,上官晗烟悠悠转身,便看到已经醒来的吴恩佑。

吴恩佑看了看上官晗烟笑着说道:"我们继续赶路吧。"

"嗯。"

果然,一切都不出二人所料,还未达到冀州,二人便已被人团团包围,而身后,便是万丈深渊……对手人多势众,且出手狠辣不留余地,招招夺人性命。而这厢却只有一男一女。就是这一男一女,他们背靠而战。两人脊背几乎不留一丝缝隙,彼此信任,皆已把身后交与对方。性命相托!只可惜纵使二人武艺如何高超,终究也是双拳难敌四手……

黑衣人一拥而上,吴恩佑和上官晗烟沉着应战。顿时,整个悬崖到处是刀光剑影,吴恩佑和上官晗烟一红一白,都被大量黑衣人团团围住,深陷其中,一时半刻根本脱不了身。打了半晌,上官晗烟的体力终于有些吃不消。来的黑衣人太多,解决一拨又有一批蜂拥而上。吴恩佑和上官晗烟只能苦苦咬牙坚持。上官晗烟手上的长剑舞动的速度已经快到只能看见剑影,却还是不能逼退那越来越多的黑衣人。而且他们招招狠毒,看来是非要二人的命不可。突然间,

上官晗烟不知道被哪个黑衣人划了一刀，手上的剑应声而落。

"晗烟！小心！"吴恩佑刷白了脸，话音未落。只见一个黑衣人举着刀，向上官晗烟的罩门直扑而来……

上官晗烟身体沉重得好似被灌了铅，几乎无法动弹，上官晗烟皱了皱眉，喉咙里发出了一丝微弱的声音，她动了动眼皮，极力地想睁开眼，奈何那刺眼的阳光使得她的双眼根本无法睁开！上官晗烟赶忙以手遮目，过了好一会儿，眼睛才终于睁开来。

"我们这是……"同样刚刚转醒的吴恩佑有些疑惑地看了看四周的情况，问道。

"我们掉下悬崖了。"上官晗烟勉强撑起自己的身子，仔细回想着之前发生的事情，随后对吴恩佑说道，"好在悬崖没有我想象中那么高，再加之岩壁上有不少的树木藤蔓作为阻挡，也算是救了我们一命了。"上官晗烟凭借自己的轻功和暗器，借助藤蔓慢慢下滑，保住了自己和吴恩佑的性命，上官晗烟笑着看了看自己的手，因为一直紧抓藤蔓，再加之人身体的重量，上官晗烟的手上布满的大大小小的伤口，不过自己和吴恩佑身上虽然都有不同程度的明显的大小伤口，但都只是皮外伤，"恩佑哥，我们还是先四处看一下有没有什么办法可以上去吧。"上官晗烟仔细地打量着自己所处的环境，所幸两人都摔得不严重，不过这悬崖的确极其陡峭光滑，即使自己自恃轻功卓绝，但仍根本无法攀爬更莫说逃生！

吴恩佑看了看上官晗烟的手，说道："你手上的伤？"

上官晗烟微微一笑，"都是皮外伤，没什么大碍。我们还是看一下这儿的环境吧，但愿我们可以找到离开的办法。"上官晗烟摇了摇头，起身观察着四周的环境，说道。

吴恩佑和上官晗烟也不知走了多久，走了多远，才终于来到了一座山洞前。

"走了这么长时间了，我们先在此处休息一下吧。"上官晗烟和吴恩佑看了看这个山洞，便一同走进去，进行简单的调理。

"晗烟，"吴恩佑看了看上官晗烟，说道："你先休息一下，我看一下四周有没有水源，先找些清水简单地处理一下伤口吧。"

吴恩佑刚刚起身，却听到一连串高亢而怪异的声音在山洞里响起，这些声音极其地尖锐震耳，让人避无可避！上官晗烟一惊之下，才发觉不远处的山崖山壁上满满当当地潜伏着无数的蝙蝠，它们有些倒挂在山石上，有些则紧贴在山崖山壁上，黑压压的一大片，总有几十只那么多！蝙蝠们尖锐刺耳而又高亢的怪叫声在偌大的山洞里越觉空洞响彻，倒像是在向吴恩佑和上官晗烟两个不速之客挑衅！上官晗烟这一犹疑之间，只见一大片黑影已齐刷刷地向着自己的方向飞速袭来，迅疾如闪电、声势如山倒！吴恩佑和上官晗烟急忙起身想要逃离山洞，却哪里还来得及？黑压压的蝙蝠各个来势凶猛、狰狞可怕，很快它们就遍及了山洞的每一处角落，包括山洞那唯一的出口！退无可退！

尖刺而高亢的轰鸣声再一次席卷而来，不过这一次，怪异的轰鸣声中却明显地夹带了一股尖锐刺耳的声音，这声音很快便突围而出，并远远地高于那一层轰鸣声之上！是笛子——短笛！

"晗烟！"吴恩佑看向上官晗烟，只见她奋力地握着短笛轻轻地吹向笛孔，每吹一次，笛子中便会飘出一连串铿锵顿挫的笛音，那笛音如魔如幻、如泣如诉、尖锐刺耳且难听至极，恐怕再多听一刻都会令人窒息、憋闷而死！如此如魔如幻、如泣如诉、尖锐刺耳的笛音自然也对蝙蝠产生了极大的影响，它们一时间已经乱作了一团，纷纷地急转而回，因为惊慌错乱，它们互相撞在了一起，有些则更

四　念往昔　繁华竞逐

是乱撞一气，撞上了周围的山崖山壁，不一会儿，地上便掉落了许多蝙蝠的尸体，凄厉凄惨的声音此起彼伏、不绝于耳！此时，"倏倏倏"数声疾响之后，一排针状物以迅雷不及掩耳之势，迅速而精准地刺向了那群蝙蝠，只一会儿时间，就又有数十只蝙蝠的尸体掉落在地了，其余的蝙蝠再也没有了攻击的气焰，它们纷纷败下阵去，四处逃窜开去。上官晗烟惊魂未定，重重地呼了口气——如释重负！短笛，无力地顺着她的右手滑落了下去，而握在她左手手心里的则是自己准备发出去的暗器！此时，天色已经向晚，山洞内微弱的光映照在上官晗烟的脸上，光线非常微弱，映照得她的面容更觉苍白无力，苍白中尚还夹杂着虚弱的蜡黄，上官晗烟身上本就有伤，加之方才击杀蝙蝠又再牵动了内息，一时之间显得有些虚弱。然而她的唇角边却漾着一抹自信的微笑——是为了方才取得的胜利在微笑吗？

"晗烟，"吴恩佑见此急忙扶住了有些虚弱的上官晗烟，说道："看样子这个山洞我们不能再待下去了，现在天色开始晚了，我担心那些蝙蝠还会再回来的。你怎么样？现在还可以撑下去吗？"

"放心吧，我没事儿。其实蝙蝠的视力并不好，它们是只凭借自己的听觉去感知和判断方向的。"上官晗烟有些虚弱地笑了笑，说道："没想到从前觉得好玩儿才和师兄学的东西这一次居然用上了。"

吴恩佑笑了笑，将地上的短笛拾起归还于上官晗烟，"我们还是快点儿找个地方安顿一下吧。"

吴恩佑扶着上官晗烟在一避风处坐下，又起身捡来一些树枝和枯草枯叶，只是因为之前曾经下过一场雨，这些东西都显得有些潮湿，吴恩佑从怀中拿出了火石，点燃柴火。火光跃动，一闪一闪的映跃在吴恩佑的面庞上，吴恩佑看了看环抱自己有些微微发抖的上官晗烟，吴恩佑微微换了一个位置，有意无意地替上官晗烟挡下了些许冷风。困意袭来，上官晗烟一会儿便已经靠在一旁的树上睡着了。看着上官晗烟因为损耗过度而显得虚弱苍白的面庞，他的心里不禁隐隐作痛。吴恩佑有些担心地看了看上官晗烟身上的伤口，虽然只是皮外伤，但是若不及时处理的话只怕会越来越严重的。

天色微明，晨曦一点点地洒映在二人的身上。身侧的枯枝枯叶早已经燃烧殆尽，不过，因为晨曦的照耀，四周的光线和温度总算相对匀和地留存住了。几缕青烟丝丝点点地随风扬起，四处飘散——这是燃烧殆尽的枯枝枯叶最后的一点儿余威！

一滴水滴垂直地落在了上官晗烟的眼皮上，冰凉凉的、有些许透骨，上官晗烟的眼眸不觉地随之微颤了一下，但眼皮却依然很沉很重，她努力地动了动眼皮，上官晗烟动了动手臂，长久保持着一个姿势令她的身体有些僵直发硬。手，微微地动了动，手指虽觉冰冷，但是相比于之前却也是好了很多。半刻之后，上官晗烟终于还是克服了身体的不适感，她努力地侧转过身，和吴恩佑面面相对，"恩佑哥，这悬崖……如果我们想要上去的话怕是要费些心力了。"

"既然我们现在已经落入此地了，那么也就不必过于焦急了，"吴恩佑笑着对上官晗烟说道："还是等到我们调整好自己的身体之后再继续赶路也不迟。"吴恩佑迅速环顾四周，希望可以找到一个可以果腹的食物，"晗烟，你先在此继续休息一会儿，我去看一下有没有什么可以吃的东西。"

吴恩佑走了不远，便看到一棵坚韧不拔的松树，繁茂的松树上结着密密实实的深棕色的松果，层叠裹绕的松果各个颗粒饱满，应该可以用来果腹！数枚碎石"倏"地从吴恩佑的手中飞射了出去，"当当当"，连续几声脆响之后，松果纷纷掉落了下来，总也有十几二十个！没错，在这样恶劣的环境之下，碎石或者任何东西都可以用来作辅助，获取想要的食物！果仁鲜白美味，短时内果腹一点不成问题！

吴恩佑看了看依然有些虚弱的上官晗烟，不免有些担心。看样子之前上官晗烟以笛声击退那些蝙蝠，着实是耗费了自己不少的体力，再加之身上本就有伤，纵使自幼便在江湖漂泊，但终究是一个女子，这么折腾下来，自然是疲惫不已。二人头顶滴落下来的水滴，溅落在上官晗烟的面颊上、衣衫上，很快便将她的面颊打湿了。吴恩佑小心翼翼地为她轻拭掉那些水珠，水，立刻就渗透了缠绕在他手上的布条，缕缕鲜血便顺着那布条往下滴落，只是此时的吴恩佑也已经没有精力去管自己的伤了，头上的水滴还在不断地向下滴坠，越滴越频、越坠越密！吴恩佑急忙仰首，果然见头顶树林有不少的树枝在积聚的露水下开始有些摇摇欲坠。吴恩佑急忙扶起上官晗烟离开了那个充满危险之地。

吴恩佑和上官晗烟一同找到了一个还算得上是安全的山洞，打算在此暂避一段时间再作打算。

"晗烟，"吴恩佑有些心疼地看了看上官晗烟，说道："你身上的伤一定要抓紧时间处理一下才可以，不然的话……"

"我知道，"上官晗烟微微叹了口气，说道："都只是些皮外伤，我自己简单处理一下就可以了，没什么大碍的。只是这天气越发得冷了起来，这山下我们也不能久留了，若是再没有办法离开的话，我们就算是不被饿死也会被冻死在这儿的。"说话间，上官晗烟有些无奈地圈住自己有些微凉的身体。

"你现在身体还是有些虚弱，还是先好好休息一下吧，何况这悬崖也不低，我们想要上去怕是有些困难啊。"吴恩佑有些无奈地说道："我们现在好好调整一下自己的身体,至于如何离开这儿还是等到明日再另做打算吧。"

"这样也好,"上官晗烟微微一笑,对吴恩佑说道:"恩佑哥,你应该从来没有在这样的环境中过过夜吧?"

"说实话,我和周弘离宫已经有一段时间了,不过遇到如今的处境倒还真的是第一次。"吴恩佑同样回以微笑。

不知不觉地,夜幕已悄然降临,被纯净雨水洗涤过的天空在这夜晚显得尤其空阔、尤其清明,幽蓝幽蓝的天空中月华暗淡,繁星却将月的光华重新勾勒了起来,星,密密麻麻地数之不尽,很快就布满了整个天际,确实是初秋的时节中难得一见的星夜!洞顶的缺口和崖壁的缝隙也慢慢地显露了出来,星光,穿过洞顶的孔缺以及或密或疏的崖缝透射了进来,金光点点,美轮美奂,枯叶燃尽的山洞里登时既暗也明!呼啸的寒风时不时地自洞外传来,并有一下没一下地将外面的微微的风雨吹进山洞里来,风高月暗星密往往预示着恶劣的天气将会再次如期而至……

上官晗烟的内心再度慌乱起来,她眉头紧蹙,迅速地扫视着山洞的每一个角落,希望找到一种或者几种适合的草药,可以尽快地处理好二人身上的伤势,然后尽快地离开这里!她起身的动作却第一时间被吴恩佑阻拦住了,他的手轻轻地抚按住她的手并缓缓地收了收手臂,"你还是好好休息一下,这儿就算是有草药也等到天亮之后再找吧。"

"恩佑哥,"上官晗烟笑着点了点头,"不过,从这一次的事情来看,武林盟的人应该是从我们一出永安县便已经跟上我们了。"

"我想我们的行踪早已都在武林盟的掌握之内了,"吴恩佑有些无奈地说道:"不过也不知道周弘和云芊在永安怎么样了。"

四　念往昔　繁华竞逐

"他们?"上官晗烟侧过头,笑着对吴恩佑说道:"我猜他们在一起一定会拌嘴吧。"

"不过那样也好,省得云芊觉得无聊。"借着外面微微的星光,吴恩佑和上官晗烟靠坐在山洞之中聊着天儿。

星光荧荧,星,似乎越来越密集、越来越闪耀了,星光也随之悄悄地发生着微变,微变的星光投射在了山洞的地面上、崖壁上——一会儿如伞,一会儿似钟,一会儿像网,一会儿又形同倒斗,这样的星夜实在让人着迷!不经意间,数颗绚烂夺目的星,徐徐地划过天际,划出一道道美丽的弧线后便渐渐地沉寂不见了,只留下一簇簇微蓝发白的光尾——长长的、久久的消散不去……这样美丽的星空,也算是给处于困境的吴恩佑和上官晗烟一点点的宽慰了。

清晨,薄暮初现,越聚越多的乌云逐渐将美丽的星夜遮蔽无踪,之前的雨水天气让这个山路变得泥泞异常,若是想要离开山下怕是有些困难了。

吴恩佑微锁的眉却在一点点地舒展开,他的眼睛望向四周的同时,脑子里似乎也在搜寻着、回忆着什么,"洞外的路虽然的确是退无可退,但是洞内却未必没有生路可循……"

上官晗烟揉了揉太阳穴,满心的疑问终归还是脱口而出问道:"恩佑哥,发生什么事?"

吴恩佑的一双眸子始终没有离开过周围的崖壁,语气则平缓而笃定,"我从前曾经和一位道人学过五行八卦之术,我观察已久,发现这洞穴其实大有玄机……本来我也是一筹莫展,不知应该如何离开现在的绝境,不过,昨晚的星透过洞顶的孔缺在洞内投射出不同的伞形、钟形、网形和斗形,令我忽然想到了那位道人的话,这些孔缺看似无形,实则却是有迹可循的,它们虽然直指地面,实则却是另有所指。我仔细观察过，发现洞穴崖壁上的部分山石是可以活动的，也就是说这些山石曾经被人刻意摆置过，根据它们摆置的位置，我已经能够肯定，这些山石正是依据了北斗七星阵的七个方位而布置……这北斗七星阵是按照天上的北斗七星所创，按照其位置依次为天枢、天璇、天玑、天权、玉衡、开阳、摇光，而前四颗星叫斗魁，又名璇玑；后三颗星叫斗杓、斗柄。天枢星是北斗七星中打头的星，也便是北斗七星阵的魂魄，所以北斗阵虽为七星看似复杂，我却只需破了这天枢星，北斗阵也就不复存在了。"

"你是说……"上官晗烟顿了顿说道："有人以八卦之术布置了这个洞穴？"

吴恩佑的眼眸里充斥着坚定和自信，唇角边则挂着一丝浅笑："我虽无十分的把握，却也有七八分的把握，所以晗烟你无须担心，你且暂避一旁。"他的坚持和笃定总是令她无从拒绝，于是她没有再追问，只是点了点头，退立到他的身侧，并保持着足够近的距离，内心高度警觉，眼睛则随时观察着洞内的动向，唯恐有变！

北斗七星阵由精妙多变的真人剑阵变成了眼前静止无声的山石，破阵几乎尽在吴恩佑的掌握之中！

吴恩佑的双眼始终未离开过四周的崖壁，悉心观察的同时他的身体也略微地向旁侧挪移了寸许。上官晗烟暗自思忖了片刻之后，终于明白了吴恩佑这么做的用意，她心下也不禁佩服起他的聪明机敏。刚开始，上官晗烟其实并不明白吴恩佑挪移身体的真正用意，直到看见他挪移到正对住崖壁中心的位置，联系起来一想她方才恍然大悟：吴恩佑虽已确定了此洞穴被人刻意摆置成精妙的北斗七星阵，也想到了要破阵必须首先破除天枢星，然而山石毕竟是毫无生气的死物，要在短时内找到天枢星所在方位又谈何容易？而更为紧

要的是，北斗七星阵变幻莫测，仅是基本的斗形就可以变化成正斗形或是幻化作倒斗形，一旦判断错了正斗、倒斗的斗形，也就势必会直接导致天枢星方位的判断错误，那么，后果将不堪设想！也正是出于这样的考虑，所以吴恩佑通过观察和挪移首先占据了北斗阵的中心位，也即是天权星所在方位，中心方位一旦确定，下一步只需正确判断出正斗和倒斗斗形，那么再依次找出和找准天枢星所在方位就会变得轻而易举了！

吴恩佑的目光紧紧地聚焦在洞顶星罗棋布的大小孔缺上，然后，闭目凝神，脑海中浮现着千变万化的北斗阵，七个方位不断地在他的脑海中生变换——只一瞬间，生生变变、循环往复的北斗阵已变换过十余种……无形静止的山石竟在他的意念中成为了变幻无穷的战阵！时机一到，吴恩佑手中的石块即刻飞出，正正地打向了位于北斗阵正中的一块山石，然而，被击中的山石竟全无反应？这一点，大大地出乎了吴恩佑的预料！

见状，上官晗烟自然也是心急如焚、十分紧张，她转头看向吴恩佑时却见吴恩佑依旧冷静如常，他迅速地将身体转向了对面的崖壁——原来，正对着他们的山石竟只是临门虚晃一枪，真正的北斗山石却是在那对面的崖壁内！足见摆置此阵之人的刁钻和狡猾！吴恩佑的手心里紧捏着石块，看准正中山石的方位后便迅速地将石块抛出，石块飞射、速迅如雷、力猛似刀且精准无比！接着，便是第二块、第三块……崖壁正中的山石接二连三受到石块的猛烈撞击后发出了一声闷响，闷响过后便向着崖壁内回缩了几寸，见状，吴恩佑的唇角边再次扬起了浅笑，山石的回缩虽然只有几寸，却也足以证明了他的判断是准确无误的，他现在所处的方位正是北斗七星阵阵中星"天权星"的所在……也正如上官晗烟所想，不管这北斗七星阵如何繁复多变，其中心方位始终都无法改变，只要第一时间占据了其中心方位，那么也就无须再害怕它的千变万化，因为，万变不离其宗！眼下既然已经明确知道了天权星的所在，只需再推测出此阵的斗形是正斗还是倒斗，那么，很快便可以找出天枢星的正确方位了！

"此阵究竟是正斗形还是倒斗形一试便知！"想到这儿，吴恩佑便将手中的石块迅速打出，打向了崖壁最左首的山石上，同样大小的三块石块同样的速度同样的力道，然而，山石虽有响动却未发生任何挪移和伸缩。"却原来是个倒斗形的七星阵！"吴恩佑略一沉吟，手中的三块石块又再飞出，这次三石打向的是位于崖壁最右首的山石，这块山石竟与最左首的那块一模一样——只见响动而未见伸缩！"难道我果真判断有误！"吴恩佑心下一紧，正欲另寻良策时，却听得一声闷响，那最右首边的山石终于还是伴随着闷响声向着崖壁外伸出了寸许，直至明显地突出于崖壁！原来，这阵中最重要的魂魄星天枢星竟不是向内回缩，而是向外凸伸！如此一来，便可明确知晓此洞穴摆置的是倒斗形北斗七星阵，代表天枢星的是那最右首的那块山石，而最左首的那块（山石）自然便是摇光星了！

破去了中位的天权星、为首的天枢星和为尾的摇光星，可以说北斗七星阵的威力大半已除，剩余的天璇、天玑、玉衡、开阳四颗星自是不在话下，尽在吴恩佑的掌控之中了，眼下的情势已由最初的被动变为了主动！但吴恩佑却丝毫未敢放松警惕，他紧盯着崖壁，脑海中意念着北斗阵形，瞄准时机后便将手中最后的四块石块抛出，四块石块就好像着了魔力，顺从而精准地分别打向了天璇、天玑、玉衡和开阳四个星位，"砰砰砰砰"四声闷响之后，四块山石纷纷地向着崖壁内回缩了寸许——迅疾而有力！见状，吴恩佑和上官晗烟不约而同地互相深望了对方一眼——北斗七星阵终于破除了！

这时，山洞洞顶上大大小小的孔缺却在瞬间内发生了大挪移，或疏或密、或急或缓，令观者心神恍惚、眼花缭乱、头晕目眩！"不好！"吴恩佑暗叫一声，一个"好"字尚未脱口，山洞已经开始跟着洞顶孔缺的变化而震荡起来，震荡，越来越局促、越来越频密、越来越明显，瞬间之内已然几度升级——整个山洞仿佛被人下了咒，仿佛瞬间之内便可以土崩瓦解了，恐怖之极！方才摇光星所在的崖壁旁侧，逐渐显露出一条缝隙，光亮从缝隙里穿透过来，越透越快、越透越多，缝隙甚至还在不断地打开、扩大，渐渐地缝隙由寸许扩变成了半人之宽……

只见那缝隙扩大到一人之宽时便戛然而止了！回头，洞穴内松动的山石已经开始大面积地坠落，有些山石甚至就要砸中他们——山洞马上就要坍塌了！想到这儿，吴恩佑与上官晗烟一咬牙，拼尽全力、迅速地奔向光亮，由于缝隙仅有一人之宽，他二人几乎是挤了过去！

二人才刚站定脚步时，便听得身后传来一声巨响，剧烈的震荡之后，方才仅容一身之宽的开口竟又重重地合上了！生死，原来就只在须臾片刻之间，真的好险！

果不其然，离开了山洞之后，吴恩佑和上官晗烟这才发现，他们走出的那个洞口居然位于这半山腰之上。"奇怪，这山洞究竟是何人所布置的？这看似普通的山洞居然也是暗藏玄机。"吴恩佑有些疑惑地想着，侧过头，却看到了眉头紧锁的上官晗烟，便问道："晗烟，你想什么呢？"

"此地已然靠近冀州……"上官晗烟皱着眉呢喃着，"而且布局之人又精通五行八卦之术，难道是他？"

"你是不是想到了些什么？"吴恩佑有些疑惑地问道。

上官晗烟点了点头，笑着说道："如果我没有猜错的话，布下此局者，应该是已经过世的天机老人，我听师傅说过，天机老人隐居一座深山之中，还在世之时为了不让其他人叨扰到他的生活，便在自己的住处依照五行八卦之术布下玄机，所以直到天机老人过世之后，也没有人知道隐世不出的天机老人究竟处于何处。"上官晗烟看了看吴恩佑，继续说道："看来我们正好找到了天机老人布下八卦阵的山洞之一，不然的话还不知道要什么时候才可以离开这悬崖之下呢。"

"天机老人……"吴恩佑想了想，说道："我之前倒是听说过此人，据说他医卜星象无一不精，怎么……"

"当年有不少的江湖门派希望可以得到天机老人的协助，当然，其中也不乏于一些江湖邪派，前辈不堪叨扰才会隐居山林的……"上官晗烟想想，说道："恩佑哥，我们回那山洞口看一看。"

虽然吴恩佑不知道上官晗烟为何要重新返回山洞，不过还是跟了上去。果然，上官晗烟在一处极为隐蔽的地方找到了一本天机老人留下的医书，"我想这个云芊一定会喜欢的。"

"你怎么知道？"吴恩佑有些疑惑地问道。

"师傅告诉我说前辈在生前把自己的毕生所学整理成册，分别留在了自己住的地方。我刚刚在想，如果前辈真的是隐居于这座山林之中，那么，他留下的东西很有可能就是留在了自己布下的这些八卦阵中。"上官晗烟笑了笑，说道："看来我猜得没错。恩佑哥，既然我们现在已经到达山腰处了，那么就抓紧时间赶路吧，上了山，我们也就快要到冀州了，到时候找一间客栈再好好地休息一下好了。"

说着，上官晗烟便欲抬脚离去，却未料被脚下的石块绊倒，直直地扑到了站在自己身前的吴恩佑身上，她的嘴巴突然碰到了什么东西，仔细一看原来是牢牢地贴在了吴恩佑的嘴巴上。她有点惊慌，两个人呼吸都有点急促，她躲避着他的眼神，低下头去，小脸微红……吴恩佑看着上官晗烟不自然地扯自己的衣摆，心中竟涌出一丝喜悦，满脸笑意地率先离开了山洞。上官晗烟调整了自己的神态，也急忙跟了上去。

这一路虽然不算是长途跋涉，但二人因为失去了马匹，待在冀州找到客栈之时也已是耗费了不小的体力。

"二位客官，真是不巧了，我们这儿只剩下一间客房了，您看……"店小二有些为难地看了看吴恩佑和上官晗烟，说道。

"这……"吴恩佑也有些为难地看了看上官晗烟，"看样子快要下雨了，我看这一时半会儿的怕是也找不到其他的地方落脚了，可是只有一间房……"

"小二哥，"上官晗烟看了看吴恩佑，对店小二说道："一间就一间吧，麻烦你带我们上去吧。"上官晗烟看了看吴恩佑的神态，笑着说道："恩佑哥，就像你说的，我们一时间也找不到其他的客栈落脚了，何况我相信恩佑哥你也是个正人君子，就这一夜，应该不会有什么问题吧？"

见上官晗烟这么说，吴恩佑也便没有再说些什么。进到房间，吴恩佑看了看这个房间的布置，对上官晗烟说道："晗烟，你睡床上好了，我今晚就在桌上趴一会儿吧。"

"恩佑哥，"上官晗烟看了看吴恩佑，说道："无论如何你也是皇子，如果这样的话，这一夜你怕是睡不踏实啊，我们都已经累了这么长时间了，你还是好好休息一下吧。"上官晗烟笑着说道："我自幼游历江湖，什么样的环境都曾经经历过，这一夜对我而言是不会有什么问题的，你还是好好休息一下吧。"

"就算是生在皇家，但也是个男子，身子自是要比你好，这一段时间你本就虚弱，就不要再推脱了，好好休息吧。"吴恩佑笑着对上官晗烟说道："况且，之前在那悬崖之下的几夜也都度过了，这会儿还有什么不适应的呢？"吴恩佑见上官晗烟似乎还要说些什么，便继续说道："你不会是打算就这么和我争执一整夜吧？再不休息的话天都亮了。"

半夜里，夜风乍起，屋子里的温度渐低……伴着外面的雷雨天气，吴恩佑和上官晗烟也各自休息起来。

呜咽的寒风中夹杂着越来越清晰的哭喊声——阴魂不散！"今天就是你们的忌日！"冷厉的声音蓦地响彻夜空！伸手不见五指的黑暗中，上官晗烟始终看不清来人的面庞，是当年的那个人吗？冰冷的剑身重重地穿胸而过、自己家人的血登时溅了满地……"不要！"被噩梦困扰的上官晗烟忽然惊呼着从床上坐起，同时也惊醒了一旁的吴恩佑。

听到声响的吴恩佑急忙来到窗前，待看到坐在床上微微颤抖的上官晗烟一脸的泪痕，心中没来由的一阵抽痛，未曾多想便将上官晗烟揽入自己的怀中，说道："晗烟，你怎么了？有什么事情告诉我，也许我可以帮到你呢。"

"也没什么事情，"上官晗烟听着窗外雷电的响声，想着曾经过往的经历，不由心下一阵凄凉，"只是做了个噩梦，打扰到恩佑哥，对不起了。"上官晗烟有些无奈地说道。

吴恩佑笑着扶着上官晗烟躺好，笑着说道："没事的话就好好休息吧。"

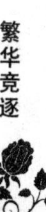

"恩佑哥,"上官晗烟笑着看了看吴恩佑,说道:"你就当成我是害怕打雷吧,不过可不许告诉其他人,尤其是云芊。"以上官晗烟对于莫云芊的了解,今日的事情若是被她知道,怕是又有得烦了。

"我知道。"吴恩佑淡淡一笑,说道:"不过你如果真的是有什么事情的话可以告诉我,就算是不能帮到你,但是也可以有一个人去分担你的伤痛。"

"恩佑哥,我真的没有什么事情。"上官晗烟笑着说道:"再过一段时间天就真的要亮了,我们还是休息一会儿啊,等天亮了我们还有事情要做呢。"

"我想我们要有麻烦了,"吴恩佑有些无奈地对上官晗烟说道:"我们的马匹和包袱都已经丢了,身上仅有的一点儿银子也都给了掌柜的了,咱们……"

"恩佑哥,这一点你不用担心。"上官晗烟一脸自信地说道:"在冀州……我自然有办法,你就不要担心了。正好等天一亮我再去买些药材回来。"

次日,天光微明,吴恩佑便醒来了,从未趴在桌上休息过的吴恩佑的眼睛和头颈都好像压了重物似的痛得很厉害。吴恩佑用力揉了揉前额和太阳穴,不舒服的头痛略微有所缓解,他再次撑起身体,不大的房间一目了然,自己之前睡着的桌上放着一碗热气腾腾的白粥,上官晗烟却已不见了踪影。

天微微一亮,上官晗烟一脸焦急地走出了客栈。脚步忧急散乱,脑子里和心里更是凌乱如麻。二人的身上都有伤,现在一定要置办一些药材才可以,若是在拖延下去,伤口发炎那么就会更加麻烦了。而眼下更为紧要的是,他们随身携带的包袱已经在来冀州的路上遗落了,身上的银两也所剩无几,莫说是置办药材,只怕是,再过两日他们住店打尖儿的银两也将不够了,所以,眼下,首先得想办法筹措到银两,不过,要在短时间之内筹措到所需的银两又谈何容易呢?

正在一筹莫展之时,上官晗烟却忽然瞥见了街边的典当铺,她登时心下一喜,急忙向典当铺走去……从典当铺出来,上官晗烟心里的忧急略有减缓,方才典当翠玉耳环和随身玉佩所得的几十两纹银足够她和吴恩佑几日的生活了。上官晗烟找到一家药材铺,简单买回来一些药材后回到了客栈。

"恩佑哥,"上官晗烟看了看同样刚刚回到客栈的吴恩佑,说道:"之前在崖下多有不便,身上的伤势也都没有好好处理。我刚刚出去买了些药材回来,先处理一下自己身上的伤口再做打算好了。我去问问店小二现在有没有空余的客房。"上官晗烟放下自己手中的药材和一碗粥后继续说,"我特地叫人在粥里加了鱼片,味道自然比普通的白粥鲜美很多,恩佑哥,你趁热喝。"

吴恩佑的目光却忽然停驻在了她的脸上,深邃的眼眸里也有些异样的闪烁,上官晗烟下意识地抚了抚自己的脸颊:"我的脸脏了吗?"

吴恩佑问道:"你的耳环?"上官晗烟急忙偏转过头去,掩饰地笑了笑:"一对普通的耳环罢了,丢了也没什么要紧的。"

吴恩佑的唇角微微地扯动了一下,唇角边挂上了一丝无奈的苦笑:"只是一对耳环就可以换得疗伤的药材,以及我们几日的住店打尖儿?看来,这冀州的物价还真是超乎寻常的廉价……"

上官晗烟知道不可能再对吴恩佑隐瞒,便轻声道:"我只是将翠玉耳环和随身的玉佩拿去典当了,以后还可以赎回来的……等你的伤痊愈了我们就立刻离开这里……你放心,这几日我会再想其他办法筹措银两，耳环和玉佩很快就可以赎回来的。"上官晗烟一脸无所谓地说道："这些事情我自有办法，你不用为我担心。"

闻言吴恩佑反问了一句："其他办法？什么其他办法？"此时此刻，他的心里便犹如打翻了的五味瓶，酸涩苦痛什么都有，这一路上几乎都是上官晗烟在照料着自己，现在就连维持生计这种事情都要靠她来想办法……想到这儿，吴恩佑随手将戴在左手食指上的戒指脱了下来说："这枚戒指也算材质上等，赎回你的东西之后应该还可以多换些银两。"

上官晗烟连连摇头道："不行！这枚戒指可是你的随身之物，我想对你来说应该也是意义重大吧？何况，你的身份特殊，这戒指不可以随便典当！"

吴恩佑道："戒指不可以，难道你的玉佩就可以！"

上官晗烟轻松地笑了笑："你放心，我自有我的办法，最多就是等我们回到永安之后我再过来赎回自己的东西！"看着他恼火的表情，她便又补充了一句，"我已经吩咐店家准备了一些日常用品，应该很快就可以送到了，我出去一趟，很快就回来！"说完她便闭门离开了，甚至没有给他说话和反击的机会……

关闭上屋门的一瞬间，愁绪再度涌满了上官晗烟的心间，嘴硬的辩驳终归无法化解现实的困局，所剩的银两除了要住店打尖儿之外，怕是还有很多需要用得上银两的地方，看样子现在一定要尽快赶回永安才可以，不然的话上官晗烟真的不知道自己还可以上哪儿去筹到银两了。说道自己典当的东西，上官晗烟真正不舍的是那块自己一直随身佩戴的玉佩，那玉佩虽然不是什么贵重之物，但毕竟是自己自幼佩戴之物，自然是有着属于它自己的意义和价值，只是这一次不知道什么时候才能把那块玉佩赎回来了。

待上官晗烟再度回到房间,吴恩佑已经重新包扎好了自己身上的伤口,上官晗烟笑着开口说道:"店小二说早上刚好有一位客人退房,一会儿我会搬过去,看样子我们怕是还要在这冀州多留几天。"

上官晗烟笑了笑,又递上来自己刚刚去买回的新衣物,二人之前的衣物都已经有些破损,再加之身上的血污,原本就爱干净的上官晗烟自然无法忍受。

上官晗烟见吴恩佑并没有言语,便存心要逗他开心,"统共有十几两纹银呢,除住店、买药材之外,买两件衣裳也总还是够的,你不是嫌我买的衣裳难看吧?"

吴恩佑抬眼看了看,见她手中的衣裳虽然材质不及他原来的衣袍上乘,但总算也是洁白素净极了的,却也只是浅笑了一下不置可否。"我刚刚出去打探了一下,"吴恩佑看了看上官晗烟,说道:"现在还没有发现有什么可疑的人,不过武林盟的人已经开始在意我们了,这一点倒是千真万确的,我看我们在冀州还是要万事小心才好。"

"你什么时候去的?"上官晗烟有些奇怪地对吴恩佑说道:"我出去的时间应该也不算是长吧?"

"就在刚刚,"吴恩佑笑了笑,说道:"我总不能一直留在客栈吧?"

"从现在来看,冀州的确是不太安全,"上官晗烟皱了皱眉,有些无奈地说道:"我想我们在冀州的日子不会那么轻松了,我们一定要万事小心才可以。"

听到这话,吴恩佑再次将食指上的戒指摘下来递给上官晗烟,语气温和中带着坚决,"投栈、打探消息,还有我们回程的路费,都需要银两的,你就听我一次,把戒指拿去。等到我们回到永安之后再拿银两赎回来就行了。"

上官晗烟看着吴恩佑一脸的坚定,便也不再拂逆他的意思了,她伸手接过戒指道:"如果银两的确所剩不多的时候,我再去趟典当铺。"

"恩佑哥,"上官晗烟看了看吴恩佑,严肃地说道:"从我们这一路上的情况来看,我想这武林盟的人应该是早已经跟上了我们,就算是我们在冀州查到些什么怕是也只是杯水车薪罢了。"

"这一点我自然清楚,"吴恩佑对上官晗烟说道:"不过,若是能够找到武林盟之人聚集之地,那么对于我们而言一切便会轻松一些了。"吴恩佑轻轻地推开窗子,窗外阳光明媚、万里无云,空气格外的新鲜宜人,清风吹来,吹动了窗棂也吹动了他的衣袂和发梢——衣袂、发梢都在随风微动。吴恩佑深深地吸了口气,清爽的空气瞬息灌入胸肺,五脏百骸之间都无比顺畅,连日来的奔波、伤痛之苦登时一扫而空!

"恩佑哥,"上官晗烟看了看窗前的吴恩佑,严肃地说道:"我总是觉得此地不宜久留,我们还是抓紧时间吧。"

"你放心好了,我自然有数。"吴恩佑回过头看了看上官晗烟,笑着说道:"我们现在要抓紧一切的时间去查清冀州的事情,依我看现在冀州的情况对我们而言十分不利。"

"向百姓打探消息怕是会有些困难了,虽然冀州会有一些江湖中人往来,"上官晗烟有些无奈地说道:"但如今冀州百姓安居乐业,而且那些江湖中人也没有打扰到冀州百姓的正常生活。怕是没有几人会在意是否有其他的江湖人士出没,而且……在冀州的江湖帮派本就不多,我怕对于我们而言很难查到什么有意义的事情。"上官晗烟想了想,继续说道:"不过……想要找到武林盟的据点,也不是没有办法。"上官晗烟看了看吴恩佑有些疑惑的神态,继续说道:"就算百姓再怎样的安居乐业,这市井之内的走卒商贩也自是不在少数,他们之中也有不少人穿州过省地奔波着讨生活,知道的消息必然不少,还有就是……那些乞丐,这一招我从前可是用过的,而且也的确从他们口中得到了一些消息。"

"可是我们的银两够用吗?"吴恩佑有些担心地问道。

"恩佑哥,不是还有你的戒指吗?"上官晗烟微微一笑,"不过你可要想好了,如果把你的戒指当掉,我可没有把握还能不能把它赎回来了,你那枚戒指的材质做工都是很不错的,我想一定会有人出高价买走它的。"

"没关系,就算是再贵重也都是些身外之物罢了,"吴恩佑笑了笑,说道:"我总不能让你再次拿出自己的东西来吧。"

典当铺。

掌柜问道:"这位姑娘,您想典当些什么呢?"

上官晗烟紧攥着戒指,内心愈加犹豫不决起来,半晌之后她才将戒指递了上去。铺主接过戒指仔细地辨别详看了几遍,口中不禁啧啧赞叹:"这枚戒指材质上乘、做工精细,而这颗宝石更是非同一般啊……"

听到这儿,上官晗烟她当即改变了主意,"对不起,这戒指我不当了。"

铺主似乎还有留下戒指赏玩之意,"这位姑娘,大不了我多算你几两银子。"

上官晗烟连连摇头道:"再多的银两我也不当了。"

铺主见她主意已决,只得恋恋不舍地将戒指还递给她:"那你当什么呢?"抬头正值上官晗烟抬腕之际,铺主看到她手上的玉镯,便

笑眯眯地道:"姑娘,你手上的这镯子也很不错,不但材质上等少见、手工更是精巧无比,倒是可以当个好价钱。"

上官晗烟抬手看了看自己手腕上的玉镯,想来这玉镯还是年前自己的师兄送的,若是当掉未免有些可惜,可是……上官晗烟皱了皱眉,最终还是取下了自己的玉镯,又换回了不少的银两。上官晗烟严肃地对掌柜的说道:"掌柜的,我这一次只是因为救急才回来当掉自己的东西的,不过这玉镯还有我之前当过的玉佩您一定要帮我保管好,过一段时间我一定会赎回来的。"

"姑娘,我也看得出来,你也是迫不得已才会来我这儿典当东西的,你的玉镯和玉佩我会尽量帮你留下来的,"铺主看了看上官晗烟,一脸笑意地说道:"你这玉镯材质实为上乘,我会尽量帮你留住的,不过你可要快一点儿,不然我也不敢保证可以帮你留到几时,我毕竟是一个生意人,不可能有钱不赚的。"

"我知道,那就麻烦掌柜的了,我会尽快回来的。"上官晗烟看了看铺主,说道。

"这位姑娘,"吴恩佑与上官晗烟一同来到街上,本是打算通过这些商贩和城中乞丐的口中打探一些消息,只是眼前的商贩却一脸色相地看着上官晗烟,"姑娘要问的事情我需要好好想想才行啊。"

看到商贩的眼神,吴恩佑不着痕迹地将上官晗烟揽到自己身后,帮她挡住了那人探究的目光,只是浅笑着说道:"我们二人也只是想要问一下你有没有看到过什么奇怪的事情罢了,你看这……"吴恩佑言罢,递上一些银子,笑着说道。

"这样啊……"那人想了想,说道:"有倒是有,我前些日子在冀州城外倒是的确看到一些拿着兵器的人,不过倒不像是镖局的人……我知道的也就只有这些事情了,不过……"那人嬉笑着看了看站在吴恩佑身后的上官晗烟。

"谢谢你了，我们先走了。"看出那商贩不怀好意，吴恩佑急忙和上官晗烟一同离开了那名商贩的摊子。

"恩佑哥，"上官晗烟一脸无奈地看了看吴恩佑，"这些人还真是……恩佑哥你还真能忍让啊。"

"出门在外，我们还是减少这些无谓的争执才好。"吴恩佑笑着对上官晗烟说道："这一段时间，我已经适应很多的事情了。不过从这些人的说法上来看，武林盟的人很有可能就是集中在冀州附近，我们不能硬拼，还是要快点儿回去和大家商议一下对策才可以。"

"这是必然的，我们一定要快点儿回到永安才可以，"上官晗烟笑着对吴恩佑说道："我们的钱财真的不多了，若是再留在冀州，只怕我们要被客栈的掌柜扫地出门了。"

吴恩佑看着上官晗烟笑了笑："那我们回去收拾东西，准备返回永安，等到一切安排妥当之后我们再前来冀州也不迟。"吴恩佑想了想，继续说道："可是……永安怕是也不会太安全了吧？"

"起码好过我们继续留在冀州吧，"上官晗烟笑着说道："一切都要等到我们回到永安再做打算吧。"

"不过……"吴恩佑看了看上官晗烟，有些担心地说道："我们这一行……"

"也算是有些收获，"上官晗烟笑着对吴恩佑说道："单单从我们受到伏击一事便可以看出武林盟的人虽然一直没有出现，倒是却在暗中留意我们的一举一动。而且……看得出来，之前那些人的目的并不是要伤及我们的性命，而是想要阻止我们来冀州。"上官晗烟顿了顿，又说道："何况我们还找到了前辈的那本医书，那可是无数江湖中人梦寐以求的宝物呢。"

"你还真乐观。"吴恩佑笑了笑,对上官晗烟说道:"我之前还担心你会不会觉得我们这一行算是白费力气了呢。"

"以我们现在的处境来看,就算是不乐观也不行了。"上官晗烟摇了摇头,对吴恩佑说道。

回到客栈后,站在窗口的吴恩佑胸口却忽然一阵憋闷压抑,气息也随之越来越急越来越短促,他的手紧紧地揪住衣襟,大口大口地喘起气来,可是,极不舒服的感觉并没有因此减弱,反而愈演愈烈!极度的憋闷和气促伴随头晕、颈痛、眼前发黑,而种种不适的感觉还在不断地加剧,很快,他的前额和背脊就被冷汗完全浸湿透了。他粗喘了几口气,吸入了一些新鲜的空气,呼吸似乎顺畅了不少,但头晕和颈痛还是没有半点儿缓和,他的双眼一阵阵地发黑,所看到的事物在眼前忽明忽暗、恍惚至极,有几刻,眼睛甚至完全看不到任何东西了!不得已,吴恩佑只能虚软无力地靠向墙壁,粗粗沉沉地喘着气,半闭半睁地合着双眼。冷汗,一遍遍地侵袭着他的身体,虚弱,一点点地将他吞噬……

"恩佑哥,我们什么时候……"上官晗烟一边关闭屋门一边对屋内的吴恩佑说道,察觉到吴恩佑的异样,上官晗烟急忙扶住吴恩佑"你怎么了?"

吴恩佑紧蹙着眉头,急喘了几口粗气之后,方才发出一丝声音:"我……也不……知……只是……觉……觉得……很……很辛苦……"断断续续地说完这句话之后,他的身体再也无力支撑,慢慢地倒在了上官晗烟的怀里……

上官晗烟小心翼翼地扶着吴恩佑躺回到床榻上去,她的手指剧烈地颤抖着,动作极其轻微的上官晗烟搭着吴恩佑脉象的手渐渐地松弛下来,慌乱的心绪也逐渐地趋于了平静——因为中毒,吴恩佑的脉象显得很不稳定，忽急忽缓、忽强忽弱、杂乱无章，不过所幸，在这杂乱无章之中尚还可以清晰地探到一息跳脱、一丝规律，这足以说明，吴恩佑所中之毒并非无药可解的剧毒！

上官晗烟略微松了口气，玉指轻扫，迅速地封锁了吴恩佑心脉、胸腔附近的几处大穴。虽然自己并不是医者，不过几年的江湖经验还是让上官晗烟练就了较为不错的医术，她十分清楚，在没有十足把握准确判断出毒性类别、凶险程度以及找到适合的解毒方法之前，必须首先稳定住吴恩佑的情况，保护好其心脉的同时要尽量地减缓血液的流速，以免毒性伴随血液在他体内过快运行而殃及性命！

"咳咳咳！"吴恩佑重重地咳了几声，他的额上冷汗微冒、面色十分苍白，眼睛依然没有睁开来。吴恩佑的重咳立刻将上官晗烟的心绪拉转了回来，她一边为他擦拭冷汗一边蹙眉暗忖。这几日的情境不觉在她的脑海中迅速回转：这几日，除了典当随身物件换取银两之外，她去过最多的地方便是那药材铺……可是之前买回来的药材自己和吴恩佑都用过，若是有问题，不可能只有吴恩佑中了毒。想到此，上官晗烟急忙将所有药材一一拿出来，再仔细地加以辨认和确定，果然，从药材铺里置办回来的药材是没有任何问题的！

"不是药材铺就一定是这家客栈！"她随手将阁窗推开，透过二楼的阁窗，客栈里的一切尽皆收入眼底——这家客栈是这冀州最大的一家客栈，每日里来住店打尖儿的各色人等络绎不绝，显得这家客栈总是人来人往的十分热闹，客栈里形形色色的人，哪怕只是极其普通的人，此时此刻看在上官晗烟的眼里也会觉得十分可疑！她的手指紧紧地扣着阁窗的窗棂，仔细地思索着这一段时间的经历，有问题的不见得是客栈，而应该是客栈中的人，可是……问题究竟出在了哪儿？上官晗烟皱着眉，仔细地想着，"是那碗粥？"上官晗烟似乎忽然想起了什么，药材没有任何的问题，那么最有可能出现问题的就是之前自己吩咐小二准备的那碗鱼片粥。这家客栈来往的人员较多，若是真的有人存心加害，暗中掉包也不是不可能的。

"恩佑哥，"上官晗烟看了看躺在床上的吴恩佑，严肃地说道："这家客栈看样子是有什么问题，我们万事小心。"上官晗烟言罢，拿出一颗药丸，说道："这药丸可以暂时帮你压制自己体内的毒，我先想想办法，你自己小心些。"上官晗烟小心地扶着吴恩佑躺下去"如何？可感觉好些？"

吴恩佑轻轻地点了点头"嗯。"

上官晗烟尚未答话之时，一阵急促的脚步声伴着敲门声已从外面传了来。上官晗烟警觉地握住自己手中的暗器，话语中却丝毫未露惊恐："谁？"

"我是店小二，夫人您刚才要的饭菜已经准备齐了。"得到允许之后店小二入屋来，将饭菜一一地摆置在桌子上："都是按照您的吩咐调制的。"说话间，他有意无意地望了望吴恩佑，见吴恩佑正兀自端坐在床榻上——他的面容平和无奇，面色更是红润自然……

吴恩佑笑着看了看那个店小二，问道："还有什么事吗？"听上去，他的中气也尚算十足。

店小二见便答非所问道："没、没事，客官您没什么事吧？"

吴恩佑微笑道："我刚刚打完坐练完功，有什么问题吗？"

店小二尴尬地连连摇头道："没有没有，我随口问问，打扰二位了，告退。"说罢，他便急急慌慌地闭门而去了。

吴恩佑抬眼望了望阁窗外，见店小二确实已经走远，他的身体这才放松下来。

"恩佑哥，"上官晗烟看了看吴恩佑，严肃地说道："你先休息一下，我去看一下情况。"

上官晗烟在次回到房间后，对吴恩佑说道："我已经问过客栈中的人了，刚刚来过的那个人并不是这家店的店小二，看来是真的有问题了。何况我现在的办法也只是权宜之计，我们还是要找到一个合适的办法才可以。"上官晗烟再次玉指轻扫、迅速地封锁住他心脉以及胸腔附近的几个重要穴位，"恩佑哥，我毕竟不是一个医者，对自己的医术可是没有太大的信心……"

"晗烟，"吴恩佑看了看上官晗烟一脸焦灼的神态，淡然地说道："我现在还没有什么大碍，你不要担心，我相信总会有办法的。"

"我们要不要搬出去？"上官晗烟有些担心地看着吴恩佑，说道："我看这家客栈对于我们而言不是那么安全的。"

吴恩佑连连摇头轻叹道："有没有听过，最危险的地方也是最安全的地方？如果武林盟的人真的有意要置我们于死地，那么我们就这样出去，与自投罗网没有分别？依我看，我们就先在这家客栈继续住下去，不过要万事小心，毕竟这客栈中每日来往的人员不在少数，武林盟的人也不敢轻举妄动。"

"嗯。"上官晗烟笑着点了点头"那么我去想想办法，看有没有什么办法帮你驱毒，我给你的药应该还可以支撑一段时间，起码可以让你能够自保。"上官晗烟看了看吴恩佑，又说道："如果有什么问题的话我会第一时间告诉你的。"

"那你自己也要小心些，"吴恩佑看着上官晗烟，笑着说道："你也不要过于担心，车到山前必有路嘛。"

"嗯。"上官晗烟看着吴恩佑泛紫的面颊、发乌的嘴唇，心里阵阵难过，心疼他的虚弱、心疼他的坚持，"我去看一下冀州的情况吧，我尽量快去快回。"

一连数日，上官晗烟衣不解带地日夜照顾着吴恩佑，到了晚上，她就将烛台挪到床榻边，一边翻查天际老人留下的医书一边留意吴恩佑的情况。风，不经意地吹开了窗子，星光一点点地洒了进来，映照着吴恩佑苍白无力的面庞。上官晗烟起身关窗——原来今夜没有月亮，只有点点繁星洒满了天空，就好像她杂乱无章的心绪的真实写照……上官晗烟皱着眉看着时好时坏的吴恩佑，胸口就好像被压上了千斤重石。

"晗烟，你在做什么？"刚刚转醒的吴恩佑便看到上官晗烟在收拾东西，便有些疑惑地问道。

"恩佑哥，这家客栈我们不能再住下去了。现在你中的毒还没有清除，我们不能再冒险了。"上官晗烟一边继续收拾着东西一边对吴恩佑说道："我之前遇到了一个江湖上的朋友，我想我们要先到他那儿住下，无论如何也要帮你解毒才可以。"

果然，上官晗烟刚刚扶着吴恩佑离开了客栈，便看到有一辆马车早已在门口等候，"二小姐，小人奉寨主之命接二位前往清风寨，请上车吧。"

"恩佑哥，"马车之上，上官晗烟对吴恩佑说道："对于我们而言清风寨还算是安全，这样我也可以安心想办法为你驱毒。"上官晗烟叹了口气，又说道："我原本是想找云芊过来帮忙的，但是现在看来时间怕是来不及了。"

"冀州的事情还是我们自己处理吧，"吴恩佑看着上官晗烟，微微一笑，说道："毕竟云芊他们还有自己的事情要处理，何况……我对你有信心，我中毒的事情你一定有办法解决的。"

看到吴恩佑的气色似乎有所好转，上官晗烟也就松了一口气，虽然现在还是没找到解毒的办法，但是自己手中的药物倒是可以很好地压制吴恩佑体内的毒素。"你还记得我们刚刚相遇的时候吧？我可是说过的，不要对我抱有太大的希望。"上官晗烟看了看吴恩佑的神态，继续说道："不过我会想办法解决我们现在的困境的。"

"清风寨？"吴恩佑抬起头看了看自己来到的地方，有些奇怪地看了看上官晗烟，"这是怎么回事？"

"先进去吧，一会儿我再和你解释。"上官晗烟扶起吴恩佑，对来人说道："王寨主，这位是我的朋友。我现在需要去找一些药材，这几日就麻烦寨主帮忙照看一下我的朋友吧。"

"二小姐您太客气了，"王寨主一边命人为二人安排住处一边对上官晗烟说道："这些年多亏了无忧庄主帮忙我们清风寨才有今天。如今二小姐有事需要我们清风寨的人，在下自然全力以赴，没有什么可麻烦的。"

"那就多谢寨主了。"上官晗烟和吴恩佑在清风寨中安顿好之后，上官晗烟对清风寨的王寨主说道："我想问一下这附近有没有什么地方可以找到龙舌草和单芯海棠？"

"单芯海棠我们清风寨中就有种植，二小姐如果有需要的话随时可以采摘。"王寨主看着上官晗烟，说道："至于龙舌草我便不太清楚了，据我所知这附近的山上有一些草药，你可以去那儿看一下。"王寨主想了想，又说道："二小姐，不知道有没有什么事情需要我们的人做的？"

"这样吧，一会儿我写一个方子，还麻烦寨主派人去城内的药材铺中抓药，不过此人一定要懂一些医术，以免不小心混淆了什么药材。"上官晗烟严肃地说道。

"那我马上去安排，如果二小姐还有什么事情的话只要吩咐便可以了，我们清风寨的人必定会为二小姐效力的。"王寨主看了看上官

晗烟，一脸真诚地说道："这也算是我们报答无忧山庄了。"

"既然寨主这么说，那我也就不推辞了。"上官晗烟微微一笑，随后便转身离开了客栈。

"晗烟，这？"看到上官晗烟回来，吴恩佑有些奇怪地对上官晗烟说道："能不能告诉我这究竟是怎么回事，还有，这几天你都在忙些什么啊？"看到上官晗烟连天来的奔波忙碌，吴恩佑没来由地一阵心疼。

"清风寨的寨主和我的师兄关系一直不错，不过是这一段时间才搬到冀州的，我之前出去找药材的时候无意中遇到了清风寨的人，便想过来找王寨主希望他可以帮忙，毕竟那家客栈对我们而言可以说是危机四伏。"上官晗烟放下自己手中的东西，笑着说道："我之前才在前辈留下的医书中找到了一个可以解百毒的药方，只是稍稍有些麻烦，我也是担心继续留在客栈会有危险，反而延误了为你驱毒的时间。"

"晗烟，"吴恩佑看了看上官晗烟，有些无奈地说道："这一段时间麻烦你了。"

"恩佑哥，"上官晗烟一边检查着自己手中的药材，一边说道："这也没有什么麻烦的，何况这一次你中毒也是因为我的大意才引起的，如果我没有办法帮你解毒的话，我自己也会不安心的。"上官晗烟确定自己的药材没有问题之后，走到吴恩佑的身边，对吴恩佑说道："恩佑哥，我会用单芯海棠、龙舌草以及天山雪莲磨成的药粉帮你驱除体内的毒，不过需要先帮你把毒血放出来一些……不过放血的过程应该会有些疼，你要忍耐一下。"

"你好像有什么顾虑？"吴恩佑看了看上官晗烟秀眉紧锁的样子，说道。

"其实这种办法只是在前辈的书上提及过,我自己从来没有尝试过,我怕……"上官晗烟有些担心地看着吴恩佑,说道。

"无论如何都要试一试,总好过没有任何的办法好。"吴恩佑笑着对上官晗烟说道:"何况,我相信你。"

上官晗烟看了看吴恩佑一脸坚定的神态,深深地倒吸了口气,执起匕首在火烛上烧了几烧之后,便毫不犹豫地朝吴恩佑手肘上方三寸之处刺落了下去,这一刺,很干脆很利落也很坚定,匕首所到的肌肤立刻被划出了一道长逾三寸深约两寸的血口,微浓的乌血顺着血口汩汩地流出来,血流的速度不快不慢、不疾不徐,足见,上官晗烟划落的位置不但精准无误,血口的长度和深度更是拿捏得十分准确!渐渐地,从吴恩佑手臂血口处流出来的血,开始由浓转淡、由深变浅,虽然血中仍带有乌色,但总不似先前那般混沌深污了。见此,上官晗烟急忙将之前准备好的药粉敷在吴恩佑手臂的伤口上,笑着说道:"看样子这个办法还有些用处的,不过这种驱毒的办法还需要继续几次才可以将你体内的毒全部清除,我想我们还需要在这儿待上一段时间。"

吴恩佑眼皮微合、气息急促,他的额上、背上早已渗满了冰冷的汗珠,他的嘴唇也因为失血而加倍的苍白……上官晗烟看着吴恩佑这个样子,心中不免一阵酸楚,"恩佑哥,刚刚一定很疼吧?"

说不疼是假的,体内余毒未清、新伤旧患亦未能愈合,而放血期间又不能借助任何镇痛止痛的药材……方才,锋利滚热的匕首刺进手臂的那一瞬间,他只觉得眼前一阵天旋地转,恐怕那伤那痛早已不止在他的手臂上,更是深入到他的心里深入到他的骨髓里去了!吴恩佑抬了抬眼皮,苍白的嘴唇微微地动了动:"我没事,你不要担心。"

上官晗烟微微地笑了笑，一边帮他整理衣裳一边说道："那你先好好休息一下，我去问问王寨主看他是否知道一些关于武林盟的事情。"上官晗烟言罢，从衣中取出一颗可以补气培元的药丸递上，"这个可以让你补充一下元气，这种驱毒的方式是很伤身体的，你就先补充一下自己的体力吧。"

"晗烟，"吴恩佑有些担心地看着上官晗烟，说道："你还是好好休息一下，这么下去你的身体也受不了啊。"

"没关系，"上官晗烟笑着看了看吴恩佑，说道："我也习惯了，我们还是先把冀州这边的事情都处理好吧。要说休息以后时间多着呢。"

冀州的夜空显得格外宁静格外美好，星光点缀起整个夜空。上官晗烟默默地站在星光之下，美丽的星光均匀地洒在她的衣裙上——美轮美奂，可夜空之下的上官晗烟却似乎没有心情去欣赏这样的夜景。上官晗烟微微皱眉，思索着这一段时间的经历，上官晗烟知道，不知不觉中，他们一行人的身边早已是危机四伏，不过武林盟的人迟迟没有和他们发生正面冲突，又是否因为武林盟之人有所顾忌，这一趟的冀州之行并不顺利，也只怕在永安的莫云芊和周弘也不会太轻松。

……

这一夜，永安也并不算热闹，不过总算是一个风清月朗的月明之夜。

"也不知道晗烟他们怎么样了。"站在窗边，莫云芊有些担心地看着远方。

站在她身后的周弘微微一笑，走上前说道："你也不要太担心，我想他们不会有什么太大的问题的。"周弘看了看莫云芊的神态，继续说道:"但是你有没有觉得有些奇怪,之前无情谷的人还是一个嚣张跋扈的样子,可这几日无情谷却莫名其妙地没有了什么动静。"

"但愿不是暴风雨前的宁静吧。"莫云芊有些担心地说道:"我倒是宁愿无情谷继续如之前一般行事张扬,也总好过忽然安静下来了,这不像是无情谷之人的个性啊……这倒是让我反倒是有些担心起来了。"

"我们也不要太担心了,这些事情总是会有办法解决的。"周弘看着莫云芊,说道:"早点儿休息吧,我们明天再四处看看,但愿无情谷的人不要有什么阴谋才好。"

"我还不想休息,"莫云芊回过头看了看周弘,笑着说道:"总是觉得会有些事情要发生,说真的,我一点儿都睡不着。"

"也许是你想得太多了吧?"周弘拉着莫云芊走到桌边坐下,问道。

"可能是因为无情谷的缘故吧?"莫云芊有些无奈地说道:"无情谷的人只要还在永安一日,那么对于永安的百姓就会存在一定的威胁,永安原本江湖人士就比较多,现在大家都担心自己会在不经意间招惹到什么人,这么下去百姓还怎么生活啊。"

"现在就连永安的县令也不敢去招惹这些人,就更加不要说那些寻常百姓了。"周弘有些无奈地叹了口气,说道:"这件事情还要从长计议,不过……我们现在似乎也没有什么好的办法吧。"

"无情谷人多势众,我们自然不能硬拼。好在现在他们还没有什么大的动作,我只是希望无情谷和永安的百姓之间可以相安无事吧。"莫云芊看了看周弘,有对他说道:"而且我也不知道晗烟他们怎么样了,我这一段时间真的是有些担心,好像总是觉得有什么事情要发生一样。"

"云芊，我们先不说这些事情了。"周弘看了看莫云芊，笑着说道："据我所知永安有一个寺庙是很灵验的，不然的话我们明天一起去看看？既然武林盟和无情谷的事情都没有什么实质性的进展，我们也算是去放松一下，或者是当成为公子和晗烟祈福吧，你不是一直担心他们吗？"

寺院的菩提树枝繁叶茂、浓郁覆地，苍翠的树枝齐齐地张向四周并散落成圆冠状，粗壮的树干直径足有两米，合数人之力方可团抱。入寺的男女老少们纷纷围聚在菩提树前，参拜祈福之声不绝于耳……

菩提树翠绿的桃形叶片层层叠叠，每一片儿都在阳光下争先恐后、郁郁葱葱，绿色原本就可以带给观者以希望和寄托，所以，参拜和祈福无疑亦是一场心灵的净化！行在绿树成荫的夹道上，身心都无比舒畅。

"周弘，"莫云芊笑着看了看周弘，说道："到这儿之后，我倒是觉得自己似乎放松了一些。"

"那就好啊，"周弘笑着对莫云芊说道："有的时候要学会适当地让自己放松下来，你现在把自己逼得太紧了，这样的话之后适得其反，静下心来好好考虑一下，说不定我们会有什么新的发现。"

"我们回去吧。"莫云芊笑着看了看周弘，"放松过后，我们还是要面对接下来的事情啊，不是吗？"

莫云芊沉浸在自己的思绪中，一时间不知前面的状况，直听到有人大喝"姑娘快闪开"才赫然发现两辆马车肆无忌惮地在街道中横冲直撞，那速度，简直是罔顾城中百姓的安慰。等云芊反应过来，那马车已经近在咫尺了，再稍作迟疑，必定血溅蹄下。

"啊……"惊叫声，叹息声，声声惊耳。

莫云芊眸光一凝，正欲施展轻功躲过这场浩劫。然而，还没动功便被一只大手揽住腰间，落进一个宽厚坚硬的胸膛之中，鼻尖充斥着阳刚的男子气息，是那么的熟悉。

两人脚步落定间，那两辆马车疾驰而过，扬起一片尘土。而尘土蔓延处，一抹艳红的身影被包裹在青色之中，相得益彰。

"没有，你没事吧，"周弘心神稍定，关心地问道。

看到莫云芊摇了摇头，周弘眸光一冷，脚尖踢起两粒石子，分别打中两匹马的大腿处，那两匹马顿时吃痛，双双嘶鸣，被袭的马腿软倒了下来，那车厢也随着软倒的马倾斜了下来。

"发生什么事了？"一个车厢传出了一道怒气腾腾的声音，大有将人生吞活剥之势，音刚落，一高壮的少年，二十来岁的模样，掀开车帘，将那魁梧的身躯现于人前。

"公子这么公然纵马驰骋在大街上，就不怕伤了百姓吗？"

那嚣张跋扈的男子，也即轻蔑一笑，"哼，你未免也管得太宽了，本公子做事还得向你解释吗？莫不是刚刚是你打了本公子的马儿？"

"那又如何？"周弘看了看那人，说道："当街纵马，你就不怕伤及他人吗？"

"周弘！"莫云芊看了看周弘，急忙说道："我们不要管这些事情，既然没有伤到人就算了吧。"言罢，莫云芊不顾那跋扈少年的愤怒，急忙拉着周弘离开。

"周弘，你的手有些擦伤了。"

周弘微微一笑，温柔地说："这点小伤不碍事，重要的是你。不过……"周弘有一些疑惑地看了看莫云芊，"你为何要急着拉我离开？"

"你就没有发现刚刚那个马车有问题?"莫云芊看了看周弘,严肃地说道:"我刚才有注意到那马车上还有其他的人,而且面露杀气,我想不是那么简单的,我不想惹到什么不必要的麻烦,我们一会儿设法调查一下他们是什么人再作打算吧。"

"你够细心啊。"周弘笑了笑,对莫云芊说道:"不过,你漏了一点,那些人是江湖中人应该没有错,不过马车中似乎还有一个女子。十五六左右,丝锦华服,长相貌美,却又带点柔弱。我想这一行人应该不会对永安的百姓造成什么威胁,不然的话他们怎么可能让我们就这么离开?"

"你怎么每次看到的都是女子啊。"莫云芊有些不满意地看了看周弘,随后转身离开。

"云芊,我……"周弘看着莫云芊离开的身影,有些无奈地急忙追上去说道:"以我们现在的处境,自然是要注意身边所有的人了,不然我们会有危险的。"

"我知道,"莫云芊看着周弘急切的样子,不由一笑,"快回客栈吧,你手上的伤就算是小伤也要处理一下啊。"莫云芊笑了笑,继续说道:"不过我倒是没有想到,从来不愿意和别人解释的周弘也会有这一面,我今天算是大开眼界了。"

……

"晗烟?"刚刚苏醒过来的吴恩佑看了看在自己房间中兀自忙碌的上官晗烟,有些奇怪地问道:"你在做什么啊?"

"没什么,"看到吴恩佑醒来,上官晗烟笑着说道:"我看你睡得不是很好,就在你房间中的香炉里加了些可以安眠的药材。休息好了你体内的毒才可以快点儿清除啊,我可不想继续留在冀州了。"

"晗烟,"吴恩佑一脸笑意地看着在自己的房间中忙碌的上官晗烟，说道："我倒是很想知道，你的那些药材都是哪儿来的。"

"有些是药材铺里买回来的，单芯海棠王寨主自己种植的。"上官晗烟笑了笑，继续说道："至于天山雪莲……之前我师傅担心我们一行会遇到危险，就给我一个天山雪莲制成的粉末，以备不时之需，没想到真的用上了。"

"我倒是希望你一直都用不上。"

上官晗烟见吴恩佑的气色有所好转，便笑着说到："我也不希望这些东西可以派上用处啊。对了，我已经问过王寨主了，按照他的说法，冀州的确是有些江湖人士，但是没有江湖人士聚集的地方，我想武林盟的人应该仅仅是在这一带出没过，但是他们真正聚集的地方应该也不会在冀州，至于我们这一路上的这些事情……"

"如果这么说的话，我想应该是武林盟的人为了掩人耳目才会这么做的。"吴恩佑看了看上官晗烟，继续说道："毕竟看得出来，这些人似乎并不是有意要取我们的性命，不然的话我应该早就没命了。"

"恩佑哥，"上官晗烟扶好吴恩佑，对他说道："我总是觉得武林盟对于我们似乎有所顾忌。"

上官晗烟扶着吴恩佑喝下祛热散痛的汤药后，又再仔细地探看了一遍他身上的伤口，之前流乌血的地方已然呈现出好转之色，这令上官晗烟非常开心，"毒血已尽数排出来了，我想再过一段时间应该就没有什么问题了。"

待二人一路快马加鞭地回到永安，这才发现身在永安的周弘和莫云芊似乎也遇到了一些困难。

"你别和我提周弘！"莫云芊一脸气愤地对上官晗烟说道。

"云芊，你们究竟怎么了？"上官晗烟有些不解地问道，自己和

四 念往昔 繁华竞逐

087

吴恩佑离开时间也不算是太长，怎么莫云芊和周弘的关系就忽然如此僵化了呢？

"怎么了？你还是问他自己吧！"莫云芊看了看上官晗烟，有些生气地说道："你知道吗？之前你救下的那个人最后还是被无情谷的人杀了，当日我的确是遇到了无情谷的人，但是我知道自己根本没有能力去救他，可是周弘居然说我见死不救！可他呢？之前明明答应过我的事情却没有做到，就算是为了打探消息，倒却弄得不少的女子为他倾心，整天招蜂引蝶的还好意思说我见死不救……"莫云芊一脸愤怒地告诉了上官晗烟这一段时间的经历。

"那……"上官晗烟听后有些无奈地摇了摇头，问道："那位掌柜的家人怎么样了？"

"那掌柜的和他的夫人都被杀了，只剩下一个五岁的女儿，"莫云芊叹了口气，说道："我听说那个孩子现在已经被钟府的人接走了，我之前已经了解过了，钟府的人一向乐善好施，钟府的小姐为人一向善良，而且钟府的老夫人一直希望可以再有一个小女儿，那孩子在她们那儿应该可以过得很好。"

"他们也太过分了！"上官晗烟有些气愤地说道："既然他们要杀的人是那名掌柜的，那么为何不放过他的夫人啊，这样的话那个孩子以后的生活会很难的。"

"这个我也是事后打听才知道的。"莫云芊有些无奈地说道："其实知道这件事情我也很难过，可是我知道自己没有阻止那些人的能力，难道周弘觉得我把自己的性命也搭上才不算是见死不救吗？"莫云芊看着上官晗烟，继续说道："当天武林盟派出了不止一人，我真的没有办法，而且在我知道那掌柜的出事之后，一直在很努力地调查关于他们一家的事情，我也希望可以帮到他们。"

"我知道。"上官晗烟笑了笑,"我也知道你有自己的难处,但是周弘毕竟不是江湖中人,有些事情自然会有些不习惯。"

待安抚好莫云芊后,上官晗烟来到了吴恩佑的房间中。

"晗烟,"看到上官晗烟,吴恩佑笑着递给她一杯茶,问道:"云芊怎么样了?"

上官晗烟有些无奈地告诉了吴恩佑莫云芊所说的事情,之后问道:"那,周大哥那边是怎么说的?"

"周弘他们在永安查到的事情和我差不多,武林盟的人应该是在冀州到云溪一带,"吴恩佑笑了笑,继续说道:"其实周弘也知道自己不应该那么说云芊,只是自己碍于面子,一直没有去和云芊道歉。不过……"吴恩佑看了看上官晗烟,说道:"周弘和云芊都是明事理的人,他们之间的事情他们一定可以解决得很好的。我现在倒是有些担心那掌柜的女儿怎么样。"

"云溪?算了,先不说这件事情了。"上官晗烟叹了口气,说,"就算是那钟府的人对那个孩子再好,怕是她也不会快乐,失去了父母,这种伤痛不是短时间内可以平复的,"上官晗烟有些无奈地叹了口气,说道:"只是怕这件事情会困扰那个孩子一辈子……如果那样的话,她以后的生活都会受到影响的。"上官晗烟看了看吴恩佑,笑着说道:"恩佑哥,我想去看看那个孩子,还有……既然云芊和周大哥都是爱面子的人,谁都不愿意先去道歉,那么我们帮帮他们二人吧。"

"你……"吴恩佑看了看上官晗烟,问道:"我怎么觉得你似乎对那当铺掌柜的女儿的事情十分有感触,晗烟,恕我冒昧,之前在冀州之时我便隐约听见你在梦中呼喊爹娘,不知你……"

"不过是一些旧时的事情罢了,"上官晗烟看着吴恩佑一脸关切的神态，不由感到一阵心安，说道"如果我说我是感同身受呢？"

吴恩佑轻轻握住上官晗烟微凉的手，淡淡地说道："如果过去的事情让你痛苦的话就忘了它吧，以后都不要再提，也不要在想了。"

"若是真的铭心刻骨，又怎么可能忘得了啊。"上官晗烟有些无奈地说道："恩佑哥，有些事情我也希望可以忘记，可是……总是会有些记忆是我们不可能忘记的。"

"我明白，"吴恩佑看了看上官晗烟有些难过的神态，便急忙岔开了这个话题，又问道："刚刚提到云溪的时候你似乎是想到了什么事情，怎么了？"

"没什么，只是我知道师傅曾经在云溪住过一段时间。"上官晗烟笑着说道："说不定师傅会知道一些事情呢。"

"我们还是先解决周弘和云芊的事情吧，"吴恩佑有些无奈地说道："攘外必先安内啊。其实我觉得他们之间原本就不是什么太大的事情，可现在啊……"

"恩佑哥，"上官晗烟有些无奈地看了看吴恩佑，说道："我曾经和云芊聊过一些关于他和周大哥的事情，我知道一些关于她和周大哥事情，其实云芊或多或少都有些在意自己和周大哥的身份，在他们两人之间，云芊难免又有些没有信心，周大哥身边出现爱慕之人，她自然会有些担心。至于那掌柜的一家的事情……云芊本就已经很是内疚了，偏偏周大哥又觉得她见死不救，云芊自然会生气的。"

"其实周弘已经后悔自己责怪云芊了，"吴恩佑笑着对上官晗烟说道："依我看我们就帮帮他们吧，这样吧……"吴恩佑想了想，说道："我一会儿再去和周弘把事情说清楚，等稍微晚一点儿的时候你把云芊带到客栈后面的院落中去，希望他们两人可以好好聊一聊。"

"我看只要他们两人放下自己的面子好好地谈一谈，他们之间的事情还是很好解决的。"上官晗烟笑着说道："恩佑哥，你现在先和周大哥聊聊吧，我一会儿再去找云芊说一下这次的事情。"

"现在时间也不算是早了，你怎么还说要出去啊？"入夜，莫云芊有些无奈地看了看外面的夜色，对坐在自己身边的上官晗烟说道："不过是刚刚才从冀州回来吗？就不用好好地休息一下？"

"云芊，我也不知道是怎么了，今天怎么都睡不好，你还是陪我出去走走吧。"上官晗烟同样有些无奈地说道："可能是前几天一直没有按时休息，这会儿回来到永安了反倒是睡不着了，现在你看起来也蛮精神的，不然就一起出去吧。"

"我算是怕了你了。"莫云芊有些无奈地说道。

"上官晗烟！"待莫云芊和上官晗烟一同来到客栈的院落中后，却看到了早早等在那儿的周弘，莫云芊有些生气地说道："你不是说你睡不着要出来走走吗？"

上官晗烟看了看莫云芊，一脸无奈地说道："我真的不知道这是怎么回事，也许凑巧周大哥在这儿也说不定啊。"

"那我们去别处吧。"言罢，莫云芊便要拉起上官晗烟一同离开。

"晗烟，"看到莫云芊要走，吴恩佑急忙走了出来说道："你之前不是说还有事情要告诉我吗？我刚刚还到处找你呢，究竟是什么事情啊。"

"晗烟，对不起啊，我之前就说有些事情要和恩佑哥说的，要不……"上官晗烟看了看莫云芊，笑着说道："我就先走了，免得恩佑哥在等我了。"言罢，上官晗烟不在理会莫云芊的不满，转身便与吴恩佑一同离开。只走了几步，上官晗烟便拉着吴恩佑一同走到一个较为隐蔽的地方，笑着对吴恩佑说道："恩佑哥，你不会就打算这么离开吧？我把云芊骗了出来，我总是想要知道结果的啊。"

"云芊，"周弘看到莫云芊要走，急忙伸手拉住了她，说道："你听我说好吗？"

"你还想要说些什么？"看到周弘，莫云芊依旧有些生气地说道："爱慕你的人也不在少数，应该不缺我一个吧？"

"云芊，我知道那天是我太冲动，我也知道掌柜的一家的事情怨不得你，"周弘看了看莫云芊，继续说道："云芊，对不起，这种事情就不会再发生了。至于你所说的那些爱慕者……我真的和她们一点关系都没有，最多也就是之前为了调查武林盟的事情和她们多聊了几句，如果你在意这件事情的话，我明天一早就去和她们说清楚。"

这几日莫云芊也知道自己有些任性，只是不愿主动去找周弘罢了。"你还想去找她们？你是不是想要再找回来几个对你倾心的人啊？"莫云芊看了看周弘，继续说道："至于那掌柜的一家的事情，我不是不管，只是无情谷之人的事情我没有能力去管，那一家人的事情我也很难过，可是你却说我是见死不救，你有没有考虑过我的心情，我没有能力去救人，知道那一家人被杀之后本就内疚，可事后你却又来责怪我，我怎么可能不生气。"

"云芊……"周弘看着莫云芊，严肃地说道："我发誓这是最后一次，从今以后我不会再做出这种事情了。"周弘拉过莫云芊，说道："你就原谅我吧。"

莫云芊反握着周弘的手，说道："你这一次是初次涉足江湖，自然会有很多的事情会看不惯，可是身在江湖，那么我们就会有很多的身不由己，有很多的事情不是我们想管就可以管的，就算是这一次的事情，如果换做是你你会怎么做？"莫云芊看着周弘，继续说道："明明知道自己如果插手只会白白送死，那么你该如何是好？如果自己插手此事，也不过就是多送上一条性命罢了，江湖之上，这种事情实在是太多了，你既然出宫就一定要去适应。"

"我当日只想到了那一家人的性命，可是却偏偏忘记了你当时的处境……"周弘叹了口气，说道："不过以后我会去适应这样的生活的，我想不仅仅是江湖，任何地方都会有这些身不由己的事情的。"周弘看了看莫云芊，笑着说道："云芊，我不想再要之前那种若即若离的关系了，我是真的爱上了你，我们之间……"

"我知道，"莫云芊笑着说道："现在就让我们抛开之前的一切好了，不过这一次的事情以后可不许再发生了。"

"晗烟，看样子他们应该不会有什么事情了，"吴恩佑笑着拍了拍上官晗烟，说道："回去吧，之前赶了那么长时间的路，你也该好好休息一下了。"

"恩佑哥，"上官晗烟有些无奈地看了看吴恩佑，说道："我是真的睡不着，你还是先回去吧，我到处走走。"

"需要我陪你走走吗？"吴恩佑问道。

"不用了，时间也不早了，你还是回去休息吧。"上官晗烟笑着说道："我们还不知道明天会发生什么事情呢。"

"那你自己早点儿休息，"吴恩佑看了看上官晗烟，说道："之前也奔波过久了，你不要休息得太晚才是。"

吴恩佑离开后，上官晗烟独自跃上屋檐，想着这一段时间的经历，想着那个没有见过面的孩子，就如同回忆起曾经年少时的自己，还有那个多年来一直困扰着自己的噩梦。每每想起多年前的那个雨夜，上官晗烟便只觉眼前混红一片，当日打落在脸上的，早已不知是雨水还是家人的鲜血了。那一夜的电闪雷鸣，成为了困扰她多年的梦魇。上官家原本只是正当商人，却未曾想到遭到贼匪洗劫，富甲一方的上官氏竟一夜之间彻底覆灭，只留下上官晗烟一年幼的小女孩在娘亲的保护下才得以逃过一劫……若不是日后幸得净慧师太收养，怕是终有一日自己也会暴尸荒野。

"烟儿……"娘亲将自己护于身下拼尽最后一口气，说道："无论……如何，你……都要好好地活下去……为我们上官家……"

上官晗烟抱着自己的膝盖，无奈地叹了口气当日血洗上官家的人究竟是谁，上官晗烟至今也不清楚，怕是一日不找出当年那个领头之人，上官晗烟便一日无法摆脱那个困扰着自己的噩梦。又有几人知道，上官晗烟潇洒的背后，却背负着不为人知的伤痛和仇恨。

五　终身痴守　换你刹那凝眸

"晗烟，你看。"第二日一早，吴恩佑和上官晗烟一同离开客栈，便看到之前那掌柜的家门口坐着一个年幼的小女孩。"她应该就是掌柜的女儿吧？可是她不是应该在钟府吗？"

"小妹妹，"上官晗烟笑了笑，走到那个小女孩身边问道："能不能告诉姐姐你叫什么名字啊？"看到那个小女孩没有说话，上官晗烟便索性和她一同坐到了地上。说道："这是你的家吗？"上官晗烟看到那个孩子微微点了点头，又发现这个孩子身上有些微凉，便继续笑着说道："小妹妹，你可不可以帮姐姐一个忙啊？"上官晗烟看到那个孩子的神态之后，笑着凑到她的耳边说道："那个大哥哥刚才一路上都一直在说自己饿了，我们一起去陪他吃点儿东西，之后姐姐给你讲一个故事好吗？"上官晗烟抬起头看了看吴恩佑，笑着说道："恩佑哥，你可不可帮我去买一些吃的东西回来？"待吴恩佑离开后，上官晗烟笑着和那个孩子说道："小妹妹，你是不是在等你的爹娘啊？"

"嗯，姐姐你怎么知道？"那女孩抬起头，看看上官晗烟后继续说道："爹娘说他们会回来的，可是我都等了一天了……"

"因为姐姐也在等我的爹娘啊，"上官晗烟笑着说道："姐姐很小的时候，爹娘一起去了一个很远的地方，他们说他们很快就会回来的，让姐姐要乖乖地等着他们。"

"那他们回来了吗？"那孩子有些疑惑地问道。

"当然了，爹娘是不会骗我们的，"上官晗烟笑着说道："你喜不喜欢看星星啊？如果你在晚上仔细看天空的话，会发现有两颗星星是最亮的，那就是你的爹娘，他们现在有事情还不能回来，但是却担心你一个人生活，就让天上的星星帮着他们看着你了，如果你有什么事情的话可以告诉星星，他们会帮你告诉你的爹娘的。"

"真的吗？"那个孩子有些疑惑地问道。

"当然了，"上官晗烟笑着说道："星星就像是信使一样，他们会把你的消息告诉你的爹娘的，这样的话你的爹娘就可以安心地做自己的事情了，等到你的爹娘忙完之后就会回来看你了。姐姐小的时候如果想爹娘了就会和星星说，星星一定会把我们的思念告诉爹娘的，你要相信他们哦。"上官晗烟笑了笑，继续说道："所以你一定要听话才可以，不然的话你的爹娘知道之后会生气的。"

"蓉蓉！"不远处一个衣着华丽的女子看到这个孩子后急忙跑了过来，"我之前还到处在找你，你怎么自己跑出来了。"

"原来你叫蓉蓉啊。"上官晗烟笑着看了看那个孩子，又对那女子说道："您应该就是钟小姐吧？"

"你是？"

"我和这孩子的爹也算是有一面之缘，"上官晗烟笑着说道："今天和朋友一起出来，在这儿看到了这孩子，我担心她自己会不太安全，便在此和她聊了一会儿。"

"这孩子……"钟家小姐有些无奈地看了看蓉蓉，"我也是前几日在路上遇到了她，看她可怜便带回了家中，只是这孩子整天自己往外跑，晚上又总是哭喊着要爹娘，我真的是没有什么办法了。但是我和爹娘也不忍心放任她自己一个人在外面生活……"

"钟小姐，"上官晗烟笑着说道："如果你不介意的话，我想你可以把蓉蓉送到天山脚下的无忧山庄去，她以后终究是要自己生活的，在无忧山庄也可以学一些本领。"

"无忧山庄？"钟小姐想了想说道："我之前曾经听说过这个无忧山庄，他们的确是收留过一些无家可归的孩子，可是我听说无忧山庄的人是不会轻易收人的。"

"无忧山庄的庄主是我的师兄，我想他会答应的。"上官晗烟笑着说道："这样吧，回去我给师兄写一封信，然后派人送到贵府上，如果小姐打算让蓉蓉去无忧山庄的话就拿着我的信去找庄主，他会收下这个孩子的。"

"那我先代蓉蓉谢过姑娘了。"钟小姐对上官晗烟笑了笑，说道："我也欢迎姑娘随时到我们钟府做客。"

"恩佑哥，"钟小姐带着蓉蓉离开之后，上官晗烟看了看一旁的吴恩佑，说道："恩佑哥，看来你的东西算是白买了。"

"无所谓，"吴恩佑笑了笑，说道："没想到你倒是蛮会安慰人的。"

"你没想到的事情怕是还有很多呢，"上官晗烟笑着说道："你知道我为什么会提议让钟小姐把蓉蓉送到无忧山庄去吗？"看到吴恩佑摇了摇头，上官晗烟继续说道："无忧山庄是我师傅一手创办的，正如其名，我在那儿度过了自己一段很特别的时光。现在师兄接管了无忧山庄，也收留了一些孩子，我想蓉蓉可以在无忧山庄中渐渐抚平自己的伤痛的。"

"特别？"吴恩佑看了看上官晗烟，说道："我觉得你是一个有故事的人。"

"有谁是没有故事的啊?"上官晗烟笑着说道:"我想每一个人都有一段属于自己不为人知的故事,难道你不是吗?"

"我知道,"吴恩佑笑着说道:"我也没有想要探究你的事情的意思,只是觉得你是一个很特别的女子罢了。"

"恩佑哥,"上官晗烟一脸坏笑地对吴恩佑说道:"我记得你第一次见到我的时候就曾经说过这样的话,那你觉得我究竟有什么特别之处?"

"其实我从小接触的女子除了宫中的宫女外基本上就都是朝臣的女儿了,要么就是处事小心谨慎毕恭毕敬,要么就是温文婉约甚至是过于拘于礼教。"吴恩佑看了看上官晗烟,笑着说道:"你和那些女子不同,你是一个让我感觉到很真实的人,是一个真真正正可以和我做朋友的人。"

"还是那句话,我是一个自幼独自行走四方的人,没有那些繁文缛节的约束,自然不同于你认识的那些大家闺秀。"上官晗烟笑着说道。

"不过我倒是更加喜欢和你这样的女子相处,"吴恩佑看了看上官晗烟,继续说道:"和你们一起出行的这一路我倒是觉得十分的自在,如果不是因为有事在身,我倒是还真的希望可以就这样和你们一同云游四方。"

"恩佑哥,只有你这样的人才会希望过着这些行走四方的日子,"上官晗烟笑着说道。

"为何?"

"对于我们而言,若是得以安定,又有谁愿意颠沛流离啊。"上官晗烟笑着说道:"不过若是说道自由洒脱,如果有机会的话我们可以去一趟无忧山庄,我想你一定会喜欢上那儿的。"

"无忧山庄，我倒是也很想见识一下。"吴恩佑边走边对上官晗烟说道："等到我们处理好武林盟的事情之后，我们便一同前往无忧山庄如何？"

"对我而言，无忧山庄就像是我的家一样，你们去我一定欢迎，"上官晗烟笑着说道："我师兄也是一个热情好客的人，我想你们一定会很喜欢无忧山庄的。"

"无忧山庄，若是人真的可以无忧便好了。"

"无忧不过是大家的心愿罢了，"上官晗烟摇了摇头，说道："只要活在世上，有谁可能无忧啊。"上官晗烟看了看吴恩佑，笑着说道："对了，我听说今晚永安会有一次灯会的，我们要不要去凑一下热闹啊？"

"总之我们的事情也不急于一时，"吴恩佑想了想，说道："我们回去和周弘他们商议一下，晚上大家一同出去吧。"

"对了，吴恩佑，我有一件事情忘记告诉你了，"上官晗烟笑着看了看吴恩佑，说道："无忧山庄那边已经调查过无情谷的事情了，他们会继续留在永安，不过如果无情谷的人伤及到永安的百姓的话，我们无忧山庄一定会出面制止的。"

"那就好了，这样的话我也就放心了。"吴恩佑笑了笑，说道："我会告诉父皇永安的情况，我想永安的县令是时候该换人了。"

"那么这件事情就先放一下，我们今晚好好去灯会看看吧，"上官晗烟一脸笑意地对吴恩佑说道："我早就听说过关于永安的灯会很有名了，无论如何也要见识一下啊。"

"灯会？我早便已经听说这永安的灯会热闹非凡，既然正巧赶上了，又岂有不去的道理啊。"听到上官晗烟的建议，莫云芊一脸兴奋地说道："我们也可以借着这个机会好好地玩上一番啊，而且我听说在永安的灯会上，年轻的男女都会在此寻求有缘人的，所以晚上的灯会一定会很热闹的。"

"晗烟，"莫云芊看了看几人，拉着上官晗烟走到一边说道："我怎么觉得你和吴大哥去了一次冀州之后关系好像有些不一样了，你不会是……"

"不要乱说，"上官晗烟推了推一脸笑意的莫云芊，说道："何况我们之前身陷险境，相互照顾也是应该的。"

"这么简单？"莫云芊一脸不相信地说道："你们这一路上就真的什么事情都没有？"

"不然你想怎么样？"

"晗烟，"莫云芊笑着说道："你的事情我也不想多问些什么，何况这些都是你自己的事情，我也管不了些什么，不过……"莫云芊看着上官晗烟，说道："你要记得，若是真的遇到了有缘人，那么就一定要好好珍惜，缘分是不会等人的，这一点我自然比你清楚，有些人如果错过了那很有可能就再也不会回来了。"

"我知道，你还是好好珍惜你的周大哥吧。"上官晗烟对莫云芊说道："你们这对欢喜冤家就好好把握彼此的缘分吧。"

"我当然会珍惜了，我之前会因为我们之间的身份而有所担心，不过现在想来……"莫云芊顿了顿，笑着说道："如果我们是真的在乎彼此，那么身份的事情就都不是问题了。"

到了晚上，整个永安城内张灯结彩，热闹非凡。晚上城内早早地开始燃放烟花。整个夜空被朵朵璀璨烟花照耀，如同白昼。小孩在路上由父母牵着，高兴得手舞足蹈。平时宽敞的街道，在今晚倒是十分拥挤。用摩肩接踵一词形容，一点也不为过。吴恩佑一行人也兴致颇高，早早地用过晚饭便也出来玩耍热闹一番。莫云芊孩子似的手舞足蹈，什么都要跑去看看。忙得不亦乐乎。

周弘嘴上一直在调侃莫云芊，说他怎么比孩子还要孩子。上官晗烟和吴恩佑无奈地看着这两个人像孩子一样拌嘴。

渐渐的，几人看见前面不少过往的行人脸上都带着各式各样的面具。仔细一问，原来是永安灯会的一大特色。孩童戴面具为了好玩，夫妇可增进生活情趣，而单身男女则可寻觅佳偶。这是小贩的一通说辞，或许氛围感染，来往路人总是驻足挑选，竟是围得里三层外三层。莫云芊本来就是爱热闹的人。现在看了，更是感兴趣。拉着上官晗烟拼命往人群里挤。上官晗烟本来连连摆手说不要。原本是根本不相信这区区一个面具，能有这么大的功效。莫云芊这时候还哪顾得上上官晗烟愿意不愿意，继续拽起她直往里挤。上官晗烟可不管她，一个利落的翻身，就和吴恩佑及周弘两人远远地抱手而立。莫云芊不屑地撇撇嘴，又投身到人潮中。

过了一会儿，莫云芊兴高采烈地捧着几只面具，献宝似的递给站在一旁的几人"这蛮好玩的，你们也看看吧。"

上官晗烟看了看莫云芊递上的面具，仔细一看，是只金色的半脸面具。扣在脸上，只遮住眼睛。几人虽不太习惯，但却也欣然接受。

莫云芊看了看，嬉笑着说道："看来我的眼光还是很好的呀，选的这几个面具果然十分漂亮啊。"

上官晗烟和莫云芊又嬉笑一番，几个人吵吵闹闹地继续游玩。身边来往的行人竟然大都一个个戴着面具。这一个灯会，倒显得分外有意思了。

已然夜深，可是大街上倒还是一片热闹的景象。今晚大概没有人想早点离开这么充满节日气息的地方吧。上官晗烟和莫云芊本就娇俏，这一路上倒是有不少的男子过来和二人搭讪。莫云芊笑得就更欢了，像得到糖果的小孩一样偷偷开心。

"之前还说我呢，你看她自己。"周弘看着和上官晗烟玩闹的莫云芊，对身边的吴恩佑说道。

今晚人实在是多，好几次一行几人都险些被人群冲散。好在大家也都是有武功底子的人。眼睛，身形总是快人一步。在人群中挤了一阵，莫云芊突然眼前一亮，上官晗烟顺着她的目光看去，原来是一家脂粉铺子正在酬宾搞活动。上官晗烟也会意一笑，示意莫云芊尽管去好好挑选，自己在这边等她。莫云芊笑了笑，挥挥手便一溜烟儿地跑走了。

在路边看着过往戴着面具的行人，时间过得挺快，只是似乎已经很久了，莫云芊还没有出来。上官晗烟有些心急，便去脂粉铺找她。

"云芊，"上官晗烟准确无误地在人群中找到了莫云芊，笑着说道："云芊，你不是说一会儿还要去放河灯吗？还不快走？"

"周弘，你看这个。"站在一边等着莫云芊的吴恩佑指着花灯之上的灯谜，笑着说道："猜灯谜也是永安灯会的一大特色。"

"野火烧不尽？九十九？"周弘看了看这些灯谜，道："这些灯谜倒还真的是有些意思啊。"周弘回过头欲与吴恩佑一同离开，却看到站在他们身后的上官晗烟和莫云芊一脸笑意，"你们什么时候过来的啊。"

"我们也是刚刚才过来的。"上官晗烟微微一笑，说道。

"我们去那边放河灯吧。"莫云芊笑着提议道："听说许愿的话会灵验的。"这一路上，莫云芊都笑得如同一个孩子一般开怀。

"对了，你们说，九十九应该是什么字啊？"周弘想起了刚刚看过的灯谜,对身边的几人说道。

"白,"上官晗烟回过头看了看周弘,笑着说道:"九十九即一百缺一,就是白字喽。我们还是去那边看看好了。"

河流湍湍,水中倒影着天上一轮月牙,一座拱桥仿佛彩带一般绕过河水,这景仿佛只在画中出现过。

"写你的好了,看我做什么?"上官晗烟有些无奈地看了看在自己身边探头探脑的莫云芊,"你的愿望……应该是和周大哥有关系吧?"

"是又怎么样?"莫云芊毫不在意地对上官晗烟说道:"那你呢?你的愿望是什么啊?"

"心愿如果说出来的话就不灵验了,你不会不知道吧?"上官晗烟一脸笑意地对莫云芊说道:"写好了的话我们就去放河灯好了,不然的话,周大哥会等着急的。"

"你……"莫云芊故作生气地对上官晗烟说道:"这不公平,我的愿望你都知道了。"

"我不过是知道你的愿望和周大哥有关罢了,具体是什么我也不知道啊,"上官晗烟笑着说道:"何况就连和周大哥有关也是你自己承认的,我可没有逼你。"

"咦?你有没有看到他们两人啊?"放好河灯之后,莫云芊这才发现没有看到周弘和吴恩佑,便有些疑惑地问道:"刚刚不是还在这儿吗?这么一会儿就离开了?"

"应该就在这附近吧,我们去看看。"上官晗烟说着,正欲和莫云芊一同四处看看,却看到了从不远处过来的吴恩佑和周弘,便说道:"我们刚刚还想去看看你们去了哪儿呢。"

"这一次我们可是有大收获了。"周弘笑着对二人说道:"我们刚刚遇到了一些来参加灯会的江湖人士，从他们的言语间可以断定，我们之前查到的事情果然没错，这武林盟的人既然集中于云溪到冀州一带，那么他们的根据点应该也就在那附近，就算是武林盟的人行事如何的隐蔽，也不可能不被人发现，只要我们去云溪，就一定可以查到一些蛛丝马迹的。"

"恩佑哥，"上官晗烟笑着对吴恩佑说道："你还记得上一次袭击我们的人吧？我隐约闻到那些人身上有隐隐的梅花的气味，如果那些人是武林盟的人，那么也就是说武林盟的人是长期生活于梅花林之中。"

"我们现在可不可以不说这些事情？"莫云芊打断了几人的对话，说道："我们既然是来逛灯会的，那么就不要去管其他的事情了。"莫云芊笑了笑，对身边的上官晗烟说道："你究竟许了什么愿望啊？是不是和我们这一行人有关系啊？"

"你自己猜去吧。"上官晗烟笑着说道。也许只有她自己知道，她河灯之上的愿望的确是和他们有关系，或许说是和吴恩佑有关系'希望恩佑哥此行一切顺利。'上官晗烟暗暗在心中说道。

"不说算了，反正啊……"莫云芊笑着说道："你比我还要嘴硬。"莫云芊笑了笑，拿出一支玉簪对上官晗烟说道："你看看这个觉得怎么样？"

"不错，很衬你。"上官晗烟笑着对莫云芊说道："你的眼光一向独到，买到的东西自然也是很好的。"

"那是当然。"莫云芊一脸骄傲地说道："不过刚刚那个摊子有不少漂亮的首饰，你为什么什么都没有买啊？"

"没有看到什么我特别喜欢的东西。"上官晗烟笑着说道："而且那些东西我原本有的就不多。"

"接下来有什么打算？"回到客栈，周弘对身边的几人说道。

"去云溪，"吴恩佑开口道："既然现在永安于我们而言也算不上是绝对安全了，那么还不如设法去彻底调查一下关于武林盟的事情，我们现在也算得上是有了些目标了。"吴恩佑看了看周弘，说道："以周弘少将军的身份，想要调兵遣将也不算是什么难事了。"

"那……我们还是抓紧时间出发的好，这件事上，时间耽误得越久，我们就会越麻烦。"上官晗烟对几人说道："不过我担心我们这一路上会遇到什么危险。"

"那我们收拾东西，明天准时出发。"周弘笑着说道："这件事情我们不能再拖下去了。何况，吴大哥长期在外面也不安全。"

"那大家今晚就好好休息，我们明日就准备出发。"吴恩佑看了看上官晗烟，"从这儿到云溪的路途还不算是远，大家路上小心些，我们要保证大家可以平安到达云溪才可以。"

"恩佑哥，"经过一路奔波，上官晗烟对几人说道："我要去一趟冀州，你们先继续赶路吧，我们在玉溪会合。"

"晗烟，"吴恩佑叫住上官晗烟说道："我们一起去吧，你一个人去冀州怕是不安全。"吴恩佑未待上官晗烟说话，便对几人说道："我们知道云溪城外五里处有个望峰亭，你们就在那儿等我们，我和晗烟顺路去一趟冀州。"

"恩佑哥，我不过是赎回我自己的东西罢了，一路上也用不了多少时间，你不用陪着我的。"

"晗烟，"吴恩佑一脸笑意地对上官晗烟说道："我记得好像不仅仅只有你的东西吧？"

"要不说的话我都忘了，"上官晗烟言罢，在自己的行李中找出了吴恩佑的戒指，说道："你的戒指材质做工均为上等，而且一路上你一直带着这枚戒指,我想他对你而言应该也是意义非凡吧。"

"那……"吴恩佑有些疑惑地接过自己的戒指,问道:"那我们那天打探消息和回程的路费是……"吴恩佑看了看上官晗烟,忽然问道:"你不会是当了自己的玉镯吧?我居然没有发现。"

"不过是些身外之物罢了,"上官晗烟笑着说道:"我已经告诉掌柜的帮我留住那些东西了,这一次去的话赎回来就可以了。"

"你啊,"吴恩佑有些无奈地说道:"我们快点儿走吧。一会儿天黑了怕是那当铺要关门了。"

"什么?"来到当铺,在得知自己的玉佩和玉镯均已被人买走后,上官晗烟说道:"您之前不是答应过会帮我好好保留的吗?"

"姑娘,我的确是想要帮你好好保存的,可是……"那铺主有些无奈地说道:"前两日有一个商人模样的人看上了姑娘您的东西,愿意出高价买下,我就……"

"晗烟,晗烟!"离开当铺后,吴恩佑看到有些失魂落魄的上官晗烟,有些担心地说道:"看来那些东西对你而言很重要,现在……"

"恩佑哥,也没什么,"上官晗烟有些无奈地说道:"那块玉佩是我自幼便带在身上的,那玉镯也是材质特殊……如今不知落入何人手中,只是心中有些不舍罢了,算了,我们赶路吧。免得周大哥和云芊等我们。"

"那玉佩……"吴恩佑看了看上官晗烟的神态,再加之自己隐隐知道了一些关于上官晗烟的事情,自己也猜到了八分,"那是你爹娘留给你的东西吧?"待上官晗烟点了点头,吴恩佑又说道:"我们到云溪之后,你把你那块玉佩和玉镯的样子画下了,无论如何我也会帮你把东西找回来的。"

"恩佑哥，你也不要麻烦了，我们现在最重要的是要处理好武林盟的事情，就不要为了这些琐事分神了，况且……"上官晗烟有些无奈地叹了口气，"虽是爹娘留下的东西，不过……说句实话，这么多年了，我连自己爹娘的容貌都快要忘记了，那玉佩对我而言也没有什么实际的意义了。"

"这怎么能算得上是琐事呢?"吴恩佑说道："无论如何那也是你父母留给你的一点儿念想了，我怎么能让你为了我的事情遗失了你爹娘留下的东西呢？这件事情交给我来处理，无论如何我也要帮你找到买走你的玉佩的人。"

"好了，恩佑哥，我相信你有这个能力，"上官晗烟笑着说道："不过我们还是继续赶路吧。"

"现在咱们该怎么办啊？"周弘看了看几人，说道："就算是我们现在已经来到了云溪，但是也还是毫无线索啊。"

"刚刚过来的时候我看到云溪城内的确是有一片梅花林，"上官晗烟想了想，说道："这样吧，等天色稍晚一些之后，我去看一下那里有没有什么发现，到时候我们再作打算也不迟。"

"你自己小心点儿。"莫云芊有些不放心地说道。

"放心好了，飞檐走壁的事情，我做得多了。"上官晗烟一脸无所谓地笑道："何况我自己会注意的，我们在云溪的行动就等到我回来之后再作打算吧。"

"晗烟，你就打算这样去那片梅花林?"看到上官晗烟，莫云芊有些疑惑地说道。

刚刚从楼上下来的上官晗烟，手持一把长剑，一身水蓝色长衣，尽显女侠风范。"不然怎么样？黑衣蒙面？我又不是去偷东西，何况现在街上还有些人，我若是一身夜行衣，怕是还没到那梅花林便已被人送至官府了。"

在淡淡月色的映照之下，上官晗烟在屋脊之上快速闪过，身手矫健，犹如鬼魅，片刻之后，上官晗烟便已来到了在那梅林掩映下的一座大宅。可那大宅四周的防范极为严密，红衫黑衣的佩刀之人交错巡护。四种树影荫荫，花影重重，蝉鸣虫语，显得分外寂静。看到这样的情景，上官晗烟不由皱了皱眉。看这个样子，此次必然是有一些问题的。

"刷刷刷刷……"听得有脚步声靠近，上官晗烟灵巧地掩身花树下，仔细观察着四周的动静。灯火渐进，一队巡护井然巡过。上官晗烟眼中闪过一丝惊光，捡起一颗石子儿，腕上发力。"啪，咕噜噜！"

"是什么人？""在那边！"巡护队呼喝着向声音跑去。

上官晗烟的嘴角挂着讥笑，提气纵身，脚尖轻点，在黑影里闪躲，往深处寻去。

"现如今我们还不知道公子他们什么时候才能回来，"烛火深处的屋中，几人在商议着些什么"就算是我们知道那些人已经来到了云溪也不能有所行动，真是气人！"

"那也没有办法啊，"另一个人说道："没有大人的命令，我们也没有什么办法，我们还是慢慢等着吧，若是大人生气起来，我们可就没命了，你就耐心地等着吧。何况我们现在这个样子不是也很好吗？什么事情也不用管，只要好好地看着这个地方就可以了。"

"我们就整日守着这个大宅子，根本就没有什么事情可做，想当初老子自己闯荡江湖的时候，什么大风大浪的没见过，现在呢？天天在这儿无所事事的，唉……"

"你还是不要抱怨了，如果被什么有心的人听去了告诉大人，小心你这条小命。"

"算了算了，喝酒吧。"那人说道："我们明天一起去听雨楼看看，总比闷在这儿好，何况听雨楼还是大人开的，量她薇姐也不敢怠慢了我们。"

……

"你们怎么还没有休息？"刚刚回到客栈，上官晗烟看到几人集中在吴恩佑的房间中等待着自己。

"还不是有人担心你。"莫云芊笑着看了看吴恩佑，说道："有什么收获吗？"

上官晗烟和几人简单地说了一下自己这一次了解到的事情，笑着说道："虽然现在不敢保证他们是不是武林盟的人，但是可以看得出来，那宅子有问题。"

"看来他们真正的指使者还没有出现，"吴恩佑说道："不过我们现在的方向算是对了，只是……我们现在还不知道要在云溪停留多久，就这么一直住在客栈，怕是有些不安全啊。还有就是，听雨楼是怎么回事？"

"我去查过了，不过是一家寻常的青楼罢了，嗯……起码看起来是。"上官晗烟笑了笑，说道："我想应该只是为了掩人耳目吧。"

"你确定它没问题吗？"周弘似乎有些担心地问道。

"这个我也不敢确定，"上官晗烟有些无奈地说道："周大哥，我都说了那是一家青楼了，这么晚了你让我怎么查啊？我看还是明天你们去看看吧。"

"我，去青楼？"周弘有些为难地看了看莫云芊，说道："这不太好吧。"

上官晗烟点了点头，理所当然般地说道："不然怎么办？总不能让我去吧？"

"你若是去的话我也要和你一起，免得你招蜂引蝶的。"莫云芊有些不愤地说道："总之晗烟会易容，我让他帮忙就可以了。"

"恩佑哥，"上官晗烟有些无奈地看了看吴恩佑，低声问道："你确定他们两人一起没问题吗？"

吴恩佑有些无奈地摇了摇头："我们一起吧？你有什么问题吗？"

"那好吧，我明天准备一下吧。"上官晗烟点了点头，"总好过让云芊和周大哥一起好些。"

华灯初上，四个人便来到听雨楼。上官晗烟和莫云芊将长发束起，一袭白衫，倒成为一个翩翩公子，英俊少年。吴恩佑和周弘本就俊朗不凡，今日看来更是朗目星眉。四个人一站都仿若是年轻公子哥，正好年华。

老鸨到底是个会察言观色的人。一看到几人的打扮就已经笑容满面，满脸春风地迎了上来。赶紧吩咐准备了间上房。又挑了好些个姑娘，嘱咐要好生伺候。美味佳肴，琳琅满目。说话间，便明了般地早早已退下。大概是知道客人总是喜欢尽早找乐子。

四人还未坐下，就已有四个貌美的女子迎着几人坐下，柔若无骨地靠近众人的怀里。伺候的女子满面笑容，倒酒夹菜，极是周到。可是上官晗烟和莫云芊始终别扭，只好一边扯着笑容，一边不着痕迹地一直往旁边挪过去。

上官晗烟有一搭没一搭地抿着酒，美目流盼，看着同桌的另外三个人。看出莫云芊有些不自在，上官晗烟笑着握了握她的手，用极低的声音说道："就算是不满意也要等到回去之后再说，这笔账你有的是时间去算。"

上官晗烟暗暗看了吴恩佑一眼，拿起酒杯一饮而尽，遮住她眼里逐渐泛开的笑意。

　　酒过三巡，莺歌燕舞，场面好不热闹。上官晗烟低声跟吴恩佑说去外面透透气，便推开了伺候的小红，转身走了出去。关上门时，里面还是欢声笑语。看起来自己的离开并没有影响到里面任何人的兴致，这样也好，免得麻烦。

　　上官晗烟站在栏杆旁，往下面看，张灯结彩，亭台楼阁，竟然没有一点青楼的庸俗之气。到处都是调笑之声，台上舞姿翩翩，台下美酒佳酿。这，大概就是男人们最爱的温柔乡吧？只是不知道屋内的两个男人作何感想。

　　上官晗烟正想得入神，突然有只冰凉的手覆到她放在栏杆的手上，上官晗烟转头一看，是一个已经喝醉的嫖客，满身刺鼻的酒味让人作呕。他摇摇晃晃地站在上官晗烟面前，笑得满脸横肉，"哟，现在的小公子都这般俊俏么。也罢，来，陪爷开心开心。"说着，欲伸手摸上官晗烟的脸。来到青楼，上官晗烟本就不自在，被这个嫖客搞得更是怒从心起，正欲给他点颜色瞧瞧。谁知，一个熟悉的身影出现在自己的面前，还未等上官晗烟回神，一只修长的大手已经瞬间伸来，将搭在她手上的那只脏手给折断。嫖客咿咿呀呀地叫起来。

　　上官晗烟一转头见来人，只见吴恩佑满脸寒霜地站在上官晗烟的身后，他向前略略跨了一步，挡在上官晗烟的身前，然后低沉地问道，声音好似地狱罗刹一般阴沉，"她，你也敢碰吗？"

　　嫖客一见吴恩佑浑身散发的怒意，再加上手的痛楚，酒早已醒了三分。不敢回一声，便连滚带爬地逃走了。仿佛身后有索命的一般。

　　吴恩佑看了看那吓得屁滚尿流的身影，哼了一声，便转过身来，却看见上官晗烟满脸笑意地望着他。他的眼里怒意尚未退却,看到上官晗烟的神态,一时之间有些奇怪,便问道:"你为什么这么看着我?"

"之前在冀州的时候,不知道是谁和我说出门在外,那些不必要的争执,能省便省了。"上官晗烟嘻嘻一笑,继续说道:"可是今天啊……"上官晗烟摇了摇头,"我还真的没有想到你也会有这样的一面。"上官晗烟言罢,又看了看屋内,问道:"怎么样,有消息打探到吗?"

"嗯?没有啊,光在打发狂蜂浪蝶了。"吴恩佑已经收起了自己的怒气,笑着说道。

"恩佑哥!我跟你说正经的呢!"上官晗烟有些无奈地捶了他一下,"我可没有时间和你开玩笑。"

吴恩佑这才收起开玩笑的样子,正色说道:"查到一点,不多,但是很有价值。至少,我知道我们接下来该怎么走。"吴恩佑看了看上官晗烟,笑着说道:"我看我们还是先回去吧,把周弘和云芊一起扔在那儿,我还真的有些不放心。"

"走吧。"上官晗烟笑着看了看吴恩佑,继续说道:"我们还真的应该快点儿离开这儿,不然的话我担心等我们回去之后云芊会杀了周大哥的。"

"看得出来,云芊已经有些不满了。"吴恩佑笑着说道:"我们回去吧。"

回到客栈后,四人聚在房间中,大家聚精会神地讨论起这次的事情。

"看来这听雨楼的确是没有什么问题。"上官晗烟有些无奈地说道:"但是这个武林盟的主使者为何要如此明目张胆地开了这家青楼?"

"按照那些人的说法,我猜开了这家听雨楼的人应该是朝中的礼部侍郎文大人,不过他应该不是真正的主使者。"周弘对几人说道。

"没错,据我的了解,那文大人不过是一个贪图享乐唯利是图之人罢了,"吴恩佑对身边的几人说道:"操纵这一切事情的应该是另有其人。不过若是借此机会除掉这个文大人也还算是一件好事,这种人留在朝廷也是无益。"

"可是我们现在也没有任何的办法处置他啊。"周弘有些无奈地说道。

"父皇一向厌恶朝臣骄奢,这文大人开设青楼大肆敛财就已经足够将他请出朝廷了,"吴恩佑笑着说道:"不过现在还不是时候,我们还有一条大鱼要钓,现在不能打草惊蛇。"

"看样子这一条大鱼我们需要钓一段时间呢。"莫云芊说道:"只是……我们这个鱼饵会不会有些小啊?"

"现在来看已经足够了,"吴恩佑笑着说道:"我想那文大人还不想丢掉自己的官衔,我们想要牵制他还不算是困难,只是这一段时间我们一定要处处小心谨慎才可以,无论如何此处也是有武林盟的人在此聚集的。"

入夜之后,吴恩佑正欲回房休息,却隐隐听到上官晗烟房中的琴声,伴着她略带幽怨的琴音,歌声缓缓传出。

红灯笼

刚被人点亮

已落满白霜

红衣裳

雕着花的床

陈旧了新娘

容颜是种罪

青春是露水

命薄如纸世人才说美

清晨上了妆

黄昏卸了妆

有谁值得我人老珠黄

水中花怎么能开

死一回

才能活过来

换一句清白

漩涡和火海

有谁值得我用力去爱

流着眼泪想

皱着眉头忘

有谁配那句地老天荒

胭脂是红颜脸上的伤

……

　　站在门外的吴恩佑不知道，屋内的上官晗烟一曲唱罢，脸上缓缓淌下清泪两行。

　　她的过去，究竟是怎样的？还有多少故事，他不曾知晓？忽的，吴恩佑感觉心口微微的泛着顿疼。她心里究竟藏了多少不让别人知道的伤痛？她究竟还有多少悲伤的故事，是他们不曾知晓的……

　　"谁在外面，出来！"发现了门外有人，上官晗烟暗暗握住手中的暗器，厉声说道。

"晗烟，是我。"听到上官晗烟的声音，吴恩佑笑着推门而入，"我是被你的琴声吸引而来的，不知道是否方便和你聊聊？"

"你不是已经进来了吗？"上官晗烟笑着对吴恩佑说道："坐吧。"上官晗烟淡淡地笑了，缓缓从琴边站起身，走到茶桌旁坐下。

屋内的上官晗烟一袭鹅黄色的绸衣勾勒出了她曼妙的曲线，外面罩了一件薄薄的粉纱，上面绣着金黄的凤凰，流苏的水袖摆在两侧，此时的上官晗烟飒飒英姿中平添了一份娇俏柔美。吴恩佑看着眼前笑容明媚的女子，眼里竟生出几分模糊的影像。"你似乎是有心事啊。"吴恩佑笑垂了垂模糊的双眸，眼前顿时清晰了些许，缓缓落座，淡淡开口。

"没什么，这几天为了武林盟的事情伤神，本就有些疲惫，之前听说掌柜的手中有把古琴，我一时技痒，便借来了。"上官晗烟娇俏的脸上顿时闪现出几丝娇俏的笑意。不过转而换了神情，不经意地皱了皱秀眉，伸手拿过桌上的茶杯。杯子的温度隔着皮肤，一点一点渗透进血液，带着淡淡的温热。

"这一段时间为了武林盟的事情的确是让你们都费神了。"

"没关系，"上官晗烟微微一笑，说道："若是处理不好武林盟的事情，只怕我师傅也不会安心的。"上官晗烟笑着起身打开了窗，一阵凉风拂面而至，也吹静了上官晗烟原本有些混乱的心绪。

"晗烟，入夜风寒，你要小心不要着凉了才是。"吴恩佑有些担心地对上官晗烟说道："我刚刚听到你的琴声中有着些许哀怨，不知你……"

上官晗烟听到此话，微微地笑了。吴恩佑抬眸看着浅浅微笑的上官晗烟，心头没来由地一紧。

上官晗烟眼波闪动。"恩佑哥，你是想问我我究竟在为什么事情而担心，对吗？"上官晗烟缓缓坐下，浅笑的唇畔在明明灭灭的烛火中剪出一段不甚温柔的弧度。

"是。"

只是上官晗烟依旧是浅浅地笑着，唇畔一张一合。"可是我现在还不想说这些，怎么办？"顿时，清澈的眼底闪过一丝苦涩，她还不想告诉他那些故事，还不想让他为自己担心，即使这只不过是她一厢情愿而已。

她，不想说吗……随即，吴恩佑勾起一抹好看的弧度。算了，到了她想说的那一天，她自然会说的。上官晗烟的笑容，在烛火下时隐时现。吴恩佑转身盯着笑靥似花的上官晗烟，心底微微地泛着疼。是疼到不知如何是好的疼。他从未有过这样的情绪，很想拥住眼前的女子，抚平她内心所有的创伤与沟壑。从那女子来到他身边，一路以来一直和他们相依相伴之后，他从未想过，那女子是否也会有离开的一天，那女子是否也会厌倦了这样的生活。如果真的走到了那一步，他该怎么办？"时间也不早了，我就先回去了，你好好休息吧。"

"我会的。"

沉沉开口，木门"吱呀"一声被推开。

"云芊……"

推门之后，却发现莫云芊正以极其不雅的姿势，趴在门口。

上官晗烟笑眯眯地拎起莫云芊的后脖领子，一脸的阳光灿烂。

"嘿嘿，嘿嘿，晗烟，你刚刚那琴声还真的是很好听，我也是被你的琴声吸引的……"莫云芊弓着身子，笑得一脸谄媚，以她的经验看来，此刻装狗腿儿，似乎逃生的可能性最大。

"是吗？那改日我再抚琴给你听。"上官晗烟松开了抓着莫云芊的手,轻步退到吴恩佑身边,说道:"恩佑哥,你有没有觉得这几天我们的云芊姑娘似乎是有些清闲了。"

"看样子我应该给你和周弘找些事情才是。"吴恩佑笑着看了看站在门口的莫云芊,随后笑着离开了上官晗烟的房间。

就在上官晗烟准备关门的时候,莫云芊急忙挤了进去,说道:"晗烟,你等等。我看你的样子也不像是要准备休息,不如我们聊聊吧。"

"你想说什么啊?"上官晗烟无奈地看了看莫云芊,"你若实在没有什么可做的话,我建议你去找周大哥,而不是在这儿烦我。"

"晗烟,我没有和你开玩笑,"莫云芊看了看上官晗烟脸上的笑意,一脸严肃地说道:"你听你的琴声婉转,歌声哀怨,你……似乎是有些不为人知的心事。"

"既然你也说是不为人知了,那么……"上官晗烟微微一笑,说道:"你就不要再多问了吧?"上官晗烟拍了拍莫云芊,继续说道:"我知道你们是在担心我,不过,等到我想要告诉你们的时候大家就自然会知道了。"

"其实我只是担心你,不过你不想说的话那就算了,不过我还要问你一件事情,你要老实回答我。"莫云芊严肃地对上官晗烟说道:"其实自从你从冀州回来,我便已经看出了你的变化,只是那个时候我和周弘之间也正好有些误会,也就没有精力去管其他的事情了。后来我们和好之后我就一直想和你聊一聊,但是碍于没有合适的机会。今晚我就要问清楚一件我一直想要知道的事情,你是不是喜欢上了吴大哥?"看到上官晗烟有些闪烁的神态,莫云芊继续说道:"这一点上,我要比你有经验,不要骗我,说实话吧。"

"其实现在还说不上是喜欢,"上官晗烟笑了笑,说道:"这一路

五　终身痴守　换你刹那凝眸

117

上，我很欣赏恩佑哥为人处世的态度，他的身上没有普通王公贵族的傲气，身为皇子，为人平易近人，这一点是很难得的。"上官晗烟叹了口气，说道："和他相处得久了，我才发现自己在不知不觉之间被他吸引。恩佑哥给我一种很安全的感觉，而你们，就像是我的家人，我不想改变这种感觉。"上官晗烟给自己斟了杯茶，继续说道："何况，我不过是奉师命和你们一同出行，我和你们相处时间还有多久连我自己也不知道，我想给自己一个没有结果的期许，况且，我们之间实在是隔了太多的东西。"

"你还记得我和你说过吗？如果两个人是真心相爱的，那么一切的事情就都不是问题了。"

"云芊，"上官晗烟笑着说道："你和周大哥两情相悦，那么自然一切都不是问题，而我……"上官晗烟摇了摇头，"我不可能一直和你们在一起，我们都有自己的生活。"

"你有没有认真考虑过自己的未来，"莫云芊一脸严肃地向上官晗烟说道："你是一个女子，不可能一直这样四处漂泊，你终究有一日是要安定下来的。戎马江湖的日子，没有人可以过一生，就算是你的师傅最后不也一样是隐居山林了吗？你才貌均是极为出众，行走江湖而言，这是你的优势，可是你终究是需要一个归宿的。"

"其实你说的事情我不是没有考虑过，只是……"上官晗烟摇了摇头，"一切都是缘分，于我们而言，相逢即是缘，至于这分，就要靠自己来修满了，只是我不知道我们之间有没有缘分。"

"缘分这种事情，真的是很难言明啊。"莫云芊叹了口气，"我和周弘的缘分究竟可以到哪般，不过，现在的我已经不再在意这些事情了。既然不知道未来的路会如何，那么我们为何不先过好自己眼下的生活呢？有的时候，想得越多那么我们的烦恼也就越多，那些所谓的忧虑，不过是庸人自扰罢了。"

"你倒是看得通透。"上官晗烟微微一笑。

"其实我不是看得通透，"莫云芊起身站到窗边，继续说道："多年来我一直和师傅游离四方，行医救人。也正是因为如此，几年的时间中我看到了为数不少的生离死别，自然就看得开了，既然生死有命，那么，我们还在世的日子中就不要被那些无谓的苦恼而困扰了。"

"我想我也应该如你这般才是，"上官晗烟笑着走到莫云芊身后，"其实行走江湖的日子也不是我想过的，只是……"上官晗烟微微地叹了口气，"除此之外，我似乎也没有什么可以选择了，无论是师傅那儿还是无忧山庄，于我而言都不算是家，毕竟我需要的绝不仅仅只是一个落脚点。"

"其实，你并没有表面看起来的那么洒脱快乐，"回过头，莫云芊看着上官晗烟道："我们同为女子，你的心思我还是能够了解一二的。就像你说的，我们相遇便已是缘，好好珍惜吧。"

"看来这一次于我而言最重要的有了你们这几位朋友了。"上官晗烟一脸笑意地对莫云芊说道。

"我们打听到了，"一大早便被吴恩佑催着出去打探消息的周弘和莫云芊直到中午才回到了客栈。"那听雨楼的地皮的确是文大人从贾贵的手上买下来的，如果我们可以把那张地契弄到手的话，想要牵制文大人可就会更加容易一些了。"

"我们之前也去贾府上看了一下，"周弘对二人说道："贾府的正门位于街面之上，来往的人比较多，后面在一条小巷之中。两门均有侍卫把守，不过都是些无能鼠辈罢了，对我们而言，可以说是形同虚设。"

"就算如此我们还是要隐蔽些才行，"上官晗烟笑了笑，问道："你们有没有查看一下贾府上的婢仆的问题？"

"那贾贵自以为是个善人，府中收下了不少无家可归之人，也算是做了些好事了。"莫云芊有些无所谓地耸耸肩，说道："你问这个做什么啊？"

"我自然有我的原因。"上官晗烟笑着说道："我们现在在云溪，行事一定要处处小心，想要得到那张地契的话我们决不能张扬，如果能够做到神不知鬼不觉的话，那对我们而言才是上上策。"

"你想混入贾府？"吴恩佑有些担心地说道："我怕你独身一人，会有些不安全啊。"

"我自有办法，你们放心好了。"上官晗烟笑着说道："我想去准备一下，稍微晚一点儿，你们就等着看好戏吧。"

"你为何要易容啊？"莫云芊有些疑惑地看了看上官晗烟。此时的上官晗烟衣着很是普通，一身白色的粗布麻衫，外面是浅绿的纱衣。乌黑的头发松松地挽了一个簪。

"我可不想还没有找到武林盟的人就已经惹上了贾府的人，"上官晗烟笑着说道："我混入贾府可是为了偷地契的，若以真面目示人，岂不是等着贾府的人找上门来吗？"

"你打算怎么进去。"吴恩佑看了看一身粗布麻衣的上官晗烟，问着。

"我怎么知道，我没想过怎么混进去，不过总是会有办法的。"上官晗烟看了一眼吴恩佑，嘴上倒是好不饶人，"不管了，走进去呗，难不成还要找个八抬大轿把我抬进去？"

"你……"吴恩佑伸手去拍上官晗烟的肩膀，面露担忧地对上官晗烟说道："你确定自己有十足的把握吗？"

上官晗烟轻哼了一声，不过脸色也慢慢地严肃起来，转身欲走。谁知身后被一股力量扯住，上官晗烟回眸。

"等等，晗烟，要小心。"吴恩佑紧紧地攥着上官晗烟的手腕，似乎想要传达着什么东西。看得一旁的莫云芊一脸笑意。

上官晗烟面色一红，挣开了吴恩佑的手。

莫云芊见状，轻呼一口气，这俩人啊，到底是死鸭子嘴硬。莫云芊使出全力将毫无防备的上官晗烟推到了满香楼的门口。

上官晗烟跟跄地倒在了地上，还未等缓过神来，一双粉红色的三寸金莲便缓缓移到她眼下。目光顺着大粉色的长裙向上移动，移动，再移动。一张浓妆艳抹的脸蛋儿便呈现在自己眼前。"你这妮子怎么回事？挡在我贾府的门口？"尖细嗓音从嘴唇飘出，听这语气，大有泼妇骂街的架势。

上官晗烟低了下头，脑筋飞速地旋转着，简单地酝酿了一下后说道："姑娘，救救我吧……"甜腻的声音此刻从上官晗烟的口中飘出，杏眸内的薄雾迅速汇集。

"你这是……"粉衣女子明显一愣，这女娃要干啥？哭什么啊？

"姐姐，小女子本是苏州人士，虽然自幼家境贫寒，但是爹娘辛苦做工，一家人糊口也是不成问题，近年来家境稍有好转，可是几个月前家中忽遭变故，杀我父母，夺我家财。小女好不容易才逃脱出来。现如今已经没有地方可去了。姐姐，请收留小女吧……"一段半真半假的故事，上官晗烟自己说得悲惨万分，就连远处的莫云芊都快被上官晗烟打动了！更何况是眼前的粉衣女子。

"真是可怜，小妹妹，你叫什么名字？"粉衣女子轻声叹息，扶起跪在地上的上官晗烟，眼中带着怜惜。

"小女名叫烟儿。"上官晗烟一边啜泣，一边偷瞄着身旁的粉衣女子，有些微的自得。从小到大自己经历的事情也不算是少，如今想要混入这贾府之中对自己而言还不算是困难。上官晗烟一边抹眼泪一边在心中暗骂莫云芊，看这次成功拿到地契之后自己怎么和她算账。

"烟儿，真是个可怜的孩子，走，跟我进去吧。"粉衣女子扶着上官晗烟便走进了贾府。

上官晗烟一边跟着那粉衣女子一同走入贾府，一边在心里暗暗想着接下来的对策。

"没想到晗烟还真的是有本事啊。"莫云芊感叹着问向吴恩佑。刚刚说完话，莫云芊却忽然感到一阵凉意，"她还真会演。"莫云芊不去管后脊梁的冷风。感叹着问向吴恩佑。

吴恩佑笑笑，之后淡淡地扯起了嘴。

"哎！你上哪儿去啊？"莫云芊愣神片刻，吴恩佑早已走出几米远。

"晗烟算是成功地混进去了，我们也就没有必要再待在这儿了。"吴恩佑回过头说道："你想告诉所有人我们在监视贾府吗？"

"烟儿，你先和我去换件衣服吧。"粉衣女子拉着上官晗烟走到了后院，这是贾府的婢仆们休息的地方。

"谢谢姐姐肯收留烟儿，烟儿此生做牛做马感激不尽。"上官晗烟随着那女子来到了一间空房，刚进了门，便要跪下。

"你不必这样。"那人微微地笑了笑，扶起上官晗烟。仔细地端详起了她，易容后的上官晗烟虽然不如自己原本的容貌那般娇俏美丽，不过倒也有些小家碧玉的样子。

"敢问姐姐叫什么？"上官晗烟跟在粉衣女子身后，态度十分谦和。

"我是秋月。在贾府中负责一些琐碎的事务和婢仆的管理。她们都叫我秋姐，你也随她们叫吧。"

"谢谢秋姐可以收留烟儿，"上官晗烟看了看秋月，一脸感谢地说道："若不是秋姐，烟儿真的不知道以后该怎么办了。"

"薇儿！给烟儿姑娘拿几件衣裳来！"

不出一会儿，那被唤作薇儿的女子，拿进来几件婢仆所穿的衣裳。

"烟儿，你就留在贾府吧。"秋月看了看上官晗烟，笑着说道："看你的样子也甚是机灵，在此做一些简单的工作吧。"

"烟儿先谢过秋姐了。"上官晗烟一脸笑意地对秋月说道："若不是秋姐，怕是终有一日会没命的。"

"你只要在贾府中认认真真地做好自己的本职工作，那么生活自然是不成问题的。"秋月看着上官晗烟，说道："你先在此休息一下，过一会儿我会安排你一些事情做的。"

"烟儿，"稍作调整之后，秋月便为上官晗烟安排了一些事务。"依我看你也是一个机灵的人，你就先去和薇儿一同奉茶好了，这活儿很轻松，你只要细致一点儿便可以了。"

"多谢薇姐收留，烟儿自会认真的。"上官晗烟一脸笑意地说道。

"你说晗烟能得手吗？"周弘有些担心地对莫云芊说道："这都第五天了还没有消息呢，我怕在这么下去的话，我们还没有查到什么有意义的消息，武林盟的人却先行动了。"

"你什么时候变得这么心急了？何况晗烟那么聪明，她自然有办法，吃你的面吧。"贾府对面的面摊之中，莫云芊和周弘在暗暗观察着贾府的动静。"我觉得这贾府似乎是没有什么问题，不然也不会这么平静了。"莫云芊看看周弘，单手托着腮说道："我看只要晗烟可以拿到地契，那么贾府对于我们而言也就没有什么价值了吧？"

"你们也不要心急，"刚刚从外面进来的吴恩佑坐下后对二人说道："我想再等几天晗烟应该就可以得手了。可以牵制文大人的话，那么我们就有证据可以治那些人的罪了。"

"那我们接下来该怎么办？就这么一直等下去？"莫云芊有些担心地说道："我们现在都不知道贾府内的情况究竟如何，晗烟就算是真的有什么事情需要我们帮忙我们都不知道。"

"有需要的话她自然会告诉我们的，"吴恩佑笑着说道："据我所知，晗烟现在一切安好，而且已经取得了贾贵的信任了。"

"你怎么知道得这么清楚啊？"莫云芊看了看吴恩佑，继续说道："既然吴大哥你什么事情都知道了，为什么还要我们天天守在这儿啊？"莫云芊笑着对二人说道："而且说真的，这家的面真的不是很好吃。"

"不然的话你整日待在客栈中不是也没有什么事情吗？"吴恩佑一脸理所当然地说道："况且这样也可以掩人耳目。"

"我们要不要也混入贾府去看看晗烟有没有什么需要帮助的地方？"莫云芊看了看吴恩佑，有些担心地问道。

"我正想和你说这件事情呢。"吴恩佑笑了笑，说道："我已经查过了，申时之后，贾府的守卫就会特别松懈，我觉得我们可以再申时之后潜入贾府，这样的话也免得再多些麻烦了，你们有意见吗？"

"那就我去吧。"莫云芊看了看周弘和吴恩佑，笑着说道："论武艺我不及你们，但是若是说这些事情我倒是比你们在行，等我消息吧。"

夜已深，贾府也开始渐渐安静了下来。换上男装的莫云芊小心翼翼地穿过长廊，朝着后院的方向走去，忽然，莫云芊面前出现一抹暗紫色的纤细身影，步伐极其轻巧，唇角不禁微微地染上笑意。

莫云芊快步走上前去，不料那人却在瞬间转身，凌空一掌便朝着自己劈了过来。

"谁……"上官晗烟用这压得极低的声音吼着。刚刚只觉得身后的气场一沉，便知有人在身后了。

莫云芊被上官晗烟突如其来的招式一惊，知道凌厉的掌风已经扑到面前，才勉强地出手还击。并不是她反应太慢，只是她的速度太快了。

"来者何人，报上姓名！"上官晗烟没有停手，依旧招招命中要害。

"晗烟，你再这样我就顶不住了！"外形纤细的男人竟有着如此纤细好听的声音，而那声音恰巧是自己所熟悉的。

上官晗烟连忙收回自己劈向莫云芊脖颈的手。由于出手的力道极大，上官晗烟不禁向后踉跄了几步。

"晗烟，就算真的是敌人，你也没必要这么赶尽杀绝吧……"莫云芊扯下蒙面的黑巾，露出一张俏丽的脸。轻轻地嘟着嘴，秀美的眉头微微地皱着，似是在抱怨她的不满。

"云芊？"上官晗烟的脸上有些懊恼，她也不晓得刚刚在自己身后的人是莫云芊啊！上官晗烟上前看了看正揉着手腕的莫云芊。

"哎……也罢了，也罢了。若真是有敌人，你这么做倒也是最安全的！全当我舍命陪君子了"莫云芊撇了撇嘴，神情甚是可爱。

"你怎么来了？"上官晗烟皱着眉把莫云芊拉到了一个极为隐蔽的地方，低声说道。

"吴大哥让我来的，他现在可是十分担心你的事情呢。"莫云芊看了看上官晗烟，语气有些抬高又降了下来问道："你怎么样，有没有什么需要帮忙的地方?"

"现在来看还没有什么太大的问题,"上官晗烟谨慎地看了看四周,继续说道:"我已经知道那地契在什么地方了,只是一直没有一个动手的机会,你们再等等吧。"

"谁在那儿?"刚刚准备回房间的秋月隐隐看到一边的墙角处似乎有人影闪动,便向那边走去。

"秋姐,是我。"看到秋月走了过来,上官晗烟急忙走了出来。

"烟儿?你怎么了?"看到是上官晗烟,秋月有些奇怪地问道:"这么晚了你不好好睡觉在这儿做些什么?"

"秋姐,"上官晗烟有些无奈地拉着秋月,说道:"我也不知道,可能是之前吃坏了肚子,现在有些不舒服。实在是睡不着了,就想出来走走,我没事儿,你就先回去吧。"

"你啊。"秋月笑着看了看一脸不好意思的上官晗烟,说道:"自己多注意一些,不要乱吃东西,明天还有事情呢,你早点儿休息。"

"我知道了,谢谢秋姐。"上官晗烟看到秋月走远之后,便对躲在暗处的莫云芊说道:"我这儿还算是可以应付得过来。你快回去吧,不要被人发现了。"上官晗烟笑着看了看莫云芊,又说道:"不过你这打扮?还真的不怎么样。"

"衣服是借来的,"莫云芊同样有些无奈地说道:"你又不在,我也不会易容,就只能这样了。"莫云芊扬了扬手,又说道:"先不说了,还是等到你回去之后我们再聊吧,你自己一定要万事小心。"

"好了,我知道了。"上官晗烟推了推莫云芊,说道:"快回去吧,被人发现了就麻烦了。"

于是,莫云芊再三嘱托上官晗烟要小心之后便离开了贾府。

上官晗烟在送走莫云芊之后,便飞快地越过长廊,从后院的窗户飞进了屋内。

上官晗烟缓身坐在铜镜之前。摘下自己的面具，露出了自己原本的面容。娇美的脸蛋儿上略施粉黛，放下柔顺的黑发，上官晗烟拿起白玉簪子松松地挽起，几缕青丝垂在白嫩的颈间，勾勒出柔美的线条。看着镜中的自己，上官晗烟微微地笑了。三分妖艳，七分妩媚。她，已经多久没有这样了？从小到大，自己行走江湖已经习惯了，已经有许久没有这般地坐在镜前打理着自己的妆容了。很多很多年以前，她就像现在一样坐在梳妆台前。现在，一如昔日的风华绝代，天下无双。她上官晗烟，依旧是那个洒脱率性的女子。她一直都觉得她会永远这么一个人走下去。以为她永远也不会为了任何人而改变。只不过，有些事情，早就在不知不觉中变了。想到这儿，上官晗烟微微凄楚的一笑，灿若夏花。

夜色已深，远处的瓦房都隐藏于暗夜之中，一身玄色长袍的吴恩佑静静地立在院子里，目光落在远处。不出半刻，一个身影便从外面跑了过来，呼哧呼哧地喘着气。

"贾府的情况怎么样了？"夜色中，吴恩佑面色淡然，看不出情绪。

"一切顺利。"莫云芊笑着说道："晗烟的确已经取得了贾府的信任，我想拿到地契应该不会太困难。"

吴恩佑墨色的眸子定定地看着远方，"那就好。"过了许久，吴恩佑才缓缓开口，"晗烟一贯聪明，我想她在贾府不会有什么问题的。"

……

"烟儿，"刚刚入夜，秋月看了看有些失神的上官晗烟，说道："你今天是怎么了，一整天无精打采的？"

"秋姐，"上官晗烟看着秋月，似乎有些虚弱地对她说道："我可能是昨天有点儿着凉了，现在觉得不太舒服……我能不能先休息一下啊？"

"你先回去休息一下吧。"秋月一脸担心地看着上官晗烟，说道："这儿我叫其他人过来代替你。"

上官晗烟微微一笑，在离开后院之后悄悄潜入贾贵的书房，她早已了解到每日这个时辰贾贵的书房中都不会有什么人来往。她准确无误地在他的书房中找到了那张地契后，趁着夜色离开了贾府。

拿着地契，上官晗烟微微一笑，不知道明天贾府的人发现地契被盗之后会有什么样的反应。

"你们看看谁回来了？"吴恩佑站在周弘的门口，对他和莫云芊说道。

"晗烟？"莫云芊看着从吴恩佑身后走出的上官晗烟，说道："你终于回来了，我们再也不用去那家面摊吃面了。"

"嗯？"上官晗烟有些疑惑地看了看吴恩佑，问道："你们这是怎么回事啊。"

"你先坐下，"吴恩佑笑着拍了拍上官晗烟，说道："也没什么，不过是让周弘和云芊一起在贾府外面观察情况，以防你有什么事情，我们也好及时出面帮忙，不过看来我们算是白白担心一场了。"

"不知道是谁担心。"莫云芊看了看吴恩佑，笑着说道："晗烟，你在贾府的情况怎么样？"

"贾贵为人还算得上是和善，待人较为宽容。"上官晗烟笑了笑，说道："不过是粗人一个，却偏爱舞文弄墨，说白了不过是附庸风雅罢了。当然，他也和所有的商人一样唯利是图，所以我才能够投其所好，找到下手的机会。"

"其实……我始终觉得客栈住着不是太安全。"莫云芊有些担心地说道:"客栈中龙蛇混杂,如果有人想要对我们不利的话,只怕我们是防不胜防啊。"

"那又有什么办法,"周弘有些无奈地说道:"在云溪我们又没有认识的人,除了客栈外,真的是连一个落脚的地方都没有了。"

"周弘,"吴恩佑看了看周弘,说道:"明日你带着地契去设法联系到文大人,不过一定切莫打草惊蛇,我们还要靠文大人帮我们钓到大鱼呢。"

"知道了,公子。"周弘点了点头,说道:"我明天一早去处理此事。"

"好了,时间也不早了,大家都早点儿回去休息吧。"吴恩佑看了看上官晗烟,说道:"这一次幸亏有你,我们才能顺利拿到地契,辛苦你了。"

上官晗烟耸了耸肩,无所谓地说道:"现在我的任务顺利完成了,我要回去休息了,有什么事情就等到明天再说好了。"

六　无人处　暗弹相思泪

"恩佑哥，"上官晗烟看着身边的吴恩佑，笑着说道："周大哥那边也都准备得差不多了，看来我们这一次算是不虚此行了。"

"不过我倒是没有想到，这武林盟的人还真能够沉得住气。"吴恩佑说道："现在就看这真正的幕后主导者什么时候才能出现了，我现在只是希望这件事可以尽快得以解决，也好免得我们日日奔波了……"吴恩佑笑着看了看上官晗烟，"我可是听说这几日贾府的人在四处找你。"

"无所谓啊，反正他们也不知道我究竟是谁。"上官晗烟一脸得意地说道："看来我当初选择易容没有错。"

"恩佑哥？"上官晗烟有些疑惑地看了看忽然停下脚步的吴恩佑，有些疑惑地问道："你怎么了？"

"薛怡？"吴恩佑有些疑惑地呢喃着，随后对身边的上官晗烟说道："晗烟，我有些事情要去处理，你先回客栈吧。"随后便不顾上官晗烟一脸疑惑的神态，提步便向着一个女子的方向追了过去。

一路上，吴恩佑在想着当年御花园中一次偶然的巧遇，将他们的生活联系在了一起可能是由于日久生情罢，两人对彼此都怀着一份纯真的、真挚的情。只是没有想到，后来的诸多意外，才迫使二人分离。吴恩佑双眉紧锁，思索着：怡，哪能想到此时还有缘相见，小时候的一切历历在目，这一回，我不会放手。

上官晗烟望着吴恩佑的离去的背影，她的心也变得沉重了。吴恩佑和那个女子有什么关系？为什么吴恩佑见了她那么的开心又那么的忧伤……一个个疑问浮上心头。

"薛怡？"追上了那个身着粉衣的女子，吴恩佑有些吃惊地说道："真的是你！"

"你是？"被唤做薛怡的女子抬起头，对上了他的眼睛，她上下打量了他一番，"弈哥哥？你怎么会在这儿。"确定了来人是谁，薛怡也同样一脸激动地说道。

"此事说来话长了。"吴恩佑看了看薛怡，笑着说道："这一次出门我化名吴恩佑，你还是不要叫我弈哥哥了，以免引人怀疑。"

"好，那我就改口好了。"薛怡微微一笑，她未曾想过会有人出现在此处，脚下一滑，就往身后的湖中摔。恩佑一把抓住薛怡的手，顺势往怀中一拉，把薛怡拉了回来。

四目相对，周围寂静，时而有虫鸣声，薛怡沉浸在这个温暖的怀抱中，如果可以，谁都希望能永远。她笑着站起身，对吴恩佑道了声谢谢。

"你我之间何必言谢。"吴恩佑含情脉脉地说。

"我就叫你恩佑哥好了。"薛怡笑着说道："我想你现在在云溪应该是住在客栈吧？如果不嫌弃的话就搬到我们薛府来住吧，你的身份，住在客栈终究会有些不方便的。你不用担心，现在府上只有我自己在住，空余的客房有很多，而且薛府一直也都会接待一些没有找到住处的外地人士，所以你不用担心什么。"

听着这声"恩佑哥"，看着眼前的薛怡，此时的吴恩佑脑海中涌现出的却是那个巾帼不让须眉的娇俏女子……吴恩佑郑重其事地握

六 无人处 暗弹相思泪

131

着薛怡的手，一脸深情地看着她，然后开口说："怡，你知道吗？你离开的这几年我有多么想你？"

"我知道。"薛怡一脸笑意地对吴恩佑说道："这几年，我也一直在想着你啊。"

树后，一双眼睛目睹了这个场面，上官晗烟有些无奈地摇了摇头，一脸落寞地离开了那个地方。在回客栈的路上，上官晗烟的心情极为沉重，这一路上，上官晗烟已经渐渐被吴恩佑所吸引，可是，自己竟没有想到过，如此优秀的吴恩佑怎么可能会缺少爱慕者，他对别人心有所属也是再正常不过罢了。何况，他不仅仅只是吴恩佑，更是司徒弈。

"她究竟是什么人啊？"在薛怡的盛情邀请下，几人一同搬到了薛府暂住。刚刚起床的莫云芊便跑到了周弘的房间中，有些疑惑地问道："看样子，她和吴大哥的关系不一般啊。"

"说起来这还是很多年前的事情呢。"周弘叹了口气，把正叉着腰站在自己面前的莫云芊按到椅子上，说道："这薛怡姑娘的父亲原本是我朝的左丞相，和公子也算得上是青梅竹马了，这二人自幼便是一起长大的，后来薛丞相病重，向皇上辞官回乡，薛怡姑娘自然也就会一同跟着回去了。我原本以为他们不会再见面了，但是没有想到现在他们二人会在云溪再次相遇。"

"青梅竹马？"莫云芊皱着眉说道："那……晗烟怎么办啊？"

"其实……"周弘拍了拍莫云芊，说道："晗烟和公子之间的感情的确是不一般，这一点我也不是没有看出来，而且公子对晗烟也绝不是普通的朋友之情。你知道吗？我和公子也算得上是自幼便一起长大的了，多年来，公子虽然待人接物均是温文儒雅，但是我从来没有看到过他对哪个女子如此关心。"周弘叹了口气，又继续说道:"之前晗烟潜入贾府,公子虽然表面上没有说些什么,他却比我们都要担心晗烟的安危,直到晗烟回来了他才真的放松了下来。可是,现在却遇到了薛怡……看来这件事还要看他自己如何抉择了,就算是我们再怎么样着急,也帮不上任何的忙。"

初冬的风还是一如往常的清冷,断断续续的飞鸟的啼鸣声在碧空中回响,地平线和天际交集在一起,房间的地板上投上一层轻盈的光芒,窗枢斑驳,之前刚刚下过一场小雪,院落之中地方被白雪覆盖,倒是别有一番风味。上官晗烟轻微地叹了一声,睡眼蒙眬地起身,半倚在雕着繁花的床头,低眉看着地上光芒中的花瓣,目光流转,怅然若失……起身拿过床边的蓝衣,系上同样深蓝的腰带,脚步又恢复了以往的轻盈。几步迈至铜镜前,镜中人一身水蓝,给人一种豪爽却不失温婉的感觉。墨发披肩,嘤红薄唇,长睫扑闪,加上刚睡醒面上的微红,又是一番深闺娴淑的意味。熟练地将发丝束起,凝神片刻,从镜中看到了那窗枢。此次这个房间是自己选择的,其一,是因为只要打开窗便可以看到一片竹林,像极了自己儿时窗外的风景。至于其二,似乎就没有那么理直气壮了,无非便是因为吴恩佑很喜欢坐在竹林中想事情。

上官晗烟推开窗,倚靠在窗边上,心想:原来恩佑哥并非多情之人,亦并非无情之人,而是早已情有独钟,心有所系。如今,情丝已动,若说就此放手,自己真的做得到吗?如今的自己,还有可能如同从前那般洒脱地自由离去吗?

眼前嗖地划来一个速度极快的物体,思绪回笼,上官晗烟迅速拔出长剑,反手握住,抵挡开直逼面门的东西,石块落地,人已消失。上官晗烟借力翻身离开房间,如雨燕一般直逼暗器来处。

"唉哟!晗烟你下手轻点!疼死我了!"莫云芊摸着自己脑门上

刚刚被上官晗烟剑鞘砸到的地方，一脸委屈。

"我轻点儿？怎么不见你拿暗器偷袭我的时候下手轻点儿啊！"上官晗烟甩开手，一脸怒气地看着莫云芊，"你为什么要偷袭我啊？"

"还不是看你想事情太出神了，"莫云芊看了看怒气未消的上官晗烟，一脸笑意地说道："我错了还不行吗？您就大人有大量，饶过我这一次吧。"莫云芊笑着拾起地上的剑鞘交还给上官晗烟，"你是不是在想吴大哥啊？"

"你是找打呢是吧？"上官晗烟说着便作势挥拳相向。

"晗烟，你大人有大量就饶了我吧！"莫云芊调侃着跑向不远处的竹林，脸上挂满了灿烂的笑意。

同样刚刚出门的吴恩佑老远就看见追打的两人，那翻飞的蓝衣仿佛竹林间的精灵，美不胜收。心里却再次不受控制地想到了她，薛怡……那个曾经美若娇花，娴静文雅的女子，那个曾经与他共同度过的那一段清澈无忧的岁月……目光流转，视线停留在了那抹蓝色上。他知道，他已经没有办法将上官晗烟忘记，他看着她，从她在冀州的雨夜中惊慌失措地从噩梦中惊醒颤抖时，他知道她也不过是一个比较特别的女孩罢了，她只是一个很懂得伪装起过去的女子而已。他想安慰她，想拥住她，告诉她不用害怕，他在她身边……那翻飞的蓝衣与这竹林相衬，女子微怒的眼眸里仿佛掺着很多东西。吴恩佑回过神来，自嘲地笑了笑，不知从何时起，自己的视线已经开始被那个女子所吸引了。

"莫云芊！"上官晗烟忽然抓住了莫云芊，说道："其他的我不敢说，轻功暗器你可不是我的对手，我可不陪你玩儿了。"

"晗烟，你等等。"看到上官晗烟正欲转身离去，莫云芊急忙反手抓住上官晗烟的手腕，说道："我们出去走走，我有些事情要和你说。"在看到上官晗烟的神态后，莫云芊若有所思地看了看上官晗烟。

"晗烟，说实话吧，你手臂上的伤是怎么回事？"离开薛府，莫云芊严肃地看了看上官晗烟，"昨天我便怀疑过你身上有伤，但是一直没有办法去确定，从刚才来看，我猜得果然没错。"

上官晗烟有些无奈地卷起衣袖，说道："是在贾府的时候弄的，为了地契我想尽办法接近贾贵，却未料到会因此惹怒了他的夫人，在给她斟茶的时候她故意把热茶弄到了我的身上。"上官晗烟依旧笑着说道："为了不引人怀疑，我又不能躲避，就……这样了。"

"那你回来之后为什么不告诉我们啊，烫伤若是处理不好的话非同小可啊，这一点你不是不知道。"莫云芊一脸担心地说道："如果处理不好的话会留下伤疤的，你可是个女子，如果满身是伤，小心最后嫁不出去。"

"不过是点儿小伤而已。"上官晗烟一副无所谓的样子，只是低头整理好自己的衣袖，继续说道："行走江湖什么样的伤没有过啊，这点儿小事自然就没怎么在意。"

"看来你在贾府的那几天并不是那么好过吧？"莫云芊有些担心地看了看上官晗烟，"你还真的是一个很会掩饰自己的人，居然连我这个医者都险些被你骗了过去。"莫云芊看了看上官晗烟，继续说道："一会儿回去之后到我房间去，我再帮你看一下你的伤势如何。晗烟，"莫云芊严肃地对上官晗烟说道："现在的事情，你有没有什么看法？"

"你指的是武林盟？"

"你知道我说的是什么，"莫云芊有些不满地看了看上官晗烟，"不要和我装糊涂了。"

"你觉得我应该怎么想?"上官晗烟勾了勾嘴角,无奈地说道:"恩佑哥找到自己昔日的爱人,也算是好事一件了。看来我们的云溪之行收获还真的是不少。"

"那你自己呢?"莫云芊说道:"你就不打算争取一下?"

"如果不是自己的再怎么争取也都是没有意义的。何况……"上官晗烟忽然停下了自己的话,急忙拉着莫云芊躲到了一旁的一个小巷之中,"先不要说那些事情了,你看那些人?"

"看样子应该只是一队商人罢了,有什么问题吗?"莫云芊看了看不远处的一行人,说道。

"这些人步伐沉稳,身形精壮,看样子应该是习武之人。"上官晗烟看了看莫云芊,说道:"这一行人绝对不会是普通商人,我倒是觉得他们应该是江湖中人。如果只是一般的江湖人士,为何要如此打扮,除非……"上官晗烟看了看莫云芊,心下了然地点了点头。

"武林盟。"二人异口同声地说出这三个字。

"我也不敢确定这些人和武林盟有没有关系,"上官晗烟看了看莫云芊,又看了看那一队人,说道:"云芊,这样吧,为了安全起见我们还是谨慎些好。你先回薛府,我跟上去看一下情况再作打算。"

"你自己小心点儿。"莫云芊有些担忧地看了看上官晗烟,说道。

"你怎么能让她自己去跟踪那些人?"听到莫云芊的话,吴恩佑忽然狠狠地拍了一下自己手下的石桌,身边的几个人都不由一惊,"你知不知道她这么做有多危险?"

"公子,你先不要担心,晗烟一向聪明,不会有事的。"感受到吴恩佑隐隐的怒气和担忧,周弘急忙开口说道。

"我……"吴恩佑看了看几人,继续说道:"现在武林盟情况不明,我先去找她,你们在这儿等我的消息。"

136

"我回来了。"吴恩佑的话还没有说完，便看到上官晗烟急急忙忙地跑回到薛府，对几人说道："刚刚我和云芊在路上遇到的的确是武林盟的人，他们现在在江湖之上大肆招兵买马，看样子是要有所行动了，不过看样子那个幕后主使者依然没有出现。"

"晗烟，你的手？"听完上官晗烟的话，吴恩佑有些担心地看了看上官晗烟的手臂，原本蓝色的衣袖也已经染上了丝丝血迹。

"小事而已，"上官晗烟低头看了看自己的手，无所谓地说道："我回来的时候有些着急，在路上的时候不小心擦伤的。"

"晗烟，我先帮你处理一下你的伤口，武林盟的事情我们一会儿再商议吧。"未待上官晗烟说话，莫云芊便连拖带拽地将上官晗烟带向了自己的房间。

站在一旁的薛怡打量着随莫云芊一同离开的上官晗烟，果真是个英姿飒飒，眉眼如画的女子。就是她，让吴恩佑交出了心吗？看着吴恩佑眼中隐隐的焦急和担忧，心中了然。看来，这一次再度相遇，他已经不再是当年的那个弈哥哥了，他的心中眼中，已经有了另外的一个女子，而自己……也许会慢慢淡出他的生命吧？而且等了这么长时间，自己终于见到他了，可为什么心中却不是那么高兴呢？我和他的感情已成过去了吗？

上官晗烟有些无奈地看了看在房间中翻箱倒柜的莫云芊："云芊，你也用不着这样吧？我都说了只是一点儿小伤罢了，不碍事的。"

"还说呢，"莫云芊把自己的药箱放在桌上，一边帮上官晗烟包扎伤口一边开口说道："还好你平安回来了，不然的话我真的怕我小命不保啊。你知不知道刚刚吴大哥有多担心你？看样子你若是出了什么事情的话，他会杀了我的。"

听到这话，上官晗烟微微一笑，说道："放心吧，你还有周大哥呢，你才不会有事呢。"

"好了。"莫云芊笑着看着坐在自己身前的上官晗烟，低头收拾好自己的药箱之后继续对上官晗烟说道："虽然我和吴大哥认识的时间也不算是太长，但是除了你之外，我还没有看到过他对哪个人的事情这么上心呢，我看啊，你还是应该争取一下自己的幸福。"

"你最近似乎有些喜欢管闲事了。"上官晗烟笑着拍掉了莫云芊搭在自己肩上的手，说道："我们还是出去吧，现在武林盟的事情可是有些棘手了。"

"你受了伤还这么用力？"莫云芊有些不满地看了看上官晗烟，又甩了甩自己被上官晗烟拍掉的手，笑着说道："何况我一直把吴大哥当成自己的兄长，你又是我最好的朋友，你们之间的事情怎么能叫闲事呢？还有啊，如果你们因为这些'闲事'而分神的话，那么到时候可就更加麻烦了。"

"停停停！"上官晗烟一脸无奈地拍了一下莫云芊的头，说道："你还有完没完啊？再不出去的话大家真的要着急了。"

莫云芊有些无奈地和上官晗烟一同走到了薛府后面的院落中，看到吴恩佑的神态之后笑着说道："放心吧，晗烟只是受了些皮外伤罢了，好好调养一下，用不了多久就可以痊愈了，不过……"莫云芊一脸笑意地看了看上官晗烟，随后对几人说道："但是她手臂上的烫伤……可能是因为之前用的药不是太好，所以有些发炎了，恐怕需要一段时间才能痊愈了。"果然，在她说完这些话之后，莫云芊如愿以偿地看到了上官晗烟眼中的无奈以及吴恩佑的担心。

"烫伤？怎么回事？"吴恩佑一脸疑惑地问道。

"没什么，"上官晗烟看了看莫云芊，抢先说道："不过是我自己不小心罢了。"

"不小心在贾府被人烫伤了。"莫云芊笑着接过上官晗烟的话，随后低声地对站在自己身边的上官晗烟说道："我看你们能撑到什么时候？"当然，莫云芊说完这句话之后，吴恩佑和周弘也都看到了莫云芊有些变形的脸和上官晗烟忍隐的笑意。

"好了，都别闹了，我们说正事吧。"吴恩佑看了看两人，起身说道："武林盟如今既然已经开始招兵买马，那么也就是说我们的处境是越来越危险了，若是武林盟动起手来，怕是我们……"

"武林盟……"周弘叹了口气，说道："我们之前已经问过了薛怡姑娘以及一些一直居住于云溪的人，那梅花林中的大宅原本是云溪一富户的府邸，不过后来那一家人举家搬迁到了江浙一带，那宅子便空下来，听说前年有人出钱买下了那大宅，而且又重新整修了一边，只是那个买下那宅子的人究竟是谁就没有人知道了，至于那宅子之中看守之人，应该就是上一次晗烟看到的人。"

"前年？"上官晗烟皱着眉，有些奇怪地说道："看来武林盟的人在云溪的时间也不算短了，为什么之前从来都没有听说过呢？"

"对啊，"听到上官晗烟的话，莫云芊也有些疑惑地说道："武林盟的人若是盘踞云溪，那么不可能毫无动静，我这几年和师傅云游四海，却从来没有听说过这云溪有什么问题。难道说这武林盟的人从来没有叼扰过百姓？"

"武林盟多年来一直在联络江湖人士，那么云溪城内一定会有一些江湖人士往来，城中百姓不可能没有察觉……"上官晗烟顿了顿，继续说道："除非除了我们发现的那所大宅外，武林盟的人还有其他的藏身之处。"

"有可能武林盟之人在此地买下那所大宅不过是为了掩人耳目。"

六　无人处　暗弹相思泪

周弘有些担心地说道："如果那样的话，我们的处境就依然是十分被动了。"

"看样子我们需要再去查一下那间大宅的情况了。"吴恩佑看了看上官晗烟，继续说道："看现在的样子武林盟的人还需要些时日才会动手。勘察的事情也不急在一时，还是等到你的伤好些之后再去吧。"

"也好，省的晗烟现在过去有危险。"莫云芊笑着对几人说道："不过，武林盟的事情我们究竟该怎么办啊？朝中究竟是何人和武林盟的人有联系我们至今也不清楚啊。"

"其实……"周弘笑了笑，对莫云芊说道："事情也不能那么说。我们若是可以除去武林盟在江湖上的势力，那么朝中的武林盟勾结之人便失去了依靠，自然也就没有了什么威胁。况且……除去武林盟，我们还怕找不出朝中的那些人吗？"

"朝堂之人和武林盟相互勾结，一荣俱荣，一损俱损，从现在来看，武林盟显然成为了此事的关键所在，打蛇打七寸。"吴恩佑笑着说道："武林盟就是这条毒蛇的七寸之位。"

"这条毒蛇啊，"上官晗烟有些无奈地叹了口气，"无论如何武林盟的人现在也算是有所行动了，我看我们接下来在云溪还是万事小心才好，不然的话还不知道会发生什么事情呢。"

"那也就是说我们还要接着等下去了？"莫云芊看了看几人，说道："看样子我们还不知道要在这云溪停留多少时间呢。吴大哥，你如果没有什么事情的话我就先回去了。"莫云芊说完，便拉起一旁的上官晗烟离开了。

"他们两个人是怎么回事啊？"吴恩佑有些奇怪地看了看周弘，问道。

"公子，"周弘看了看吴恩佑，对他说道："看样子她们应该是有些事情要聊吧。不过……我也有些事情想要问问你。"在看到吴恩佑的神态之后，周弘继续说道："我们也算是自幼便一起长大的兄弟，有话我就直说了。现在我们重新遇到了薛怡姑娘，不知道公子你有什么想法？"

"我？"吴恩佑有些疑惑地看了看周弘，"刚刚遇到她的时候我真的很激动，至于现在……"

"其实现在已经没有刚刚开始时的激动了，对吗？"周弘看了看吴恩佑，继续说道："公子，事情过去那么久了，你确定现在对于薛怡姑娘的感情还是爱情吗？"

"这？"吴恩佑似乎有些犹豫，复又说道："为何不确定，我们自幼相识，我对她的感情你也是知道的，为何会这么问？"

"你还记得当初薛怡姑娘离京的时候你是什么反应吗？"周弘笑着问道。

"当然是十分不舍了，我是不会忘记那天的事情的。"

"是啊，只是不舍。公子，若是换做其他人我想你也会不舍的。"周弘笑了笑，继续说道："但是自从遇到晗烟之后，你明显有了些变化，从前的公子是一个喜怒不言于色的人，可是……"周弘顿了顿，说道："你应该还记得刚刚你听说晗烟独自去跟踪武林盟之人时你的表现吧？刚刚你是真的生气了，若是换做从前，你是不会有那么明显的情绪表现的，何况对方还有一直和我们一路相随的云芊。"

"我……"吴恩佑一时语塞，说道："我刚刚的确是有些着急，未及细想其他的事情。"

"这就足以证明公子你对晗烟的感情绝非寻常了。"周弘严肃地说道："我知道，这是你自己的事情，但是我还是希望公子你可以看清自己的内心，我和薛怡姑娘虽为旧识，但是晗烟也是我的朋友，我不希望你们之间有任何人受到伤害。你还是自己好好考虑清楚吧。"周弘笑了笑，起身离开了院落。

"晗烟？"莫云芊看了看有些失神的上官晗烟，问道："你想什么呢？"

"没什么，"上官晗烟笑了笑，看着窗外的翠竹说道："只是想起一些小时候的事情罢了。我记得小的时候我的窗外也有这片竹林，要比这儿的大得多，爹会坐在窗边教我读书写字，闲来无事的时候也会和娘一同陪着我在竹林中玩闹，说起来我倒是有些怀念那些任性无忧的时候了，只可惜……"上官晗烟摇了摇头，说道："算了，不说这个了。你呢？为什么会云游四海啊？"

"我？"莫云芊微微一笑，"我本就是个无父无母的孤儿，幸得师傅收养才活到今天的，况且跟着师傅游历四方不但可以施医救人，又可以增长见闻，何乐而不为呢。晗烟，每一次提及你曾经的经历你便言辞闪烁，我想你应该是很不愿意回忆起曾经的事情吧？"

"就算是不愿意回忆，于我而言也是一场一生都无法忘记的噩梦啊。"上官晗烟有些无奈地笑了笑，"我想，有些事情越是想要忘记就越是无法摆脱。不过……现在想想，事情既然已经过去那么久了，也没有什么所谓了。"

"你啊，接下来有什么打算啊？"莫云芊看了看站在窗边的上官晗烟，笑着说道。

"不知道。"上官晗烟摇了摇头，"以后的事情我怎么知道。"

夜来临，月如水，星如光，风抚面，给宁静的客栈增添了神秘色彩和清新的空气，对月静思，又添了几许愁情。月光扬扬洒洒地平铺在地面上，坑洼处漆黑一片，这月色还真是戚戚惨惨。上官晗烟自解地摇摇头，继续抱膝斜靠在屋顶上，长发柔柔地搭在肩头，像是懂得她的心思一般安慰着她。

"上官姑娘。"一个淡淡的声音打断了上官晗烟的思绪，上官晗烟有些疑惑地低头，却看到薛怡站在院落之中，说道："不知道你现在方便不方便，我想要和你聊聊。"

上官晗烟微微一笑，起身跃下屋顶，问道："不知姑娘有何事啊？"

"你和弈哥哥……"薛怡看了看上官晗烟，说道："就是吴恩佑，你是不是已经喜欢上他了？"

"我……"过了许久，上官晗烟喉中才滚出这一个干涩的音节。

"你喜欢上了他，对吗？"薛怡看着上官晗烟的面庞，再次开口，她这一次，想相信自己的直觉。

"你……"上官晗烟忽地抬头看着眼前的人，眼底尽是讶然。她不懂薛怡到底是什么意思，是在向她耀武扬威吗？

"我没有什么其他的意思，只是想要问一下你的心思罢了。"薛怡盯着上官晗烟，她在想，她是否应该就此放手了，把吴恩佑交给眼前这个女人，让她代自己，照顾吴恩佑一辈子。

"那……"上官晗烟始终说不出一句完整的话，她不知道应该说些什么，或者做些什么。

"上官姑娘，我要亲耳听到你的答案，你喜欢他吗？"薛怡轻轻挽了下垂在耳边的发丝，抬眸看着依旧不说话的上官晗烟。

"是。"她是上官晗烟，所以只要爱了，就不会再躲躲藏藏。

"上官……"薛怡刚想说些什么，却被上官晗烟打断。

"薛怡姑娘，请你听我说完"。"现在的我不知道自己的未来究竟会发生些什么，况且我也只是一个普普通通的江湖女子罢了，恩佑

哥……我们之间隔着太多的东西。倒是你，才更加衬得上他吧。我不过是奉师命协助恩佑哥除去武林盟罢了，等到这件事情完成之后，我想我就应该离开了。"上官晗烟将目光锁定在薛怡身上，缓缓勾起一抹浅笑，笑靥如花。

"上官姑娘。我想你是误会我的意思了。"薛怡笑着对上官晗烟说道："虽然我们相处的时间不长，但很多事情我也可以看得出来，弈哥哥对你绝非无情，只是连他自己都不知道罢了。"薛怡笑了笑，说道："是当局者迷吧，我看得出来，弈哥哥真正在意的那个人其实是你。就说今日之事，若是换做其他人，弈哥哥也会担心，但是绝对不会方寸大乱甚至表现得如此愤怒。以我对他的了解，这不是他的作风，我们重逢的这几日中，去除了刚刚开始时的喜悦，往后的时间中，弈哥哥的视线都是停留在了你的身上。"薛怡微微一笑，"或许现在的他也只是把我当成一个妹妹去看待吧。"

"你……"

"上官姑娘，说一句实话，此番再度遇到弈哥哥，我似乎没有想象中的那么激动。"薛怡看了看上官晗烟，说道："当初在京城的时候我还太小，或许还不懂得什么是情爱，只是觉得弈哥哥对我很好，不过……"薛怡顿了顿，又说道："现在看来，怕是我只是把他当成了一个可以照顾我的哥哥吧。其实这几天我一直想要和你们好好聊一聊，只是可惜没有找到合适的机会。我不同于你们，不过是一个弱质女流，留在弈哥哥的身边也只会拖累他。"

"只是，在恩佑哥的心中，他不仅仅是把你当成一个妹妹吧。"上官晗烟有些无奈地笑了笑。

"我想我真的应该和弈哥哥聊一聊我们之间的事情了。"薛怡笑着说道："在这么纠缠下去，只怕之后会误了你们，也误了我自己。

上官姑娘，时候也不早了，我该回去休息了。"

薛怡走后，上官晗烟呆呆地站在原地，一时不知道接下来如何是好。上官晗烟看了看吴恩佑房间的位置，笑着摇了摇头，转身回到了自己的房间之中。

"我，对不起……"薛怡无法回答，只能用对不起来回复吴恩佑。

饭桌上，恢复了往日的热闹，只不过每人心头的苦闷，旁人又知晓多少？莫云芊看了看气氛有些奇怪的几人，优哉游哉地喝着碗里的粥，无奈地翻着小白眼。

"云芊，你踩我做什么？"忽然，周弘有些奇怪地看了看莫云芊。

"我什么时候踩你了？"莫云芊抬起头，说道。莫云芊只是觉得如果自己再不找点儿话题分散一下几人的注意力的话，还不知道这顿饭要吃到什么时候呢。"周弘，我看你近几日身体劳累，精神疲乏，气血不畅，头脑混沌，面部青紫，八成是休息不当，精神错乱，产生幻觉了吧……"莫云芊一条一条地点着，词儿就像连珠炮一样蹦出嘴外。

"云芊，不要闹了。"听到莫云芊和周弘的对话，吴恩佑这才回过神来，对莫云芊说道。吴恩佑眼神依旧淡然，不过却闪着微微复杂的光。

"云芊……"上官晗烟同样抬起头她看了看莫云芊终究还在说些什么。

看到上官晗烟的神态，莫云芊意识到，这似乎不是个好兆头。莫云芊并未收起自己嬉闹的样子，而是腰板儿笔直地坐着，安安静静地喝着自己碗中的粥。

"我吃饱了。"上官晗烟看了看几人，走到厅前，面朝阳光，背对众人。上官晗烟置身于阳光中,一身水蓝色的长衫泛着淡淡的金光,就像仙子下凡一般。至少吴恩佑是这么认为的。

"晗烟……"吴恩佑微微的僵硬了身子,看着满身流淌着温暖的上官晗烟,胸口的地方窝心地疼。吴恩佑不在乎别人如何看他,只是眼神落在上官晗烟走过的地方,如墨般的眸子微微地闪动着,阳光之下,摸不清神色。

"我也不吃了。"莫云芊看了看上官晗烟离开的身影,对几人说道。

"云芊……"

"周弘。"吴恩佑看了看周弘,笑着说道:"由她去吧,我看云芊又是去找晗烟了。"

"哎……"看着桌上的吴恩佑和薛怡,周弘也有些坐不住了,"我去看看云芊,你们先慢慢吃吧。"

"这样也好,"薛怡看了看只剩下他们二人的餐桌,对吴恩佑说道:"弈哥哥,我有些事情想要和你聊一聊,不知道是否方便……"

"你?"吴恩佑有些疑惑地看了看薛怡,说道:"你知道吗?这些年我一直都在找你,我……"

"弈哥哥,对不起。"已经知道吴恩佑想要说什么的薛怡急忙说道,只是除了这句对不起之外,自己实在不知道应该和吴恩佑说些什么了。

"呵!"吴恩佑苦笑,"对不起?就是说你不喜欢我,我不信,我不信。"此刻的他犹如一个无助的孩子。她又何尝不痛心呢?"你告诉我,这不是真的。"吴恩佑用近乎哀求的语气说。

"够了。"这是她第二次冲他吼:"司徒弈,我告诉你,你听好了,我不喜欢你。"撕心裂肺的痛,让她尝到了。

"你告诉我,为什么?"吴恩佑镇静下来,问道。

"你的幸福不是我,以前不是,现在不是,将来也不会是。"薛怡斩钉截铁地说。

"你以为放手可以成全我的幸福,可你知道吗?我最大的幸福就是和你手牵手。"吴恩佑紧握住她的肩膀说。

"弈哥哥,"薛怡挣开了吴恩佑的手,严肃地说道:"你心中的那个人早便已经不是我了,只是你自己还没有察觉到罢了。我知道,在你的心中,我只是你的妹妹,你爱的那个人从头到尾都不是我,只是你自己没有看清罢了。"薛怡看了看吴恩佑,严肃地说道:"你们都不要在骗自己了,你有属于你的幸福,但那不是我的。弈哥哥,我希望你可以好好想想你自己一路走来的经历,我想你会看清楚自己心中的那个人究竟是谁的。"薛怡笑着看了看吴恩佑,说道:"弈哥哥,我想你现在想到的那个人应该不会是我吧?"薛怡看着吴恩佑的神态,微微一笑,随后转身离开。

吴恩佑看着薛怡离去的身影,脑海中涌现出的却是刚刚上官晗烟离开时那个阳光之下的蓝色背影,吴恩佑摇了摇头,自己心中的那个人,真的是她?一路走来,自己的心真的是有些动摇了吧?

"云芊,"找到了莫云芊后,周弘有些无奈地看了看她,说道:"公子无论怎么选择都是他们自己的事情,我们就算是担心也不可能左右他们的选择,我想我们都可以看得出来,公子已经对晗烟动情,只是他自己还不清楚罢了。"

"若是之前,我想我不会为了他们的事情担心,我也知道这是他们自己的事情。"莫云芊回过头看了看周弘,说道:"但是现在吴大哥遇到了薛怡,我怕他会被旧日的情谊扰乱了心绪,反而不知道自己想要的究竟是什么。"

六 无人处 暗弹相思泪

莫云芊找到上官晗烟，对她说道：

"晗烟，吴大哥想让你去那宅子查看武林盟的情况，对吗？"莫云芊看了看刚刚从吴恩佑那儿回来的上官晗烟，说道："武林盟那边你还是不要去了，不知道为什么，我总是觉得这一次的事情不会那么简单，这其中一定有问题。"

"我知道。"上官晗烟叹了口气，说道："其实武林盟的事情我也知道不会那么简单，但是……若是不去查个究竟，我怕武林盟的势力日益壮大，到了那个时候，有危险的不仅仅只是我们几人了。"

"武林盟之前行事一直十分隐蔽，就算是我们一直身处于江湖之中也很少听说有关于武林盟的事情，"莫云芊一脸严肃地说道："可是这一次他们如此大肆招兵买马，未免太过于引人注目了，这一点你也该不会看不出来啊。"

"云芊，"上官晗烟拍了拍莫云芊的肩，说道："如果不是因为这一点，我不会这么担心武林盟的事情，武林盟这一次如此明目张胆地联络江湖人士，这其中一定有问题，我只是担心……"

"你担心的是他们很有可能是有意要引我们出来的话……你去打探消息的话一定会有危险的。"

"云芊，你就不要在劝我了。"上官晗烟无奈地拍了拍莫云芊，"如果他们真的是有意要以此引我们现身的话，就算是我不去他们也会再想其他的办法的，而且……我相信这件事拖延的时间越长，我们也就越加的危险。"上官晗烟严肃地说道："我会自己注意安全的，你放心好了。"

七　醉眼看他人人对出双

"恩佑哥，现在我的伤也没什么大碍了，而且武林盟的事情也不能再拖了。"上官晗烟看了看吴恩佑，严肃地说道："我稍作准备，今晚就再去那个大宅看看，希望可以有什么好的消息吧。"

吴恩佑目光有些游离，在听到上官晗烟的话之后目光再次对上她的眼说道："晗烟，你……有把握能够找到什么消息吗？现在武林盟必然有所戒备，我担心你会……"不知道为什么，在看到上官晗烟的神态后，吴恩佑心中暗暗一紧。

上官晗烟急急避开吴恩佑深邃的眸子，左手使劲搅动衣摆，有些局促地说道："这个我也不知道，"轻声回应着他，她不知道自己是否真的有把握，如今武林盟那个大宅的戒备日益森严，自己此行究竟有多少胜算就连她自己也不清楚。

"不知道为什么，我总是觉得有些不安心……"吴恩佑看了看上官晗烟，说道："无论如何你一定要小心。"

"我知道，"上官晗烟微微一笑，说道："我会小心的，不用担心。"

天一黑，上官晗烟便换上一身劲装，趁这夜色疾步奔往武林盟那位于梅花林中的大宅，此时的上官晗烟还未曾想到，就在不远处，便有着无尽的危险在等待着她的到来。

上官晗烟凭着自己在黑暗中的视力，毫不费力地找到了之前曾听过几人议事的那间房间。上官晗烟发现门是虚掩着的，一时心下疑惑，但还是小心翼翼地推开门，走了进去，希望自己可以在此找到一些线索。上官晗烟在房间中小心翼翼地摸索着，在看到一边的香炉之后，忽然发现了这个房间中的问题。凭借着自己早已习惯了在黑暗的视力，上官晗烟隐隐地发现了躲在一旁的几个黑衣人。上官晗烟暗呼不好，自己自恃聪明，居然连这请君入瓮的把戏都没有看出了，看来自己对于武林盟的事情有些过于着急了。

上官晗烟一咬牙，使出全身的力气。准备往门外逃去。却发现自己全身都是软绵绵的，刚刚自己发力准备逃出去的力气就已经使自己有些头晕眼花。上官晗烟稳了稳身形，突然感觉到小腹有一股异样，她摸摸自己的手，居然也很烫。全身都好热，额头已经略略渗出了汗。上官晗烟的大脑还有一丝清醒，飞速地运转着，心里警示，大脑已经越来越模糊，现在唯一要做的，就是先离开这里。想着，上官晗烟迈开步子准备离开。原本躲在暗处的几人却忽然冲了出来，堵住了上官晗烟的去路。她被一个大力扯了回去。

"放开我！"上官晗烟已经有些使不出力气，而且身体越来越软，也越来越热。敏感起来的身体似乎急需要一个舒缓的通道。

"看来公子还真的是神机妙算，早就知道你们会来这儿。"那几人看着上官晗烟微红的脸庞，继续说道："不过我倒是没有想到，今日我们竟然抓到了这样一个倾国倾城的美人啊，看来今日兄弟们是有福了。"那人笑得一脸淫荡。

"滚开！"在上官晗烟的挣扎中，原本整齐的衣领有些松散。第一次，上官晗烟感觉到如此的绝望。现在的上官晗烟又怎么可能不知道自己中的是什么毒，只是她不知道自己还能支撑多久。上官晗烟脸色微红，胸口炙热，心中热血翻腾，糟了，运气会引起血流加速，促使药力发作，上官晗烟看了看几人，虽无性命之忧，但也不能落入魔手，不可轻敌，得快速解决，冷眸相视，毫无惧色。

"美人儿，功夫不错吗？我看你还能坚持多久，五招之内擒你，心甘情愿地跟我们走。"几人不再戏笑，微怒的眼神，阴险而狰狞，同时向她快速出手，虽无取她性命之意，却也招招狠毒，掌风凌冽，默契十足。

"美人儿，"其中一人伸手抓住刚刚要逃离的上官晗烟的手腕，说道："这春宵苦短，你不要走嘛，我们兄弟不会伤害你的。"

"卑鄙！"上官晗烟强忍着自己身体的不适，暗暗握紧自己手中的暗器，竭尽全力地与几人周旋，只希望可以找到脱身的办法。

上官晗烟因为中毒，手劲不足，那几人轻松地躲过了上官晗烟发出的暗器，"我们知道你聪明，轻功暗器更是一绝，不过……"这时，那几人笑得一脸淫秽说道："落到我们的手上，你还认为自己可以逃脱吗？"

此时的上官晗烟，受血液中的药力催动，内心灼热，脸色红润，但强撑意识："没有想到……枉我上官晗烟自恃机警，今日竟会栽到你们这些无名鼠辈的手中，"上官晗烟自嘲般地一笑，暗暗压下自己心中的怒火，重新握回了手中的暗器，此时的上官晗烟秀眉紧锁，此次若是再度袭击不成，那么便用手中的暗器了结了自己吧。上官晗烟下定决心，便努力调理自己的气息，做好最后一击的打算。

……

吴恩佑从来没有一刻感到过那么担心。

莫云芊刚才慌慌张张地找到他，把上官晗烟去了梅花林已经一个时辰还没有回来的事情，把自己的担心告诉了他。他的心像是突然沉到谷底。不会的，不会的，他这样告诉自己。他想让莫云芊冷静下来。可是他拿着茶杯的手，却止不住地颤抖。吴恩佑忽然像是意识到什么，拔腿就向门外跑去。快得就像一阵风，转眼过去，只留下两扇门在啪啪作响。他跑得很快，甚至很多地方都用轻功跳跃。当他落地的时候，他的脚竟然也在颤抖。跟跄了一下，他险些摔倒，脚有些扭到。但他不敢停留，他咬着牙，继续往前跑。他知道现在没有什么比她更重要。耽搁一刻，有可能，他便要悔恨终生。

那片梅花林已经就在眼前，他的心跳越来越厉害。吴恩佑急忙查看着这宅子中的情况，当他看到唯一闪动着烛火的房间后，加紧脚步来到门前，他毫不犹豫地直接将门撞开。脑子里想着各种他可能看到的情形，甚至，是最坏的。

他往里走了几步，突然听到内屋有细微的呻吟。他的心像是提到了嗓子眼。一股愤怒油然而生，双拳握得紧紧的。他快步跃入，却看见有几人倒在地上，其中一人压在上官晗烟的身上，但是都没有动静，像是昏了一样。

吴恩佑一个箭步冲上去，将几人狠狠地甩了出去。他心疼地抱起似乎昏迷的上官晗烟就着月光，她的脸上都是异常潮红。衣衫凌乱，衣领已经松散敞开，可以看到里面白皙的皮肤。吴恩佑的杀气顿起，眼神变得冷峻。他的手拿起散落在地上的一把剑，他内心不可抑制的愤怒，他，从来没有一刻那么想杀人。

吴恩佑起身抱起上官晗烟，大步离开了房间。

吴恩佑没有停顿地直接把上官晗烟抱回了房间。他皱着眉毛，看着怀中的人儿有些不安的扭动身子，她的身体烫得惊人，他当然知道上官晗烟是被人下药了。

他轻轻把上官晗烟放在床上。离开了怀抱，上官晗烟似乎睡得更加不安。原来贴着他的胸膛，就觉得身上的燥热减轻不少。可是一离开他的怀抱，那股燥热又开始叫嚣。她原本素雅的脸蛋更加红了，微微皱着眉，看上去竟然别有一股妖魅的风情。她不安地开始扭动身子，在雪白的床褥上，像一条勾人的小蛇。朱唇轻启，发出凌乱的呻吟。她再也没有往日的神情。此刻，她就像是勾魂的妖精。吴恩佑低咒了声，转身离开，去倒了杯冷开水，送到她的唇边。

"晗烟，来，多喝点水。"他扶起她，或许是因为药效，她软若无骨地靠在他的怀里，阵阵她的体香若有似无地飘到他的鼻子里。怀里的她因为之前的挣扎，衣领已经敞开，从他的角度可以看到上官晗烟精致的锁骨和白皙凝脂般的皮肤。还有往下，他的视线不敢停留。她的双唇碰到杯沿，就饥渴地喝了起来。冷凉的水能适当地压抑体内的燥热。看着她娇若花瓣的双唇上沾着几滴水珠，就像是清晨鲜花上的露珠。吴恩佑感到蓦地下身一紧。

"晗烟，你先躺着，好好睡一觉。明天早上醒来就会没事的。"他知道这个药性还不算是烈的。只要当时能把持住，就没有大碍。他站起身，想要给上官晗烟掖好被子。没想到，却对上上官晗烟的双眼。他的心里一动，随即他就明白，她并没有清醒，因为她的双眼还是没有焦距的。她在看他，又好像不在看他。吴恩佑想站起身。谁知，竟被上官晗烟伸手拉住。他一个趔趄没站住，又被上官晗烟突如其来的力气一拉，他倒在了床上。然后，上官晗烟竟然嘟着红唇，将软若无骨的身子靠向了吴恩佑。顿时，他的大脑一片空白。

吴恩佑一直在忍耐，最后他的喉咙发出低沉的吼声。捏住了她小巧的下巴，吻上了那娇艳欲滴的双唇。他的吻变得火热，让她无处可逃，只能本能地回应。她的唇便不自觉地张开，迎接着他的探索，那柔软的触感探进了她的口中。

七　醉眼看他人入对出双

室内的温度越升越高，两个人朝床上倒去。他压在她的身上，上官晗烟原本散乱的衣衫此刻更是大开，露出她细嫩的皮肤。他伸出手，顺着她的身体缓缓下移。"唔……"上官晗烟因为体内的热量得到舒缓，舒服地呢喃了一声。却让吴恩佑像触电般停了下来。他蓦地停下来，从床上弹起，站在一旁。上官晗烟似乎有些不解，她歪着仍然看不清的眼睛，似乎还在想到底发生了什么，那个冰凉的东西去哪里了。

　　吴恩佑看着床上的上官晗烟，深深地吸着气。他需要平静自己。刚才，他是中了上官晗烟的魔。如此娇媚，如此销魂的模样，让他差点就把持不住。他知道，他不能，不能在现在这种情况下占有她。不然，上官晗烟醒来知道了，肯定会恨死他。

　　他咬了咬牙，狠下心，一掌击向上官晗烟的后脑。上官晗烟顿时便昏了过去，温顺地倒在他的怀里。他把她轻轻放在床上，像照顾瓷娃娃一般替她整理好已经散乱的衣衫，轻柔地盖好被子。

　　走出上官晗烟的房间，他暗暗对自己发誓，今天的事情，以后绝对不会再发生第二次。

　　还好，还好自己及时赶到。还好，上官晗烟没事。

　　否则，这辈子吴恩佑都会恨死自己。

　　上官晗烟醒来，睁开眼却发现躺在自己的房间。想要坐起，发现全身酸软无力。头也很晕，像是昨晚大醉过一场。身上黏黏的，后背都已经湿了，想必是出过不少汗。上官晗烟皱了皱眉，想着昨日发生的事情。

　　正在上官晗烟沉思时，只听到莫云芊惊喜地叫起来，"晗烟，你醒了！"话音未落，人影已经闪到上官晗烟的床边。修长的手指轻轻拂过上官晗烟的脸颊。"嗯，不烫了，看来应该是没事了。"她倒了一杯茶水，递给上官晗烟，又坐到她的身边。

呀，真的口渴呢，上官晗烟咕咚咕咚地一饮而尽。她擦擦嘴，然后好奇地询问到底发生了什么事情，莫云芊脸上闪过一丝尴尬。眼神闪烁，支支吾吾地说："嗯……其实……就，那什么。"

"什么什么？"上官晗烟听了莫云芊的话，不禁翻了个白眼。

正在莫云芊犹豫怎么回答之时，门口传来那熟悉的低沉声音，"你在武林盟的那间大宅中毒了。"上官晗烟抬头一看，吴恩佑端着一碗粥走了进来。莫云芊自然地接过，开始喂上官晗烟吃粥。他则坐在上官晗烟对面的椅子上，拿起身边的茶杯，开始有一搭没一搭地抿茶。

上官晗烟想了想，慢慢想起了前一晚发生的事情，忽然有些面露难色地看了看莫云芊，不理莫云芊递过来的勺子，问道："昨晚我……"

"我赶到的时候你已经晕了过去，那些人也中了你的暗器，也都伤得不轻。"吴恩佑大概看出上官晗烟疑虑，不自然地咳了咳，然后说："回来之后我把你放好就出去了，你放心，没事情发生。"吴恩佑说完便匆忙地拿起茶杯大口喝起茶来，没想到反而被呛到。整张俊脸咳得通红。

莫云芊看到，笑的暧昧，"吴大哥，没事情发生，你紧张什么！"

上官晗烟听了，脸也红起来。不敢看他。

"晗烟，你还记得昨天究竟是怎么回事吗？"吴恩佑止住咳，不自然地看看上官晗烟，又正襟危坐地严肃起来。

上官晗烟简单地对几人说明了昨日的情况，随后又说道："看样子这一次的事情不是那么简单的，武林盟的人在此地招兵买马，看样子是冲着我们而来的。"

"武林盟，"莫云芊看了看二人，说道："我怕武林盟的人早就有了计划，我们若是再去只会自投罗网，不过我们接下来该怎么办啊？"

"敌不动，我不动。"吴恩佑笑了笑，对几人说道："我们还是看一下情况再说好了，我们若是不出面的话，武林盟的人必然会再次设法引我们现身，我们到那个时候再作打算也不迟。"

"也好。"上官晗烟看了看吴恩佑，又说道："不过……依我看这梅花林中的大宅的确更像是为了掩人耳目，我想武林盟之人真正的聚集地应该还有其他的地方才对，眼下的形式对于我们而言很是不利啊。"

"我们见机行事吧。晗烟，我们也不打扰你休息了。"说完，又用他那深邃的眼睛看着上官晗烟，然后起身慢慢离开了房间。

上官晗烟看着他那修长的身影，不由陷入了沉思。昨晚，真的一点事也没有吗？

"吴大哥……"莫云芊看了看吴恩佑，说道："有了昨天这件事情，你……你难道还不知道自己心中的那个人是谁吗？"

"我……"吴恩佑看了看莫云芊，似乎有些躲闪地说道："现在还是不要说这些事情了。"

莫云芊看着吴恩佑离开的身影，不由笑着摇了摇头，"我倒要看看你们还能撑到什么时候。"

"云芊，"周弘看了看刚刚准备回房间的莫云芊，叫住她问道："晗烟怎么样了？"

"他已经没事了。"莫云芊笑着说道："不过武林盟的事情是越来越麻烦了。"莫云芊看了看周弘，说道："先不说这件事情了，昨天我可是有不小的收获。"莫云芊拉着周弘，满脸笑意地说道："你是没有看到昨天吴大哥的样子，简直就是方寸大乱。看这个样子，他对晗烟的感情绝对不一般，只是不知道他们什么时候才能真真正正地看清自己的内心。"

"公子可能还在为了薛怡姑娘和晗烟左右为难，"周弘看了看莫云芊，继续说道："不过我倒是觉得晗烟似乎也是有所顾忌，她似乎是有意在逃避自己的感情。就这两个人的个性来看，我想谁也不会先开口的。"

"晗烟……"莫云芊坐到周弘身边，说道："我看她会有所顾忌也不足为奇。刚刚开始的时候我不是也对我们的身份有所顾虑吗？吴大哥贵为皇子，将来必然会继承大统，晗烟因此而有些顾虑也是正常的事情。再者说，吴大哥那若即若离的态度，换做任何一个女子都会没有信心的。"

"可是，这毕竟是他们之间的事情，我们就算是想要帮忙也是没有任何办法的。"周弘拍了拍一脸无奈的莫云芊道："和武林盟的事情一样，再等等吧。"

"周弘，"莫云芊叹了口气，打掉了周弘的手，对他说道："武林盟的事情可以等，但是，你觉得一个女子可以有多少时间用来等待？我们处理完武林盟的事情回宫之后，你觉得晗烟还有什么理由继续留在吴大哥身边吗？我实在是不想看着他们二人就这么下去，吴大哥可以等，但是一个晗烟怕是等不起的。何况你不要忘了，晗烟可是还有一个默默护着她的师兄，谁也不知道她这师兄对于晗烟究竟是什么样的感情。"

"其实，他们都是我们的朋友，我也只是希望他们可以找到自己的幸福罢了。"周弘笑了笑，说道："我们就算是想要帮忙也没有任何的办法啊。"

"周弘，其实晗烟的事情我或多或少地知道一些，"莫云芊看了看周弘，说道："从她的言谈举止上来看，她绝对不是普普通通的江湖女子。我们聊过几次，虽然晗烟对于自己的身世始终遮遮掩掩绝口不提，但是言辞之间可以知道，晗烟应是出身于一个富裕之家，不过后来家中似乎是遭遇变故，其他的事情我就不知道了，不过我想这也是晗烟有所顾忌的原因。"

"你有没有觉得，晗烟不像是我们看到的那么洒脱？我总是觉得她的身上似乎背负着很多的东西。"周弘有些担心地说道："有些时候，如果一个人背负着太多的东西的话，最后只会压垮自己，我希望有一个人可以让晗烟真正地敞开心扉，放下自己的担子。"

"我和晗烟相处了这么长时间，对于她自己的事情她一向是绝口不提，我是无能为力了。"莫云芊有些无奈地说道："算了，他们的事情我们也没有办法管，在这儿也是干着急罢了，有时间还是好好想想武林盟的事情吧。"

周弘还欲说些什么，没想到倒是肚子开始抗议，发出"咕咕"的声音。

莫云芊调皮一笑，说道："周弘，听见什么声音了吗？"

周弘脸色微红，尴尬不已。

莫云芊展颜失笑出声，轻轻地说："我看你还没有吃饭吧，快去吃点东西吧，饿着对身体不好，我还想一个人待一会儿。"

这一整天上官晗烟都没有离开过自己房间，夕阳西下，那遥远的天际被映得一片通红，漫长的白昼转眼变成了黑夜，冬天的夜，带着些许寒风，上官晗烟靠在窗边，翘首昂视，一匹柔美光滑的蓝色绸缎披盖了整个夜空。星星眨着慵懒的眼睛，簇拥着一轮明月。它像一个闪闪发光的玉盘悬挂在天际，把皎洁的光华洒向人间，远远地凝视着它，觉得它远得如同缥缈的仙境。往事的纠缠让上官晗烟一时难以入眠。上官晗烟有些无奈地笑了笑，飞燕般的身影飘然远去，却没有想到会遇到同样在屋顶之上的吴恩佑。

"看来你还真的是很喜欢屋顶啊。"看到上官晗烟后，吴恩佑笑着说道："怎么了，又睡不着了？"

"可能是白天的时候睡得有点儿多了吧。"上官晗烟抬起头看着天空中的繁星，淡淡地说道："这会儿实在是睡不着了，只好出来走走了。"上官晗烟侧过头，笑着问道："那你呢，为什么会在这儿啊？"

吴恩佑看了看上官晗烟嫣然巧笑的俏脸，微微一笑，说道："我？不知道为什么，可能是为了武林盟的事情吧，我也睡不着了。"

"武林盟，"上官晗烟笑着摆弄着自己的衣摆，继续说道："依我看来武林盟除了在云溪以外，必然还有其他的聚集之处，只是现在武林盟的幕后指使者始终没有现身，我们也没有什么好的办法啊。"

"还是不说这些事情了，"吴恩佑笑了笑，"依我看武林盟的事情还是要从长计议才可以。"

"恩佑哥，你和薛怡姑娘……"上官晗烟顿了顿，却不知道接下来该说些什么才好。

"我们二人……"吴恩佑看了看上官晗烟始终保持着仰望星空的姿势，便继续说道："我们二人也算得上是少时一同玩闹的朋友，不过已经很长一段时间没有见面了，没有想到这一次会在云溪重逢。"

"再遇故人，恩佑哥你应该很开心吧？"上官晗烟依旧没有改变自己的姿势，淡淡地开口说道。

"开心是自然的，薛怡刚刚离开的时候我也曾经设法找过她，不过一直没有什么消息，有一段时间我几乎要放弃寻找她了，不过这一次能够再度重逢，应该也是上天的恩赐吧。"吴恩佑侧过头，却没能看清上官晗烟的神态。

"这便是缘分。"上官晗烟微微一笑，说道："有缘千里来相会，这话是不假的。"

"是啊,这就是缘分吧。"吴恩佑想了想,又说道:"我们不是也一样吗?如果不是这一次我选择出宫的话,我们也就不会相遇了,缘分这两个字真的很微妙。"吴恩佑看了看上官晗烟,继续说道:"你相信缘分吗?"

上官晗烟点了点头,"不过,我只是不知道缘分究竟可以维持多久罢了,就像你说的,我们的相遇是缘分,不过……我不知道我们同行的时间究竟有多少。"上官晗烟顿了顿,似乎忽然想到了些什么,急忙对身边的吴恩佑说道:"恩佑哥,对于武林盟的事情我们似乎还忽略了一件事情。"上官晗烟看了看吴恩佑的神态,说道:"武林盟的人聚集于冀州至云溪,但是这一带可不仅仅只有这几个地方。"上官晗烟想了想,又说道:"我记得之前在永安的时候,独龙帮给我的资料中有提到过清河,清河县位于云溪和冀州之间,三面环水,其中也有一些江湖人士聚集于此,虽然不同于永安的龙蛇混杂,但是也算是江湖人士的聚集之地了。"

"你的意思是……"吴恩佑看了看上官晗烟,说道:"武林盟真正的聚集之地有可能是清河?冀州至云溪……清河的确是必经之地啊。"吴恩佑笑了笑,又说道:"这样吧,我明天问一下薛怡和其他的云溪城中百姓,看一下有没有人知道清河的情况。"吴恩佑看了看身边的上官晗烟,笑着说道:"一转眼就已是冬天了,再过一段时间就快要过年了。"

"是啊,"上官晗烟看了看吴恩佑,说道:"我想这一次我们是不会有机会好好地过年了,我看我们还是好好调查一下武林盟的事情要紧。"

月夜渐已深,环绕着明月的星星越聚越多,清风伴着明月,明月伴着星光,月光、星光璀璨如昼,将端坐在窗前的一对璧人映衬得格外静雅、格外夺目似的，此情此景、如梦如幻……

转眼间便已经到了年末，云溪处处张灯结彩，充满了节日喜庆的气氛。不过吴恩佑一行四人却没有丝毫的兴致去感受这样的气氛。

"还记得我们之前在永安参加的灯会吗？"看着街上热闹的气氛，莫云芊对身边的上官晗烟说道："现在看起来要比之前的灯会还要热闹呢。"

"马上就要过年了，大家自然都是喜气洋洋的。"上官晗烟看了看莫云芊，说道："你不是要去买药材吗？我们还是抓紧时间吧。"

"走吧。"莫云芊紧了紧自己的一件玉色红青酡三色缎子斗的水田小夹袄，"看来我要抓紧时间了。"

"清河？"薛怡想了想，对几人说道："我还真的并不是很清楚，不过听说清河县的确是个龙蛇混杂之地，我记得爹还在世的时候曾经提到过，那清河县虽然人员来往比较复杂，但是清河县的县令却是一个十分清廉正直之人，可以说是青年才俊，也正是因为这个原因，清河县百姓才得以安居乐业。"

"不然的话我们去清河看看？也好看一下那位县令是否真的如大家所说的那样。"周弘看了看几人，说道。

"也好，现在我们不能放过任何的线索。"吴恩佑对几人说道。

"弈哥哥……"薛怡看了看几人，说道："我有些事情想要和你聊聊，不知道是否方便。"

吴恩佑笑了笑，和薛怡一同走向一旁，问道："怎么了？"

"这一次再分开，我们就不知道什么时候才能再见面了，"薛怡笑着说道："不过……经历了这么久，你还是不知道自己喜欢的是谁吗？"

吴恩佑叹了口气，有些无奈地说道："你指的是晗烟，对吗？"吴恩佑看了看薛怡，继续说道："其实我自己也不是很清楚，不过我真的不仅仅是把她当成自己的朋友或者是妹妹吧。这么长时间，我从来没有像前天晚上那般担心一个人……我现在甚至不敢去想如果当时我晚去一步的话会发生些什么事情。"

"其实，你的心中已经有了一个答案。"薛怡笑着对吴恩佑说道："虽然我不知道你现在究竟在抗拒些什么，但是我相信你对于自己的事情也有了一个了解了。你的事情我也不多说什么了，只是你一定要珍惜自己的眼前人，一个女子是没有多少时间可以用来等待的。据我所知，晗烟是奉师命和你们同行的，你有没有想过，等到你们处理好武林盟的事情之后，你还有什么理由继续留下她吗？"

"我……"吴恩佑叹了口气，或许大家已经习惯了彼此在身边，却从来没有考虑过有一天大家也会分离。

"你自己好好想一想吧。"薛怡笑着看了看吴恩佑，说道："你们接下来都要事事小心吧。"

"恩佑哥，"几人简单收拾了一下东西，便一同离开了薛府，在准备出发前，上官晗烟看了看吴恩佑，问道："这一次离开，还不知道什么时候才能再见到薛怡姑娘呢。"

吴恩佑笑了笑，"也许以后我们都不会再见面了，能给她幸福的人不是我。我想我的幸福也不一定是她。"吴恩佑看了看上官晗烟，随后笑着对身后的莫云芊说道："云芊，你准备好了吗？我们要走了。"

"好了，好了，我昨天晚上配了好多的药，你瞧瞧，这些够不够？"莫云芊手中拎着包袱，里面是些个大大小小的药瓶。

"你准备那么多药做什么？"周弘一边接过莫云芊手中的包袱，一边疑惑地问道。

"我们出门在外，又是为了对抗武林盟，总是会遇上些不要命的人，我这不是以防不测嘛。"莫云芊翻身上马，一脸俏皮地看着几人。

古道之上，马蹄声阵阵，卷起烟沙万丈。

八　相逢一醉是前缘

转瞬间严冬已逝，春天已悄悄地来到人间。沿途之上可以看得见积雪里萌生的小草，枯枝上吐出的嫩蕾。青山寂寂，鸟鸣嘤嘤。在猿啼鸟语之中，却忽有促音马足，一行四人，踏破了山野的寂静。古老而沧桑的官道上充满了迷离的格调，显得宁静而幽雅，旁边是一片竹林，竹枝摇曳，竹叶婆娑，洒落在竹林间的夕阳斑斑驳驳，一阵悠扬的马啸声，随着春风飘入耳际，那响亮的节奏，浑厚的声音，给人似追日的错觉！随着初春温暖的阳光，四骑终于来到"清河县"的城墙下，望着那壮观雄伟的城门，四人露出了奔波以来最灿烂的笑容。

"我们马上到达清河了。"上官晗烟看了看四周，对几人说道："看这样子，清河县应该是个很热闹的地方啊。"

"是啊，不像我们当初去永安的时候，除了那些拦路抢劫的人之外，城外的路上几乎是没有什么人。"莫云芊看了看上官晗烟，说道："这清河看起来倒是热闹，我想我们这一次一定会有收获的。"

"只要百姓真的是安居乐业就好了，"吴恩佑看了看不远处的城门，笑着对几人说道："依我看大家对于清河的评价真的是所言非虚啊。"吴恩佑笑着看了看几人，说道："希望这会是我们的最后一站。"

"哎呀，真是没想到啊，就这么个小地方居然也这般热闹繁华啊！"刚刚进入清河，莫云芊一面欣赏街景，一面对身边的周弘大发感慨。

不算太宽的街道两旁，客栈、酒肆、店铺鳞次栉比，高朋满座、香飘阵阵、吆喝声声；街道边缘，小摊更是让人目不暇接：卖胭脂水粉的、卖首饰玩物的、卖文房四宝的……叫卖声不绝于耳。往来行人皆泰然自若，或独来独往，行色匆匆，或三五成群，言笑晏晏。好一派国泰民安、丰衣足食的太平盛世之景啊！

闻得莫云芊此言，吴恩佑嘴角笑意更甚，却依旧但笑不语。

周弘接过话茬："是啊，看来这清河县的县令治理有方，我看大家对于这清河县令的评价不假啊。"

"云芊，"上官晗烟侧过头看了看莫云芊，笑着说道："我们还是先找一个客栈休息一下吧，有什么事情等会儿再说吧。"

"咦？"上官晗烟有些奇怪地看了看缘来客栈的招牌，"这字体……"

"晗烟，"吴恩佑看了看还站在客栈门口的上官晗烟，说道："你怎么了，还不进来。"

小二礼貌地问道："四位客官，是打尖吧。"

吴恩佑看了看客栈的环境，说道："小二，开四间上房，准备热水，送入房中，再准备饭菜，我们在房中吃。"

小二呦喝着说："好嘞，客官请跟我来。"

上官晗烟将包袱放在桌上后，才开始慢慢打量起这缘来客栈。无论是珠帘，还是灯罩，再或者是天花板上的坠饰，处处皆显示出一份与众不同的华贵，这倒是让上官晗烟有些奇怪了，"小二哥，"上官晗烟拦下了刚刚从二楼客房下来的店小二，有些疑惑地问道：

"我看你们客栈布置华贵,不知道你们掌柜的是何人啊?"

"这位小姐,"店小二看了看上官晗烟,回答道:"我在这客栈的时间不长,具体的事情也不知道,不过我倒是听说这间客栈好像是两位掌柜的,其中一位是我们清河县的一位富户,另外一人并不是清河县的人。"

"哦,多谢你了。"上官晗烟看了看那个店小二,说道。

"晗烟,"吴恩佑有些疑惑地走到上官晗烟的身边,问道:"怎么了,这客栈有什么问题吗?"

"没什么,"上官晗烟笑了笑,"只是觉得这样的布置有些熟悉罢了。"上官晗烟看了看吴恩佑,兀自呢喃着,"应该不会是他吧。"

吴恩佑有些奇怪地看了看上官晗烟,说道:"还是不要想其他的事情了,我们先去简单的休息一下,一会儿我们去看一下清河县的情况。"

"也好。"上官晗烟笑了笑,转身向楼上走去。

来到县衙,周弘向站门的衙役表明了自己少将军的身份,在他的耳边小声地说了几句,衙役见了礼,神色匆匆地往里报,吴恩佑和周弘进入大门等侯,肃静的公堂,整洁的门廷,想来,此县的父母官应是位好官吧。

穿戴整齐、相貌不凡、气质文雅的年轻公子,快步而来,见吴恩佑和周弘,跪倒在地,低头诚惶诚恐地说:"不知少将军驾临,下官有失远迎,还望恕罪。"

周弘笑了笑,伸手扶起了县令,温和地说:"大人不必行如此大礼,也不必惊慌,我们只是途径清河县,只是来问一个问题,问完即走。"

县令诚心地说:"下官姓李,名基业,上任五年,本县百姓安居乐业，有什么事尽管问，知无不言，各位先进内堂奉茶，请。"

吴恩佑笑了笑，说："大人请"，随后进入内堂，周弘跟其后。

院内环境幽雅，绿树鲜花，相互衬托，室内朴素整洁，简单而温馨，有浓浓的书卷气息，哦，原来书桌上放满了微黄的书卷，还有一些针线，看来是年代久远，有些破旧了。吴恩佑微笑地点了点头，惊讶地问："李大人不但是读书之人，还是爱书、惜书之人呀！"

李县令谦虚地拱拱手，说道："承蒙夸奖，下官不敢当，做了自己应做之事，人人读书，总要有人爱之、惜之、修之，这样后人才能有机会读啊！"

吴恩佑和周弘点头称是。下人端来了茶，李县令一一想请，读书人礼节表现无遗，犹如谦谦君子，笑问："招待不周，还请二位谅解。"

"李大人不必客气，我们只是想要问一下你关于清河县的事情，"吴恩佑笑了笑，说道："李大人，不知这清河县附近可有江湖人士聚集？"

"江湖人士的确是有，"李县令闻言，眼神微转，言语恳切地说："不过那些人很少来打扰百姓的正常生活，多年来一直都是相安无事，所以我也就没有过多干涉那些人的事情，不知有什么问题吗？"

"我们只是随口问问，李大人不必担心。"周弘笑了笑，说道："不知道李大人可否详细告知我们这些江湖人士的事情？"

几番交谈后，李大人望了望窗外，已过了用膳的时间，便开口说，"各位先去用膳，过后再谈，如何？"

吴恩佑摇头笑道："不麻烦大人了，我们也是时候该回去了，多有打扰，就此告辞。"起身拱手相谢。

几人道别后，吴恩佑和周弘踏出县衙，往客栈而去，空中没有一片云，没有一点风，头顶上一轮圆日，似乎二人的心情也因此蒙上一些烦躁。

"晗烟，"几人简单地休息片刻之后，周弘便与吴恩佑一同前往清河县县衙。莫云芊也找到了上官晗烟，准备和她一同出去看看。"周弘他们已经走了很长时间了，我们四处去看看吧，免得周弘回来说我们不顾正经事。"莫云芊看了看上官晗烟的神态，又问道："从进入客栈之后我就觉得你似乎有些问题，怎么了？"

"云芊，"上官晗烟笑了笑，说道："我们先在这个客栈四处看看吧，我总是觉得这个客栈有一种熟悉的感觉。"

上官晗烟和莫云芊一同进入客栈的院内，才发现这里是一片参天大树，景色比外院更胜一筹。上官晗烟转头发现，树下一男人一袭白衣，清雅地站在清池旁，轻轻挥舞着扇子。一切似乎都越发地清晰明朗，这男人，上官晗烟认得。即使只看着背影，那如瓷般清美的气质，也令她过目不忘。

"你……"

"怎么？一段时间没有见面，不认识了？"

"果然是你。"上官晗烟盈盈浅笑，对眼前的男子说道。

"没错，的确是我。烟儿，别来无恙啊！"男子巧笑着转身，嘴角翩跹地走向上官晗烟，显得更加俊美魅人。

"可是……"上官晗烟皱着眉看着眼前这个笑得一脸魅惑的男子，问道："你怎么会在这儿？"上官晗烟看了看一旁的莫云芊，又继续说道："我先介绍一下吧，这位是我的师兄，无忧山庄庄主云晚风。这位是我的朋友，莫云芊。"

"我知道。"云晚风微微一笑，"你的事情我还算是略知一二的，烟儿，师兄我可是十分关心你的……怎么，有没有打算要回无忧山庄啊？"

"云师兄，你等一下，"上官晗烟打断了云晚风，说道："你还没告诉我你为什么在这儿呢。"

"不要这副样子，我可是一直在此地等你的，你这副表情师兄可要伤心了。"云晚风笑了笑，在看到上官晗烟有些不满的神态后收起自己嬉笑的态度，说道："其实我和这间客栈的掌柜是故交，之前听说他想要重新修整客栈，我就过来看看有没有什么可以帮得上忙的，没想到那掌柜的借着这个机会，把你的师兄我变成了这家客栈的掌柜之一……不过刚刚我也没有骗你，我的确是在此等你。"

"你什么时候在清河有个故交了？我为什么从来没有听你说过这件事情啊。"上官晗烟有些疑惑地看了看云晚风。

"你还好意思说呢，"云晚风笑着走上前拍了拍上官晗烟，上官晗烟轻笑着闪身躲过了云晚风的手，云晚风倒也没有说什么，一如既往地保持着自己的笑容，说道："你想想你已经有多久没有回无忧山庄了？我就算是想要告诉你也见不到啊。"

"师兄，"上官晗烟有些无奈地看了看云晚风，说道："不是你说我在无忧山庄会给你惹麻烦的吗？"

"所以你就不回去了？"云晚风有些无奈地看了看上官晗烟，"你还真的是从小就牙尖嘴利，这一点这么多年都没有变。"

"你！"上官晗烟气结，这个男人真是死性不改！

"晗烟，云芊？"刚刚从外面回来的吴恩佑和周弘有些奇怪地看了看几人，"这是……"

"恩佑哥，这位就是我的师兄，云晚风。"上官晗烟简单地介绍了一下几人，说道："我们还是去前面聊吧。"

"烟儿，你是不是丢了什么东西？"刚刚坐下，云晚风便从怀中拿出了之前上官晗烟当掉的玉佩和玉镯,笑着说道。

"怎么在你这儿?"上官晗烟有些疑惑地接过东西,问道。

"前些日子无忧山庄的人途径冀州,在一家当铺中发现了这些东西,他们认出了这是你的东西,便赎了回来交给了我,我派人沿路打探才知道你的行踪的。"云晚风笑着说道:"正好前些日子是这家客栈掌柜的寿辰,我猜想你们会经过清河县,便在此多留了几日,想看看能不能遇到你。"

"之前我还担心这些东西找不回来了呢,原来是在你的手里。"上官晗烟似乎是松了一口气,笑着对云晚风说道:"这回我就放心了。"

"知道担心你还当掉?我还以为你不在意这些东西了呢。"云晚风笑得一脸温柔,说道:"现在也是物归原主了,我就不打扰你们了。烟儿,我想我还会在这客栈多留几日,如果有什么事情的话你可以随时找我。"

待云晚风离开后,吴恩佑淡淡地开口说道:"我们说正事吧,刚刚我们去清河县县衙了解了一些清河县的情况,清河县的江湖人士较为复杂,而且有些江湖帮派驻于此地,依我看武林盟之人会聚集于此地也不足为奇。"

"清河三面临水,江湖中人若是想要藏匿于此,我想还真的是不易于被人发现啊。"周弘看了看几人说道:"我们还是谨慎些吧,我总是觉得这清河县有些问题,我们好像是从一开始便已经被人盯上了。"

上官晗烟坐在屋中,窗外,啪啪的声音不绝于耳,显得有些单调和无聊。那是雨滴打在树叶上发出的声响。也许是雨水的太过多情,叶子在雨滴和狂风的轻柔抚摸下,摆动身躯,尽现妖娆,就像情窦初开的少女,百般娇媚!"轰隆隆"的雷声,像敲响的战鼓,催动滚滚黑云渐渐远去。雷声越来越弱,云层慢慢变薄,雨也越下越小。

　　见到雨停了,上官晗烟趁着夜色走入客栈的院落之中,在树下,翘首昂视,一匹柔美光滑的蓝色绸缎披盖了整个夜空。星星眨着慵懒的眼睛,簇拥着一轮明月。它像一个闪闪发光的玉盘悬挂在天际,把皎洁的光华洒向人间,远远地凝视着它,觉得它远得如同缥缈的仙境。上官晗烟若有所思地在客栈中漫步。

　　"你怎么在这儿?"

　　"我都说过了我会在这客栈住上几日,你看到我有什么可奇怪的吗?"云晚风看了看上官晗烟,全然一副理所当然的样子,"烟儿,我们有多久没见过面了?"

　　"应该有一年多了吧?"上官晗烟侧过头看了看云晚风,有些疑惑地问道:"你为什么会问啊?"

　　"一年半?"云晚风上下打量着上官晗烟,继续说道:"我怎么觉得你似乎是有些胖了……不过这样也好,之前你的确是太瘦了,看起来还真的没有现在这么漂亮……"

　　"云晚风!"上官晗烟一脸无奈地看着云晚风,说道:"你会不会说话啊?在乱说信不信我杀了你!"上官晗烟作势扬了扬自己手中的暗器。

　　"哟,你还是把你的暗器收起来吧。"云晚风笑着按下了上官晗烟的手,继续说道:"在暗器这方面,说起来我还算得上是你的半个师傅呢。何况,你不会真的这么狠心对你的师兄下毒手吧?"云晚风戏虐地看着上官晗烟尴尬的表情,得意至极。

　　"云晚风,有没有人告诉过你,你这样笑真的很贱。"

"是吗?"云晚风听罢依旧保持笑容,不过却收敛些许:"不过我倒是想要问问你,你的玉镯是我送给你的,至于那个玉佩你更是从未离身,究竟出了什么事情要你当掉自己的随身之物啊?"

"不过是之前去冀州的时候弄丢了自己的包袱罢了。"上官晗烟无所谓地一笑,"我也是没有办法了,我在冀州总是要生活的,没有银子就只能这么做了。"

"烟儿,据我所知冀州城内有不少人都曾经受过无忧山庄的恩惠,只要你说明自己的身份,根本就不需要担心在那儿的生活。"云晚风说道:"况且我知道那玉佩对你而言十分重要,这一次买走玉佩的人如果不是无忧山庄的人的话,你有可能就再也找不回这块玉佩了,那可是你爹娘留给你唯一的东西了。"

"你不是不喜欢我打着无忧山庄的名义去做事吗?何况人都不在了,这些身外之物还有什么意义吗?"上官晗烟有些无奈地叹了口气,说道。

看到上官晗烟有些伤感的神情,云晚风收起自己嬉笑的神态,说道:"对不起啊,我不是有意要提及旧事的。"

"事情都已经过去那么久了,我也早就看开了。"上官晗烟微微一笑,"只是没有办法为家人报仇,觉得有些遗憾罢了。"

"烟儿,"云晚风看着上官晗烟,一脸认真地说道:"我还是那句话,如果可以的话,我希望你可以彻底放下仇恨,不要被昔日的恩怨蒙蔽了自己的心,在你的身边还有很多比仇恨更加有意义的事情。"

"其实我自己也知道,不过事情哪有说的那么容易啊。"上官晗烟有些无奈地笑了笑。

"那倒也是,"云晚风有些担心地看了看上官晗烟:"一到雨天你就睡不着，这个毛病真的不知道什么时候才能改变。"

"我想短时间内是改变不了了，"上官晗烟微微叹了口气，说道："我想只要我一天没能报了家仇，就一天没有办法摆脱自己的噩梦，有的时候我越是想要放下就越是难以摆脱那些事情。"

"烟儿，师兄问你一件事。"云晚风拍了拍上官晗烟的肩，"你独行江湖的时间也不短了，就没有一个能够让你心仪的人吗？"

"怎么？你就这么急着把我嫁出去吗？"上官晗烟笑着说道："我还想在无忧山庄多留一段时间呢。"

"这个我自然欢迎，无忧山庄也是你的家。"云晚风笑着说道："不过你也不能在无忧山庄留一辈子吧？女孩子还是要有一个好的归宿才可以，我还不是担心你吗？"云晚风看了看上官晗烟，"我猜，我们的烟儿是心有所属了吧？如果我没猜错的话，是吴恩佑，对吗？"

"我……"上官晗烟看了看云晚风，却什么都没有说出来。

"看来我猜得没错，"云晚风看了看上官晗烟，严肃地说道："这么多年我一直把你当成我的亲妹妹去看待，做哥哥的当然是希望你可以找到自己的幸福。从今天的情形来看，吴恩佑应该也是一个十分优秀的男子，要不我帮帮你啊？"

"好了，"上官晗烟有些无奈地打断了云晚风的话，"我的事情我有分寸的。"上官晗烟笑着看看云晚风，继续说道："师兄，你有时间关心我还不如担心一下你自己呢，你什么时候给我找个嫂子啊？"上官晗烟巧笑嘻嘻地拉着云晚风，眨着一双大眼睛向云晚风抛着媚眼。

"好了好了，怎么又说到我的身上了？"云晚风摆了摆手，一脸无奈地看着上官晗烟，说道："你师兄我自然是有我的打算，你还是好好考虑一下你自己吧。"云晚风轻扣上官晗烟的俏鼻，打趣地说，"我看我还是抓紧时间把你嫁出去的好，免得你总是给我惹麻烦。"

"我哪有？"上官晗烟一脸不满地说道。

"远了不说，单单这一段时间，又是独龙帮、又是无情谷的，你还敢说自己……"

"你说的这些事情我都承认，"上官晗烟拉着云晚风的手臂，一脸讨好地说道："可是我也是没有办法啊，身在江湖身不由己啊，何况你当初把无忧山庄的令牌给了我，就应该考虑到这些问题啊，不然的话下一次你不要管我啊。"

"如果不是师傅担心你的话，我还真的不想管你。"云晚风笑了笑，说道："不过我可告诉你，遇到合适的人就要把握住，缘分可是不等人的。"云晚风看了看上官晗烟，笑着说道："时间也不早了，好好回去休息吧。"

站在不远处的吴恩佑看到站在院落中嬉闹的上官晗烟和云晚风，只是胸口凭空冒出些许的酸气，不停地往上翻，快要把他给淹没了。

待上官晗烟离开后，云晚风收起自己的笑意，说道："吴公子，出来吧。"

"云庄主果然厉害。"从暗影中走出的吴恩佑笑着对云晚风说道："你和晗烟聊着天还可以发现我在。"

"吴公子过奖了，不过是常年行走江湖所练就的罢了。"云晚风一脸笑意地说道："我有一件事情想要问一下吴公子，不过还请吴公子不要介意才是。"看到吴恩佑点了点头，云晚风问道："不知吴公子是否有心仪的女子？"

"庄主何出此言？"吴恩佑有些不解地问道。

"在下只是觉得吴公子看我那师妹的眼神……似乎不是那么简

单,"云晚风依旧保持着自己云淡风轻的笑意,说道:"我只是关心烟儿罢了。"

"烟儿,"不知为何,听到这个称呼,吴恩佑只觉心中一阵酸意,"不知云庄主是否喜欢晗烟?"

"是又如何?"云晚风收起自己的笑意,说道:"我想烟儿应该是和吴公子一同前往冀州的吧?不知吴公子是否知道,烟儿当掉的玉佩是她的家传之物,多年来从未离身,若不是万不得已,我想他是不会当掉自己的玉佩的。"云晚风笑了笑,继续说道:"吴公子,我看得出烟儿对你的感情绝不一般,如果你不能给她什么的话,我想我会随时把她带回无忧山庄的。"

待云晚风走后,吴恩佑愣愣地站在原地,心中五味杂陈。

一大清早,上官晗烟笑着便踏出了房门,她向隔壁几间房望了一下,低头思索片刻,便大步流星地走下楼去。

"客官,您有何吩咐?"小二接过上官晗烟手中的银子,笑得很是谄媚。

"帮我给昨日与我同行的那几个人送些食物吧。"上官晗烟交代之后想往外走,转念一想,又回身问小二,"小二哥,你知不知道一般在清河县往来的都是些什么人啊。"

"生意人居多吧。"那小二想了想,又问道:"姑娘,你为何会这么问?"

"也没有什么,"上官晗烟笑了笑,说道:"我们刚刚来到清河,总是想要了解一下四周的情况,安全起见而已。"

晌午,几人在桌前正襟危坐,气氛似乎有些奇怪。看了看几人,上官晗烟开口说道:"师兄,你不是在清河住过一段时间吗?你知道不知道这儿有没有什么可疑的事情啊。"

云晚风轻啜了一口花茶，淡淡地开口："这个我也不是很确定，毕竟我在清河的时间不算长，在这儿认识的也都是些生意人，对于四周的江湖人士不是很清楚，我想这件事情我也帮不到你们了。不过踏足江湖，你们还是万事小心的好，那些江湖邪派之人本就凶狠毒辣，何况武林盟的人怕是有意要置你们于死地的。"

"不然的话……"上官晗烟看了看几人，"和从前一样，我们四处看看吧，说不定会有什么线索呢。"

"也只能这样了。"吴恩佑看了看几人，说道："不过我觉得清河对于我们而言并不安全，大家出行的时候一定要事事小心，一旦发现有什么可疑的人就先回到客栈，我们再仔细商议对策。"

"烟儿，"云晚风看了看几人，说道："你们还是小心些吧，要知道现在有不少的江湖帮派就连我们无忧山庄的面子都不会给。我刚刚收到消息，无忧山庄有些事情需要我回去处理，这件事情我想我是帮不到你们了，总之你们自己万事小心吧。"云晚风看了看桌上的几人，笑着说道："不过你也不要忘了我昨天和你说过些什么，自己还是好好考虑清楚吧。"

"我的事情不劳你操心，还是想想你自己吧。"上官晗烟看着一脸笑意的云晚风，有些不满地说道："如果无忧山庄有事情的话你就快点儿走，若是耽误正经事我看你怎么办。"

"晗烟，"云晚风离开客栈后，莫云芊急忙拉过上官晗烟，笑着说道："你师兄……我看他对你很好啊。"

上官晗烟有些无奈地抽回了自己的手臂，说道："他对我好倒是没错，不过你不要乱想，我们真的只是兄妹，你不要这副样子。"

"是吗？"莫云芊笑着对上官晗烟说道："不过说真的，我倒是觉得你的师兄人很不错，你也可以考虑一下啊。"莫云芊一边笑着和上官晗烟往外走一边说道:"还是你现在心有所属,根本看不见其他的人啊。"

"云芊,"上官晗烟有些无奈地对莫云芊说道:"有时间我们还是好好考虑一下接下来的事情该怎么办啊,总好过在这儿说这些事情。"

"说得容易,"莫云芊有些无奈地说道:"那些人还真的是沉得住气,没有想到这么长时间了还是没有一点儿动静,再这么下去我都快要受不了了。"

"如果我们可以一直这样相安无事就好了。"上官晗烟拍了拍莫云芊,笑着说道:"不过我总是觉得清河有问题,从一进清河县开始我就有一种被人监视的感觉,我看我们这一行不会太轻松了,小心些吧。"

"你说我们有没有什么办法可以把那些人引出来?"莫云芊想了想,随后摇了摇头,"应该是有些困难,我们现在连他们究竟在什么地方都不知道,就算是想要打探消息都没有什么好的办法。"

"不然我们去找恩佑哥他们一起去城外看看?"上官晗烟看了看莫云芊,说道:"我想就算是那些人在清河,也不可能如此明目张胆地在清河县内出没,否则不可能没有人发现过那些人。"

"你啊,如果武林盟的人真的在清河县附近,那么我出去岂不是自投罗网?"上官晗烟笑着看了看莫云芊,"我们还是不要操之过急的吧,我想我们现在已经彻底引起了武林盟之人的注意,若是不能做好充足的准备,只怕我们的处境会越来越危险。"

"这个我也知道……"莫云芊有些无奈地说道:"算了,还是等到我们回客栈之后再和大家好好商议一下这件事情吧,我想武林盟的人应该还不敢贸然动手。"莫云芊看了看上官晗烟,严肃地说道:

"无论如何我们都要查清此事,如果不能确定武林盟之人是否在此地,那么这件事情还不知道要拖到什么时候,我怕夜长梦多啊。"

"我们还是到处看看吧,"上官晗烟笑着对莫云芊说道:"这清河县地方虽然不大,但是也算是十分繁华,我们就当成是一般地逛逛街吧。"

酒馆的门前,酒幌招摇,酒客进进出出……路边,站满卖米的、卖肉的、卖布的、卖面的、卖柴的商贩……吆喝声、讨价声此起彼伏……路上的行人络绎不绝。

一个摊铺前,上官晗烟玉手把玩着一对蝴蝶形状的如意簪,爱不释手,轻柔地问道:"大娘,这个多少钱?"

一个年约五十来岁的妇人,慈眉善目,温暖的笑容,和爱可亲地回道:"姑娘真是好眼光,这是如意簪,佩在你的头上,只会锦上添花,更显姑娘的国色天香,闭月羞花之貌呀,此簪成对,共计五两。"

上官晗烟被大娘的称赞,弄得娇羞可爱,轻咬贝齿,娇声地说:"大娘过奖了,这簪子我要了,帮我包起来吧,"说着欲掏钱。

刚刚经过此处的吴恩佑看了看摊前的二人,温和地说:"我来付吧。"

"咦?"莫云芊有些奇怪地看了看吴恩佑,笑着说道:"周弘呢?"

"他去李大人那儿了,应该还没有谈完吧。"吴恩佑笑着答道。

"怎么这么好?"莫云芊有些不解地看了看吴恩佑,"晗烟买东西,你倒是主动掏钱了。"

吴恩佑不理会莫云芊的嘲弄,笑了笑拿出银子递给大娘,接着说:"这一路上我可是把晗烟当成自己的妹妹看待的,送东西给自己的妹妹,是情义,不是用钱来衡量的。"

听到吴恩佑的话，上官晗烟娥眉淡扫，放下手中包好的簪子，轻声道歉，内疚地说，"大娘，对不起，我下次再来买"，举步轻移，离开了。

吴恩佑后知后觉的发现，说错了话，欲解释，却见上官晗烟与莫云芊一同离开，难堪地收回银子，俊朗的脸上有着淡淡的不安。

此时发生的一切，全落入了不远处的一双星目中，叹息地摇了摇头，脸上呈现婉惜的俊容，举步向大娘走去。

上官晗烟看看几人淡淡地说："前面有间茶楼，我请你们去品茶吧！"

莫云芊笑道："好啊，正好口有些渴了。"

三人选了一间靠近窗边的二楼茶桌，细细品茶，"嗯，真是断送睡魔离几席，增添清气入肌肤，好茶，"上官晗烟笑着称赞道。

吴恩佑会心一笑，说道："此地的茶果然声名远播呀！"

上官晗烟见身影往茶楼而来，忙起身迎接，清艳脱俗的脸上荡着甜蜜的微笑，娇声唤说道："师兄，你怎么来了，不是说无忧山庄还有事要处理吗？"

步上二楼的修长身影正是云晚风，含首点头向吴恩佑打招呼，笑着说道："出来买些东西，正好就看到你了，过来打个招呼不为过吧？"吴恩佑说着把东西放在了上官晗烟的面前，"打开看看，喜不喜欢？"

上官晗烟微微一笑，轻轻地解开蝴蝶结，映入眼帘的是那对美轮美奂的蝴蝶如意簪，本来她打算晚点再去买的，没有想到……"你怎么知道？"

"你的事情有什么是我不知道的吗？"云晚风笑着对上官晗烟说道："何况……按照往年的习惯，每一次过年我都会送你一些东西的，这个就算是补上的吧。"云晚风看了看一边的吴恩佑，又对上官晗烟说道："何况我给自己的妹妹买东西也不为过吧。"

"不会是一对如意簪就可以打发我了吧？"上官晗烟一脸笑意地对云晚风说道。

"放心吧，等到你下次回无忧山庄的时候，我一定给你准备一份大礼。"云晚风笑着看了看几人，说道："好了，诸位，时间也不早了，我要准备起程了，先告辞了。"

"云芊，"云晚风离开后，上官晗烟对坐在自己身边的莫云芊说道："我们也走吧。"

"嗯，"莫云芊笑着起身说道："吴大哥，我和晗烟还有些事情要去处理，有什么事情就等到大家回客栈之后再说好了。"

"晗烟，"走到街上，莫云芊笑着对上官晗烟说道："你应该是有什么事情要对我说吧？"

"你之前不是问我我对恩佑哥的感情吗？"上官晗烟看了看莫云芊，"不过我想就算是我不说你也应该知道。"

莫云芊了然地说道："只是我有一件事不明白，你既然喜欢他，为什么从来没有表明过自己的心迹？你们二人谁都不肯率先说出自己心中的情谊，你们还想等到什么时候？"

"其实我是担心，"上官晗烟笑着摇了摇头，"我们之间实在是隔了太多的东西，让我根本就没有信心去靠近他。我想要的爱情，是'愿得一人心，白首不相离'的爱情，可是他的身份注定了我们之间……"

"其实你是担心，就算是你们彼此倾心，但是你的爱情可能是不完整的？"莫云芊看了看上官晗烟，问道。

"就算是一般的富家公子也大都三妻四妾，何况是他？"上官晗烟无奈地说道:"我没有选择留在无忧山庄就是不想自己被束缚,我害怕我对恩佑哥的喜爱会成为我的牢笼。我不希望自己以后会和其他人钩心斗角地过一辈子。那样的环境下,没有任何人可以长宠不衰。"上官晗烟看了看莫云芊,继续说道:"与其到时候失望,倒不如现在就断了自己的念想。"

"晗烟,"莫云芊握了握上官晗烟的手,严肃地说道:"可是如果不去争取自己的幸福,我担心以后你会为此而后悔不已的。"

"你知道吗?我们这一路上,越是靠近清河我就越是不安,我真的担心……"上官晗烟顿了顿,继续说道:"我真的担心我们此行凶多吉少,仅仅凭借我们四人之力,就算是发现了武林盟的人又有什么办法?"

"此处地势偏远,若是我们真的有危险,调兵根本来不及。"莫云芊同样无奈地说道:"我只是希望周弘和吴大哥可以平安无事。无论如何他们二人都不能受到任何的伤害,不然我们此行便功亏一篑了。"

"我看我们还是好好调查一下关于清河的问题吧。"上官晗烟笑着对莫云芊说道:"我们还是先走走吧。"上官晗烟有些无奈地笑了笑,其实这一段时间来,两人的关系仍处于一个很微妙却又尴尬的境界,说是朋友又过于亲密,说是恋人又显得疏远。上官晗烟侧过头,眸光有些黯然。

"今天的情况怎么样?"回到客栈后,几人围坐在一起商议着接下来的计划。

"清河县内应该没有什么问题,"上官晗烟看了看吴恩佑,回答道:"今天我和云芊一起出去看了一下,清河县内一切正常,看样子就算是武林盟的人真的在此,我想他们也不会再县城之内出现。"

"我们和清河县的县令一同去清河四周看了一下，这四周的确是有一些江湖人士，不过他们似乎都没有叨扰百姓的意思。"周弘看了看几人，说道："但是清河县附近的江湖人士，李大人也实在是没有办法过多地干涉。"

"这样吧，等到天色再稍晚一些之后，我去清河县外看一下，希望可以有些收获。"上官晗烟笑着对几人说道："一切就都到时候再作打算好了。"

"万事小心，"吴恩佑看了看上官晗烟，严肃地说道。

"天干物燥，小心火烛。"皓月当空，将打更人的身影照成一团，蜷缩在青石路上。

"梆梆……"巡夜的更夫打着呵欠，拉长了声音，一下接着一下地敲着梆子。"天干物燥，小心火烛。"无精打采的声音在寂静无人的街道上回荡。

"嗖！"

在淡淡月色的映照之下，一道黑的身影如鬼魅般地在屋脊之上快速闪过，身手矫健，直奔城外。更夫擦了擦眼睛，看了看头顶，继而又晃了晃头，抓着脑袋接着敲着梆子，手中的灯笼忽明忽灭，一摇一摇……

"主公，"清河县外茂密的树木中，一个极为隐蔽的大宅闪动着若隐若现的烛火，上官晗烟小心翼翼地潜入其中，找到了正在商事的众人，"现在事情已经越发地明朗化了，那么我们接下来该怎么办？"

"我也不敢确定是不是武林盟的人，"回到客栈后，上官晗烟有些无奈地说道。

"现在还不急，"被称为主公的人微微一笑，"我们还有时间，既然这样的话，我们何必不与他们好好地玩玩儿呢。""那儿的戒备实在是太森严了，我担心我继续留在那儿的话会被人发现，不过我可以确定的是那些人的确是有问题，我们还是多留心些吧。"

"就算不是武林盟，我看也不见得是什么好人。"莫云芊看了看上官晗烟，说道："不然的话他们何必那么神神秘秘的，我看一定有问题。"

"算了，"吴恩佑摇了摇头，"时间也不早了，大家好好休息吧，有什么事情我们明天再商议吧。"吴恩佑言罢，看了看上官晗烟，说道："晗烟，我有些事情想要和你聊聊，不知道是不是方便。"

"恩佑哥，怎么了？"来到客栈的院落中，上官晗烟有些奇怪地看了看吴恩佑。

"晗烟，"吴恩佑笑着看了看上官晗烟，问道："你是不是苏州人士？"看到上官晗烟有些疑惑地点了点头，吴恩佑继续说道："我果然没有看错，你是上官毅的女儿，对吗？"

"当年爹在匪徒手中救下的那个男孩是你？"上官晗烟侧着头，有些疑惑地说道："我记得那个时候那个男孩很快便被人接走了，所以爹一直都不知道自己救的人究竟是谁。可是你怎么知道……"

"那个时候我是听到你们身边的人叫着上官老爷，回去之后父皇便查了一下才知道救我的人究竟是谁，不过后来好像上官一家就没有什么消息了。"吴恩佑笑了笑，"我是看到了你的那块玉佩才大胆地猜测你便是上官毅的女儿的。"吴恩佑笑着看着上官晗烟，说道："我如果没有记错的话，那个时候我是和父皇一同出宫的，因为自己贪玩儿，偷偷避开侍卫跑了出去，没想到却遇到了危险。"吴恩佑思及旧时，笑着说道："我记得那个时候你还是一个跟在你爹爹身边一个爱哭的小姑娘，不知道你为什么会成为静慧师太的徒弟？"

上官晗烟抬起头看了看吴恩佑，有些无奈地说道："不过是因为后来经历了一些变故，如果不是师傅的话，也许你们今日就见不到我了。"上官晗烟看了看吴恩佑有些疑惑的神态，说道："其实这件事情也已经困扰了我很多年了。"

"就是你做噩梦的原因？"吴恩佑有些担心地看了看上官晗烟，"如果介意的话便不必说了。"

"其实也没什么，"上官晗烟叹了口气，"那个时候有些江湖上的匪徒窥探上官家的财富。我也不知道是什么原因，那一天晚上也是一个雨夜，一群人洗劫了上官家……爹娘为了保护我也都……"上官晗烟叹了口气，终究没有继续说下去。

"晗烟……"吴恩佑有些担心地看了看上官晗烟。

平整了一下自己的思绪，上官晗烟笑着说道："恩佑哥，除了师傅和师兄之外便没有人知道这件事情了，你不要告诉其他人，好吗？"

吴恩佑点了点头，说道："你和你师兄……他似乎很在意你啊。"

上官晗烟皱了皱眉，有些无奈地说道："那家伙不会和你说了些什么吧？"上官晗烟看着吴恩佑的神态，笑着说道："这么多年我们就如同亲兄妹一样，他一直都很关心我，这也没有什么可奇怪的。"

"晗烟，我……"吴恩佑想了想，说道："现在我们已经发现了武林盟之人的踪迹，那……你有没有想过等到我们处理好武林盟的事情自己有什么打算吗？"

"我也不知道，"上官晗烟笑着摇了摇头，"也许会继续闯荡江湖，也有可能会回到师傅的身边，毕竟师傅的年纪也大了，身边还是要有一个人才可以。"

"你……"吴恩佑看了看上官晗烟，有些话却不知道该如何说出口,"你有没有想过继续和我们在一起。"

"恩佑哥,"上官晗烟抬起头看了看吴恩佑,一脸严肃地说道:"以后的事情我现在还不想去考虑,因为没有人知道接下来会发生什么事情,我想……还是等到我们处理好武林盟的事情之后再作打算吧。"或许是看出了吴恩佑的犹豫,或许是出于自己的担心,上官晗烟还是有了些许的退缩,既然不知道会如何,那么便不要去想了吧。

"也许现在去谈论处理好武林盟之后的事情的确是为时过早,"吴恩佑叹了口气,说道:"不过,如果我们不去给自己一点儿希望,那么接下来的还有什么勇气和动力继续下去呢?"

"也许你是对的,但是我从来不会给自己太多的期望,对于很多事情,期望越大失望也就越大。"上官晗烟笑了笑,对吴恩佑说道:"现在你身在江湖,自然有很多的事情都是身不由己的,而且……从我步入江湖的那一天开始我便已经不再去考虑未来了。以后的路对于我而言真的是太过于遥远了。"

"你为什么会这么说?"吴恩佑有些疑惑地问道。

"其实也没有什么特别的原因,只不过是因为自己的一些经历罢了。"上官晗烟笑着摇了摇头,"几乎每一次我对于自己以后的路充满期待的时候,等到的却都是失望,所以到了后来我也就不再去期待些什么了。"

"那……"吴恩佑看了看上官晗烟,顿了顿后继续说道:"如果说……我们希望这件事之后你还是可以和我们在一起的话,你会怎么选择。"

"你们?"上官晗烟笑了笑,对吴恩佑说道:"现在我是奉师命和你们同行,那么以后呢?我似乎也没有什么理由继续留在你们身边了吧?我们都有自己的生活,这也是我们之间的差别。"上官晗烟起身笑了笑，说道："恩佑哥，时间也不早了，还是早点儿回去休息好了。"

吴恩佑看着上官晗烟离去的身影，自嘲般地笑了笑。什么时候开始自己也会如此地摇摆不定，就连说出自己心中的话的勇气都没有了，这还是那个敢想敢为的自己吗？

回到自己房间中的上官晗烟也是同样的一脸无奈，希望还可以继续同行？是你，还是你们？上官晗烟有些无奈地摇了摇头，如今大敌当前，自己居然还有精力为了这些儿女私情而分神。

"这算是什么啊？"看到二人先后离开后，莫云芊有些无奈地拉着周弘从暗处走了出来，"我还以为他们会有什么正经事要聊呢。"

"云芊，"周弘有些无奈地看了看莫云芊，说道："你不觉得我们现在的重点应该是武林盟的事情吗？何况看今天的样子，公子应该也算是知道自己心中喜欢的人是谁了，过一段时间他们之间应该会有一个结果吧。何况你就不觉得我们这样偷听人家说话不太好吗？"

"那你还来？"莫云芊一脸鄙夷地看着周弘，"你既然知道这样做不好，那我刚刚让你过来的时候你就应该拒绝啊。"

"我……"周弘有些语塞地说道："我承认我的确也很想知道他们之间的事情，毕竟公子和晗烟都是我很重要的朋友。"

"算了算了"，莫云芊有些无奈地挥了挥手，"我看如果不能处理好武林盟的事情，他们也不会真真正正地向对方表明自己的心迹的，所以说，我们现在的任务就是要抓紧时间调查清楚武林盟的情况。"

九　锦绣江河　情与谁诉

经过了几日的明察暗访，几人依然把上官晗烟在清河县外发现的宅邸视为武林盟之人的藏匿之处。

"恩佑哥，"上官晗烟有些担心地对几人说道："我们既然已经知道武林盟的人很有可能就在清河县外，那么我们现在就这么过去，我担心会有危险啊。"

"这个我也知道，"吴恩佑看了看上官晗烟，有些无奈地说道："不过我们也没有什么其他的办法了，我们现在还不敢确定那边的人是不是武林盟，如果我一直不出面根本就没有可能引出那些人。"吴恩佑有些担心地看了看几人，"不过我还是那句话，我不想因为我连累其他的人，你们是否与我同行我不会强求。"

"如果担心有危险，那么我们一开始也就不会选择与你同行了。"莫云芊笑着说道："既然决定了，那么我们就一起走好了。就算是真的出了什么事情我们也可以相互照料一下。"

"那就出发吧。"吴恩佑看了看几人，说道："不过我们一定要注意安全。"

刚刚来到清河县外的一处林边，耳边的风似乎是变了动向。

"我们快到了，我们小心些吧。"莫云芊看了看四周的环境，看着身边一言不发的几人，说道。

"有问题,大家小心!"吴恩佑皱着眉,对身边的几人说道。

"是啊!风向怎么突然变了!"莫云芊停下脚步,心底漫起一丝丝的不安。

"不对,我感觉,事情没有那么简单的。"上官晗烟微微地皱眉。她不明白为什么心底总会有一阵挥之不去的烦闷。

四人就在原地,四处张望。不出一刻钟的时间,四人立刻觉得大地一阵响动。从四面八方涌来数十名黑衣人。将他们四人团团围住。

一名掌事的黑衣人,从人群中缓缓走出:"诸位,小人已经在此地恭候多时了。"

"你是什么人?"吴恩佑的神色依旧淡然。

"我们是什么人你不必知道,只要知道我们是来取你性命的就足够了。"黑衣人面色一沉"上!"

顿时,城外一片风起云涌,弹指间卷起阵阵黄沙。

"别管我!"上官晗烟看了看有些担心自己的吴恩佑,厉声说道,随后便反手一剑,便刺伤了身侧的一人。

"小心!"吴恩佑剑锋偏转,直指上官晗烟。霎时,血溅了上官晗烟一身。顺着剑的冷光,回眸,发现身后一人面目狰狞地倒下。

"我快顶不住了。"莫云芊看了看不远处的周弘,急忙说道。

"他们人多,我们要快点儿想办法离开这儿。"

那黑衣人,见四人依旧执迷不悟,便下令"放箭!"

"嗖嗖嗖!"一阵阵的箭风在耳边呼啸而过,四人应接不暇。上官晗烟手持长剑,左右劈开直射而来的利剑。突然,一支箭从上官晗烟耳边而过,直射向背对自己的吴恩佑。"危险!"上官晗烟回头,拼尽全身力气推开了吴恩佑,只听得"噗"的一声,血从肩头喷出。

九 锦绣江河 情与谁诉

肆无忌惮地流满身上的一袭红衣。暗紫暗紫的。

"晗烟！"

"晗烟！"

"晗烟！"

周弘和莫云芊速回头，却发现了双腿因支撑不住身体重量而单膝跪地的上官晗烟。被推开的吴恩佑愣了一下，随即立刻冲到上官晗烟的身边，将她环在怀里。

"没事吧！"看着上官晗烟那苍白的面孔，不由的一阵心疼。

"我没事，死不了！"上官晗烟扯起嘴角，想笑一下，没想到扯动了肩膀，撕心的疼。上官晗烟咬了咬牙，从自己的怀中掏出迷烟，对身边的几人说道："不要恋战，快走！"

"云芊。"关上官晗烟的房门。吴恩佑走出叫住她，"晗烟怎么样了？"

"她的伤没有伤及要害，只要好好休息几天就没事了。"莫云芊看了看吴恩佑，说道："不过我们现在可以肯定了，这一次我们算是来对了，清河真的有问题。"

"其实武林盟之人的目标是我，这件事倒是连累你们了。"吴恩佑有些无奈地说道。

"路是我们自己选择的，没有什么连累的。"莫云芊微微一笑，说道："晗烟需要先休息一下，有什么事情的话我们稍微晚一点儿再谈吧，起码从现在的情况来看，这客栈还算得上是安全的。"

距离清河县不远处的一个极为隐蔽的宅子中，一个一袭黑衣的人对跪在地上的众人说道："一群废物！你们这么多人居然连他们四个人都抓不住，白白叫他们跑了，还浪费了我们的几个兄弟，我要你们还有什么用？"

"主公饶命!"众人听到此言,急忙磕头赔罪。

"我给你们几人一个戴罪立功的机会,从现在开始严密监视司徒弈一行人的动向,有任何异样一定要及时向我汇报,既然大家都有时间,那么我们就先陪着他们玩玩好了,"那黑衣人看了看几人,说道:"你们的任务除了监视他们之外,就是要保证他们这一行人不得离开清河县半步!还真是踏破铁鞋无觅处,得来全不费工夫。司徒弈,天堂有路你不进,地狱无门你偏闯。这回我一定让你有来无回!"眼中的阴戾与狠辣令人不寒而栗。紧走几步,那人目光灼灼看着众人道:"众位兄弟,成败在此一举。成,则封侯拜相;败,则身死人手。所以,此番大家务必要做好充足的准备,我们此番就要一蹴而就!"

"晗烟,"吴恩佑看了看靠在床边的上官晗烟,问道:"你的伤怎么样了?"

"小事情罢了。"上官晗烟无所谓般地说道:"这一次我们应该可以确定那些人的确不是什么好人了,看来真的是武林盟。"

"看这个样子,我们接下来会迎来一场恶战啊。"吴恩佑扶好上官晗烟,笑着说道:"不过我想我们只要不离开清河县,那么短时间内便不会有什么危险。从我们这一段时间对武林盟的了解来看,他们还不会贸然行事。"

"恩佑哥,"上官晗烟侧着头,看了看身边的吴恩佑,问道:"既然武林盟想要的是一个霸主的地位,那么……"

"其实我早便想到过,那些人和我大哥有关系。"吴恩佑有些无奈地叹了口气,说道:"只要我不能回宫了,那么皇位就自然是他的了,只是一直没有证据,何况我也不知道朝中究竟是什么人在勾结武林盟。何况,关外的挞拔一族早就对我们中原一带虎视眈眈,若是他们之间相互联系，那么影响的就不仅仅是我们几人了。"

"看来师傅猜得没错。"上官晗烟看了看吴恩佑有些疑惑的神态，笑着说道："当初皇上找到师傅的时候，师傅便已经怀疑到了这些事情，不过她倒是没有告诉过任何人，只是叫我万事小心。"

"晗烟……"吴恩佑看了看上官晗烟，笑着说道："先不说这件事情了，如果……我说我希望这件事之后你可以和我一同回宫，你……会同意吗？"因为上官晗烟受伤，吴恩佑对于自己接下来会面对的事情也有了些许的担忧，或许是因为害怕失去，吴恩佑倒是主动说明了自己的想法。

上官晗烟看了看吴恩佑，笑着问道："你是以什么身份说这话的，司徒弈还是吴恩佑？"

"有区别吗？"吴恩佑似乎有些疑惑地看了看上官晗烟。

"当然，"上官晗烟微微一笑，说道："如果你只是吴恩佑，我想我会愿意一直留在你的身边，可是我无法忽略，你不仅仅只是吴恩佑，更是司徒弈。"上官晗烟看了看吴恩佑，严肃地说道："我想我想要的生活，司徒弈给不了。"

"你……"吴恩佑看了看上官晗烟，"你是担心我的身份会对你造成困扰？这一段时间我考虑过不少的事情，我是真的希望这件事情结束之后，你可以和我们一起回宫。"

"我们之间真的相差了太多的东西，这是我们都无法忽视的。"上官晗烟微微一笑，"如果可以，我想我会考虑你的建议的。"上官晗烟看了看吴恩佑的神态，笑着说道："恩佑哥，我相信任何一个女子都希望自己可以得到的是一份完完整整的爱情，我只是希望可以获得一人心，但是……我没有信心可以面对那样的爱情，你明白吗？"上官晗烟有些无奈地对吴恩佑说道。可以继续和吴恩佑在一起，这明明是自己一直在期待着的事情，可是……在他说出自己心中的期待的时候，又为何会如此的退却？

吴恩佑有些无奈地点了点头："也许我需要一些时间来证明我可以做得到。"

"恩佑哥，"上官晗烟微微一笑，调整了一下自己的姿势，又对吴恩佑说道："我们先不说这个了，我有一件事情想要问你，"上官晗烟看了看吴恩佑有些疑惑的神态，笑着说道："我很想知道你们是怎么遇到云芊的？我之前问过她，但是她一直都没有说过什么。"

"其实也没有什么，"吴恩佑笑着对上官晗烟说道："那时候我们刚刚出宫，周弘意外受了伤，说来也巧，那天我们正好遇到了和她师傅一同施医救人的云芊。"想到之前的事情，吴恩佑不由一笑，继续说道："云芊一直在照顾受了伤的周弘，从那个时候两个人就一直在斗嘴。后来我收到父皇给我的信，说是让我去找前辈帮忙。云芊就因为我们出行总要有一个懂得医术的人同行才算是安全，我们也就一同上路了。"

上官晗烟笑着点了点头："那他们也算是一见钟情了？"

"可以那么说吧，除了云芊之外，周弘还没有这么迁就过一个人呢。"吴恩佑笑着看了看上官晗烟，说道："先不说这些事情了，你先把伤养好再说吧。"

吴恩佑离开后，上官晗烟侧躺在床上，一动不动，只是睁着的双眼显示了她依然醒着，上官晗烟有些无奈地叹了口气。赶走了自己心中那些混杂的思绪，不知从什么时候开始，自己已经开始改变了，只是这样的改变，似乎来得有些突然，一向洒脱的上官晗烟一时觉得有些难以适从。

"奇怪？"稍作调养之后，上官晗烟便再也闲不住了，"你们有没有觉得这几天清河来往的人员比之从前有些多啊。"

吴恩佑自离开客栈之后，就发现了诸多可疑，敏锐的眼神注意着四周，默默地观察，太多诡异的目光迅速地闪过，淡定自若的脸上出现若有若无的笑容，"依我看和武林盟的人脱不了干系，我们小心点儿吧。"掩饰他的敏捷思索。

莫云芊看了看上官晗烟，笑着说道："晗烟，今天城里很特别呀！"

上官晗烟点头，故弄玄虚地说："几位，江湖人聚集，是非之地，江湖险恶，小心惹祸上身哟！"

吴恩佑抿了抿嘴，潇洒地抚摸着双颊的头发，笑了笑说："人在江湖，身不由已，要小心的是你们吧！"

他们穿过街心时，突然有五匹快马，箭一般冲入了长街。

五匹神骏，马上人很俊——面如冠玉，却很阴俊。

马还没有冲到吴恩佑面前，其中一人已扬起了马鞭，喝道："你不要命了吗？快避开！"勒住缰绳，但手里的马鞭却已狠狠地抽了下去。

吴恩佑搂住上官晗烟快速地避开，俊颜微怒，肃冷的眼神看着动手的少年厉声地说："你怎么可以随便伤人。"

上官晗烟一惊，定了定神，托住吴恩佑的手，柔情地问："怎么样，你没有伤着吧。"面视马上的五人，心里略有不安。

五人本是放荡不羁之流，江湖阅历丰富。穿白色衣服的男子，斜视着吴恩佑，残酷地笑着，直截了当地说："小子，想要命的就滚开。"示意同伴，五人铁骑而去。

一旁的莫云芊笑着看了看二人，说道："看来武林盟的人已经不再那么安分了。"莫云芊微微一笑，继续说道："你们再四处看看吧，我去找周弘了。"

"我们回客栈吧，清河似乎有些不寻常了。"上官晗烟看了看吴恩佑，严肃地说道。

回到客栈后，吴恩佑刚刚打开自己的房门，他动身的一刹那，房间里突然出现了一群黑衣人，人数不多，十个左右，手握刀剑，目露凶光，体格健壮，散发着冰冷的气息。

吴恩佑的笑容瞬间冻结，温和的双眸已显得冷凛，射出肃杀之光，霸气的王者之风尽显，威严地说："来者何人，所为何事。"

最前的黑衣蒙面人冷冷地回道："索你命的人"，不再多说，扬手齐攻，刀光剑影，错综复杂，血，鲜红的血散开，分不清谁被谁所伤，又是谁的血。

人影分开，吴恩佑镇定自若，迅速地抽出腰间的软剑，冷静而准确地避开致命的一击，高手过招，迟则生变，一招"龙潜升天"，巧妙地刺伤一人，黑衣人快速的变换方位，自成一个阵法，将他围在中间，攻而守之，齐而攻之，固若铜墙铁壁，他心中忖道："来者皆是高手，今日之战，若要全身而退，谈何容易。"

在房间中的上官晗烟听到激励的打斗声，倾听之下，像是吴恩佑的房间传来，翻身而起，心急如焚地飞奔而来，首次妄顾礼仪，来不及敲门，惊慌地推门而入，静寂而又明亮的房间，映入眼中的数人，心里的不安迅速散开，心神不安，疾步而去。

一脸焦急的上官晗烟看到腹背受敌的吴恩佑，急忙出手相助。瞬间，暗涌波涛，刀剑相击，二人彼此间默契十足，遥相呼应，配合得天衣无缝。

上官晗烟扫视众人，冰颜俏立，冷冷地问："说，你们是谁派来的，为什么伤人？目的是什么？"

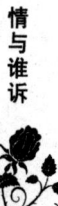

领头的黑衣人看了看忽然加入战圈的上官晗烟，劝告道："姑娘，想必也是江湖中人，人在江湖，身不由己，江湖道义还是存在的，我们志在取他性命，此事与你无关，更不想与你为敌，现在离开还来得及。"

上官晗烟皱着眉看了看几人，说道："既然我已经来了，那么也就没有离开的道理了。"

"晗烟！"吴恩佑有些担心地看着上官晗烟，"你身上还有伤。"

领头的黑衣人轻咳，怒声说："姑娘，我好言相劝，望你三思，如若不然，休怪我等无情。"

吴恩佑微怒起身，不再保持沉默，一缕深深的柔情，泛上心头，温和地说："晗烟，他们因我而来，就由我来解决。"

上官晗烟完全不理领头的黑衣人，只是对身边的吴恩佑说道："恩佑哥，你相信我吗？"上官晗烟看了看几人，摇头叹息，喃喃自语道："人之初，性本善，如果还有一丝悔意，尚可有救，看来你们是作恶多端，天意不可违。"

吴恩佑望着她自信、固执的眼神，坚定地点头。

静，格外的静，呼吸入耳。瞬间，暗涌波涛，刀剑相击，原本就不大的屋子中一时间人影闪动。

"嘭"的一声，缠斗的人影分开，珊珊的身影微退，脸色微红，之前肩上还未痊愈的箭伤再次撕裂，上官晗烟不由倒吸了一口凉气。上官晗烟冰冷的眼神，杀气腾腾的气势，阴狠的招式，速战速决。而一旁的吴恩佑见上官晗烟肩头隐隐的血色，倒也不在手下留情。

见吴恩佑与上官晗烟杀意渐起，众黑衣人也无心恋战，有些担心过会儿周弘回来，几人难以脱身，便趁着二人稍有分神之时夺门而出。

"算了，穷寇莫追。"吴恩佑有些担心地看了看上官晗烟，说道："你的伤？"

上官晗烟不以为然地看了看自己的伤，素指连点，先帮自己止了血，"不过是旧伤撕裂了，没什么大不了的，等云芊回来之后再说吧。"上官晗烟看了看乱七八糟的屋子，浅笑着说道："恩佑哥，这儿都乱成这个样子了，你确定还要住在这间屋子里吗？要不要和小二说一下换一个房间？"

"还是不要麻烦了，"吴恩佑看了看自己的屋子，说道："也不算是什么大问题，我自己收拾一下就可以了。"

"恩佑哥，"上官晗烟看了看几人，笑着说道："看他们的路数，应该是江南十鬼，之前就曾经听我师兄提及过他们的事情。杀人如麻，绝无活口，只是最近一段时间遭人打压，势力大不如从前了，我想这一次他们也是受到武林盟的指使才会出现的，不过客栈中人多眼杂，再加之他们担心一会儿周大哥回来，如果不是这样我还真的不知道我们这一次能不能逃脱呢。"

"江南十鬼？"吴恩佑看了看上官晗烟，说道："这么看来，武林盟的人是已经准备动手了，我看我们还是抓紧时间准备吧。"

"呀！"不小心的扭动，引起阵阵疼痛。

莫云芊看了看上官晗烟，一边上药一边有些无奈地说，"晗烟，你之前的箭伤都伤到骨头了，叫你别乱动的，就是不听，我看早晚会变成残废。"

"喂，"上官晗烟有些不满地看了看莫云芊，"有你这么说自己的病人的吗？"

"好了。"帮上官晗烟包扎好后，掏出一粒晶莹的药丸，"你运气试一下。"

上官晗烟闻言点头，片刻之后，感到一股热从丹田升起，神采奕奕地说："我觉得整个人轻松多了，是什么灵丹妙药呀！"

"是我按照你给我的那本医书上的方法制成的。"莫云芊笑着对上官晗烟说道："你刚刚中的那一掌，虽然算不上是严重，但还是调理一下才好，不过……"莫云芊一脸笑意地对上官晗烟说道："不过这药制成之后还没有人用过，你是第一个，看看样子是真的有用处。你还是好好休息一下吧，我去帮你把药端来。"

敞开的房门外，吴恩佑和莫云芊骄健而来，脸上有着淡淡的笑容，手中还端了一只盛满汤药的碗。

上官晗烟看了看莫云芊手中的药，有些无奈地说道："云芊，这个……，我可不可以不喝呀！"

"你觉得呢？"莫云芊同样一脸无奈地看着上官晗烟，"你也希望你的伤可以快点儿好吧？不过……你不会是怕苦吧？"

上官晗烟看着笑得东倒西歪的莫云芊，还有一个一脸笑意却在装蒜的吴恩佑，俏脸微僵，笑，笑，笑，有什么好笑的，难道我还怕了一碗药不行，上官晗烟接过莫云芊递来的药，"咕咚……咕咚"，一饮而尽，急放药碗，轻唤出声"天哪，好苦呀！"

"良药苦口。"一旁的吴恩佑笑着看了看上官晗烟的表情，继续说道："晗烟，你行走江湖的时间比较长，不知道你能不能看出那些人是什么来历？"

"我也不是很清楚，那些人的武功套路很奇怪。"上官晗烟看了看几人，说道："不过以那几人的武艺来看……那些人的武艺虽然不是极高，但是彼此之间配合十分默契，应该不是一般的江湖人士。"

……

幽暗的房间中，跪着的男子惶恐地说："主公，今日我们派出的杀手没能成功。"

一旁倾听的黑衣男子神形瞬间冷凝，双拳紧握，双眸微闭，缓缓地说："一群没用的家伙，已经是第二次失手了，还有什么脸面回来见我？"从现在的情况来看，必须尽快除掉司徒弈，以免夜长梦多。

夕阳无限好，只是近黄昏，不知不觉中，当晚霞献出它最美丽的一面时，黄昏已经悄然而至。

上官晗烟和吴恩佑二人的身影渐渐融入了闹市之中，几经瞎转，在确定没人跟踪之后，已走到了偏远之处，斜日渐西，夕阳燃烧着最后的余晖，照在旁边的池塘里，微风轻拂，泛起层层波纹，池边的参天大树，树叶随风飞舞，发出沙沙的声音。

上官晗烟笑着说道："上去坐坐"，身影如飞燕掠龙，身轻如燕的直飞粗树枝，坐于树上，俯视下面，笑盈盈地说："恩佑哥，快上来吧。"

吴恩佑微笑着暗自提气，白影一闪，如蜻蜓点水般落在佳人身旁，"到这儿来谈事情，也就只有你能想得出来了。"

"你不觉得这儿的空气很好吗？"上官晗烟笑着说道。

"晗烟，"吴恩佑看了看上官晗烟的笑颜，继续说道："你的伤口刚刚才撕裂，不好好休息为什么要跑出来啊？"

"小伤而已，你不必担心。"上官晗烟言罢，又微微皱了皱眉，说道："其实我也不知道是为什么，从今天回来客栈之后就有一种莫名其妙的压抑感，总是觉得接下来会有些事情发生似的。"

"也许是因为武林盟的人已经有所行动的原因吧。"吴恩佑看了看上官晗烟，笑着说道："我已经告诉周弘了，这几日他会尽力筹集兵马，以备不时之需。"

"那就好。"上官晗烟叹了口气,继续说道:"对了,恩佑哥,你喜欢等待黎明到来的感觉吗?"

"还好吧,毕竟黑暗过后就是阳光了。"吴恩佑侧过头看了看坐在自己身边的上官晗烟,问道:"你为什么会这么问?"

上官晗烟笑了笑,说道:"我只是觉得我们现在的处境就好像是在等待着一个不知道什么时候才会到来的黎明。"

"黑暗总会过去的。"吴恩佑叹了口气,说道:"黎明一定会来的,只是时间的问题罢了,既然之前那么多的事情都已经经历过了,那么就让我们一起等待黎明好了。"

二人的身影端坐在大树的枝杈上,望着山雾缭绕,绿树葱葱,寻找万绿丛中的一点红。"会当凌绝顶,一览众山小。大树上的视野果真是好啊。我看到是满目风景,你看到了什么?"上官晗烟笑着问道。

"天下。"吴恩佑嘴角依旧是懒散的笑容,但是多了一份柔情,"一个属于吴国的天下。"

"说你心怀天下还真的没有错啊。"上官晗烟侧过头笑着对吴恩佑说道:"这个时候看到的也只是天下。恩佑哥……"上官晗烟有些无奈地看了看吴恩佑,说道:"我让你跟我出来是想让你放松一下自己的心情的,武林盟的事情就算是再棘手也不能整日为了他们的事情担心,事情既然已经发生了,那么,我们也就没有办法去抗拒他了,既来之则安之吧。"

"其实我也知道这一点,"吴恩佑看了看上官晗烟,对她说道:"只是现在形势所迫,我也想不给自己那么大的压力,但是……"

"其实你是在为了整个吴国担心,"上官晗烟接过吴恩佑的话,继续说道:"毕竟你的身份和我们不一样,大家的立场自然也就不一样,但是事情已经发生了,我们除了面对也就没有其他的办法了。既然现在已经确定了武林盟就在清河,那么,我们就做好迎战的准备就可以了。"

"这一路有你们真的很好。"吴恩佑看了看上官晗烟,笑着问道:"我之前问你的事情你考虑得怎么样了?"

"什么事啊?"上官晗烟看着吴恩佑,一脸不解地问道。

"不要装傻好吗?"吴恩佑笑着拍了拍上官晗烟的肩,一脸笑意地说道:"之后和我们一起回宫的事情啊,你究竟有没有一个明确的答复啊?"

"还是那就话,你先给我一个明确的说法。"上官晗烟一脸严肃地说道:"你是以什么身份和我说这句话的,还有……你希望我以一个什么样的身份继续和你们在一起。我现在是奉师命和你们在一起,那么以后呢?"

"如果我说我是以吴恩佑的身份和你说这些话呢?"

"那我可以考虑一下。"听到吴恩佑的话,上官晗烟笑着说道:"不过一切都要等到我们处理好武林盟的事情之后。"上官晗烟笑着看了看吴恩佑,"我们回客栈吧,不知道为什么,总是觉得有些不对劲。"

"走吧,"吴恩佑笑着看了看上官晗烟,"可能是你这一段时间没有好好休息吧,回去好好休息一下,我们还有很多的事情要去处理呢。"

十　人生天地间　忽如远行客

是夜子时，沉睡中的客栈被武林盟之人的到来惊醒。大部分人跑出去看发生什么事，只有极少数仍呼呼大睡、雷打不动。吴恩佑一行四人在门口不期而遇，一同走向一楼大堂。

楼下的阵势吓得不少人屁滚尿流：只见大堂门口并排站着十来个彪形大汉，皆束发蒙面，体格健壮，高大威猛。个个身着玄黑劲装，手提大刀，打扮得干净利落，周身上下无一丝累赘，随时可以进行一番厮杀。这些人一看便知是训练有素的杀手。他们的刀把上皆嵌有一个骷髅头标记，刀刃在清冷月光的照耀下泛着诡异的寒光，看得人脊背发凉。也不知每把刀下有过多少亡魂。然而，比刀更让人惊心的是他们的眼睛：阴鸷的鹰眸皆闪着异样的光彩，那是……嗜血的光！还夹杂着些许兴奋，有如蝙蝠见到了久违的鲜血！这阵势的确让人倒抽一口凉气，更何况门外的黑衣人看起来要多得多。对于这几个人吴恩佑等人到还不算是在意，不过之后走出的人却让几人大吃一惊。

门外缓步踱进一白衣人，所有黑衣人立刻闪退两旁，让开一条道，齐刷刷向他躬身施礼，口中道："主公！"他看都不看他们一眼，径直穿到他们前面站定，目光紧锁吴恩佑四人。他站在一排黑衣人前面，还真有点鹤立鸡群的味道。

本来闻得"主公"二字，几人心头皆是一震，疑窦顿生，此时一看来人，几人倒是认出来此人，朝中的建威大将军，王建华。只是大家都没有想到，这个看似忠心耿耿的将军，居然就是武林盟的幕后主使者。

周弘已是本能地将自己的手握在剑柄之上，他断然不会让任何人伤害到吴恩佑的。

"王将军，"吴恩佑笑着看了看众人，上前说道："你想要的无非便是扶持我大哥，又何必如此兴师动众？"

王建华回答："不错，既然你明白，那就再好不过了，无须多费唇舌，只要你放弃，主动交出你的令牌，或许我还可以考虑饶你一命……"王建华看了看几人，又说道："我想有些话应该不需要我说得太明白，你自己心中应该清楚。"

听到此处，周弘再也按捺不住，大喝一声："放肆！"拔出长剑就往前冲。

"周弘！"吴恩佑依旧云淡风轻，面不改色。

周弘很不甘心地应了声，"是，公子！"还剑归鞘，侍立一旁。

王建华像没看见周弘一般，继续说道："否则，别说你们四个，就是他们"，他扫视了一眼大堂里其他人，"也全都得陪葬！"

人群一阵悸动，纷纷后退，谁都不想惹上这无妄之灾，客死异乡。

吴恩佑正色道："王建华，这只是你我之间的事情，他们与你无冤无仇，你实在不应该枉害无辜！"

王建华不耐烦地回答："我也不想这样，但如果你非要逼我的话……你一定不希望'我虽不杀伯仁，伯仁由我而死'吧？何况你的身份特殊，需要一个好名声。他们的命可是捏在你的手里！从现在开始，整家客栈会被严密地监视。我知道你几人武艺高强，要杀出去并非不可能，只是他们……"再度威胁地瞟向旁人，"所以我奉劝你不要轻举妄动！我给你三天时间，三天后我会再回来，到时候该怎么做你自己知道！"王建华转身说了句："我们走！"带着他的手下威风凛凛地走出客栈。走到门口又突然停住，回过头对吴恩佑说："对了，差点忘了提醒你，要是想去县衙求救，我劝你趁早死了这条心，因为县衙已经完全被我控制了！"撂下狠话，不再停留，率众离去。

在楼下众人尚未从惊恐中回神之际，吴恩佑轻声说道："我们走！"三人紧随其后，进入吴恩佑的房间……

王建华带着手下心腹回到他们的秘密总坛，留下大批人手暗中监视客栈，他还不敢在众目睽睽之下公然围困客栈。

他们的"贼窝"表面虽不敢建得金碧辉煌，雄伟壮阔，因为那样太引人注意，但里面却富丽堂皇，威严正气。此时他正意气风发地高坐在大殿的宝座之上，志得意满，仿佛一切都已被他踩在脚下。

"给我严密监视那家客栈，只需进，不许出！"王建华看着众人，说道："我要让他们几人插翅难飞！"

"主公，属下有一事不明。"一人出班请教。

"哦？何事？"他看似懒洋洋地斜靠在"王座"之上，啜了一口杯中香茗，眼都不抬，漫不经心地问道。

"为何非要等三天？今晚我们都已经包围客栈了，那司徒弈已然是瓮中之鳖，何不直接杀进去？他们功夫再好也只有四个人，又没有三头六臂，我们人多势众，真打起来就是累也能把他们累死，何故坐失良机？等三天，少主不怕夜长梦多吗？"

"直接杀进去？"王建华面露寒光，说道："若是直接杀进去，对于我们而言就算是可除去司徒弈，那么也是名不正言不顺，我们反而会落得个谋反的下场，而且以我对司徒弈的了解，若是把他逼急了，那么他就什么事情都做得出来了。我们现在以这个客栈客人的安危来威胁他，就以他那心系天下的个性，就不怕他不妥协。等他交出自己的令牌，那么就算是我们除掉他朝堂那面也就说不出些什么了。"

另一边，恩佑四人商量到天亮，最后达成共识：现在绝不可轻举妄动，否则必会伤及无辜。他们只能在三天后与王建华周旋。要么让他放其他人离开，他们几人留下；要么他们双方离开这里，去别处"算账"。不过若是让武林盟的人离开清河怕是有些麻烦，从现在的情况来看，与武林盟之人周旋，这个计划风险很大，但也是没办法的办法，搏一搏，还有反败为胜的机会。

从王建华离开开始，整个客栈只许进，不许出，这里已被武林盟暗中控制了，但表面上看不出任何异样，不会让客栈以外的人起疑。吴恩佑对王建华还真有点刮目相看了。只是客栈里面人心惶惶，人人自危，谁都不敢多说一句话，多行一步路，唯恐莫名其妙地丢掉小命，个个敢怒不敢言。吴恩佑看在眼里痛在心上，十分自责。

"公子，若是你交出令牌放弃皇位……"周弘有些担心地看了看吴恩佑，说道："他们也不会善罢甘休的，我看武林盟的人不会让我们离开清河的。"

"周弘啊"，吴恩佑呡了一口茶，"一路上的确是我连累你们了，尤其是这次，除了你们三个，还有那么多无辜的人，我难辞其咎。这一次我贸然出宫非但没能铲除叛逆，还百姓以安宁，反而连累你们遭叛逆威胁，我……"

"恩佑哥，"上官晗烟笑着打断了吴恩佑的话："话也不能这么说,起码你现在已经知道了究竟是何人在暗中操控武林盟。何况,我想这件事也不是毫无转机的。"上官晗烟看了看几人,继续说道:"我们现在要做的就是和武林盟的人周旋,尽量拖延时间以保证大家的安全。"

"大不了我们杀出去。"莫云芊看了看几人,说道。

"不行,"上官晗烟看了看莫云芊,严肃地说道:"如果是只有我们四个人,倒是可以试着和武林盟的人硬拼,但是现在还有整个清河县的百姓,我们不能冒险。我怕若是激怒了王建华,他会威胁到这些百姓的安危。"

"周弘,我之前不是让你去调集兵马吗?"吴恩佑有些担心地看了看周弘,"三天之内,你有办法筹集到兵马吗?"

"之前我调的都是把守清河的士兵,现在武林盟的人已经控制了清河县的县衙,我之前调的兵马应该是用不了了,至于其他的地方,"周弘有些无奈地叹了口气,"三天的时间……此处地势偏远,武林盟的人又日夜把守,想要召集我爹的部下是不可能了,现在唯一的办法就是去四周的城县看一看,能不能借到一些兵将,但是我没有把握可以离开清河……况且,就算是找救兵,也要有兵可找才是,即使是最近的冀州能够寻得兵马,这一来一往应该也要四五日的。"

"周大哥,"上官晗烟看了看周弘,"这方面我可以帮你,人的警惕性在黎明一刻是最为松懈的,我可以按着那个时间设法离开客栈。"上官晗烟想了想,说道:"我想这一带应该会有一些无忧山庄的人,现在我们没有把握可以筹到兵马,那么就只能设法找到一些江湖中人进入清河帮忙了。"

吴恩佑有些担心地看了看上官晗烟,说道:"你自己一定要小心，若是可以……你可以选择不再回来。"

"你们觉得我会那么做吗？"上官晗烟看了看吴恩佑，笑着问道："我可是早便选择了要和你们一同进退的。"

吴恩佑看了看上官晗烟的神态，便知她是在为自己担心，于是站起身，拍拍她的肩膀，给她一个安心的微笑："那么，这一次我们就背水一战。"

上官晗烟再次被他的浅浅一笑轻易安抚下来，回以舒心的一笑："不过，接下来等待我们的可是一场硬仗，大家做好准备吧。"

"晗烟？"看着出现在自己房间中的上官晗烟，莫云芊有些疑惑地说道："你？找到人过来了吗？"

"我拿着周大哥的令牌去了一趟冀州，倒的确找到了人帮忙，不过一时半会儿过不来，四周倒是有些受过无忧山庄恩惠的江湖人士，他们倒是愿意过来。而且清河县一直有一些江湖中人往来，武林盟的人应该不会怀疑。"上官晗烟看了看莫云芊，继续说道："云芊，麻烦你去把周大哥找来，但是不要让恩佑哥知道。"

"你……"莫云芊有些疑惑地看了看上官晗烟。

上官晗烟看着莫云芊微微一笑："我倒是想到有办法可以缓解我们现在的处境，但是我不知道能不能成功，而且……还是先不要惊动其他人了。"

"我不同意！"听到上官晗烟的计策，莫云芊率先说道："连你自己都不知道能不能成功，你这么做就是拿自己的命再赌，何况就算是我们要怎么做，这件事也不见得一定要你去啊。"

上官晗烟看了看周弘，笑着说道："周大哥，如果你担心的话……"

"好。"周弘笑着说道，随后又一脸严肃地看向莫云芊："云芊，只要你和公子离开，就绝不可再回来，我想我会尽力保证我和晗烟的安全。"

"晗烟，"莫云芊有些担心地对上官晗烟说道："你是不是已经想好了要怎么做。"

上官晗烟笑着点了点头，对莫云芊说道："我本就是一个孤儿，至于师父那边也还有我的师兄，我也算得上是了无牵挂了，倒是恩佑哥，无论如何我们也不能让他受到伤害。"

"你放心好了。"莫云芊笑着看了看上官晗烟，"吴大哥交给我，你们就只管放心好了，我一定会拼尽全力去保证吴大哥的安全的。倒是你们，这一次一定要事事小心。"

"你们先好好谈谈吧。"上官晗烟看了看二人，起身说道："我先去看一下四周的情况，能不能保证客栈中众人的安全就看这一次了。"

"周弘，"上官晗烟离开后，莫云芊一脸不甘地对周弘说道："除此之外我们就没有其他的办法了吗？你和晗烟对我而言都很重要，我不能看着你们其中任何一个人出事。"

"云芊，"周弘叹了口气，说道："我此番出行的目的就是为了保证公子的安全，况且，这一次如果让武林盟的人得逞，那么危害的就不仅仅只是我们几人，而是天下百姓。"周弘有些无奈地看着莫云芊，说道："这是我们唯一的办法了，不过……爹只有我一个儿子，我担心如果我……"

"我会帮你照顾将军的，"莫云芊又岂会不知道这一行的意义，"不过……我希望你可以保护好自己，还有晗烟。我希望这一次我们还是四个人一起回去。"

周弘有些无奈地看了看莫云芊，"你一定要保护好公子，如果他遇到危险的话，那么我们之前一切的努力也就都白费了。"

"我会的，"莫云芊一脸严肃地说道："只要有我莫云芊在，我就会全力保证吴大哥的安全，这样吧，我晚一点儿准备好迷药，我和晗烟再好好商议一下接下来的事情吧。"

这三天，整个客栈愁云笼罩，人心惶惶。虽然从表面上看，外面没什么不对，但是吴恩佑四人能明显地感觉到客栈四周危机四伏，暗潮涌动，到处都是窥视的目光！

其他住客惴惴不安，满心惶恐，纷纷猜测：那群人的头领究竟是什么人？看起来势力庞大。这位温文尔雅的公子怎么看都是个与世无争的书生，怎的就与那些人有过节？一时疑团纷纭，吴恩佑成了揣测的焦点。虽有人对被他牵连而心生怨恨，但也不敢得罪他：能与那邦人结怨的自然也非等闲之辈，何况他身边那个男子看上去就是个手起刀落、杀人干净利落的主儿。这几个人，还是敬而远之的好。一时，小小的客栈里居然人人对他们避之唯恐不及。

看着本该安享太平的普通百姓因自己而人人自危，一向"先天下之忧而忧"的吴恩佑心中的自责更甚一分，却也无可奈何，只能按兵不动，耐心地等待最后期限。

人们常说：光阴似箭、日月如梭。尤其是在害怕一件事发生时。三天，很快就到了。

第三天晚上，整个客栈焦躁不安，吴恩佑等人更甚。周弘全副武装，严阵以待，准备随时保护吴恩佑。上官晗烟和莫云芊同样坐立不安，不停地看吴恩佑的动静，气氛十分紧张。倒是吴恩佑自己，依旧泰山压顶，岿然不动。明天，明天就是最后期限了，今夜有多少人将彻夜不眠？

武林盟总坛。

云纹彩画，虎踞龙盘的卧榻前，王建华纤手指正旋着一只碧玉茶盏。悬于大堂中的十二支铜质鎏金灯将大堂照耀得亮如白昼。茶盏半透明的碧色映在王建华白皙的指掌间，将他的指掌也映成半透明的淡青色。

"客栈……还没传来消息吗？"

他又在问身畔的近卫，听不出任何焦急或惊怒，平淡如水，却是今晚第三次发问了。

其实，他的容颜本是俊朗的，若没有那贪婪、奸诈的眼神，怎么看都是一个彬彬有礼而威严不凡的大将。可他的眼神已愈加深沉、阴冷，偶尔露出的浅淡笑意，也泊了层幽冰般清冷着，让人心生寒意。

近卫屈身回答："回主公，还没有。属下这就差人去催促。"

"不用了！"王建华即刻打断，声音已不觉提高。低低垂了眸，他舒缓了口吻，"我不急……不急……"他轻嘲地笑着，缓缓啜着茶，一手扣紧了花梨木的桌案。"三天！"王建华缓缓转动着手中的茶杯，盯着杯中上好的茶叶，眼睛一眨也不眨，却又分明没在看茶叶，似在说给旁人听，似在自言自语，又似是呓语，"时间快到了，明天就是最好的期限……"他此刻的双眸异常的明亮。

晗烟心里七上八下，不停地在自己房里走来走去，只为克制自己不要去打扰吴恩佑。但最终，她失败了。

走到吴恩佑门口，发现门并未关，一眼便能望见吴恩佑正独自立于窗前，仰望窗前皎洁的月色。淡淡的月光倾洒于他身上，孤傲清冷，如绝凡尘。上官晗烟不觉看痴了。像吴恩佑这般武艺高强之人，对别人注视的目光是极为敏感的，还是这样近距离的注目良久。他回头便见上官晗烟正痴痴地望着他，他居然……居然脸红了！"咳咳，晗烟"，他轻声唤道，不知何故，也不知从何时起，每次只要一叫上官晗烟的名字，心里都有股暖流涌过。

"啊？"上官晗烟回过神来，面色羞赧。"嗯，恩佑哥"垂眸轻唤道，不敢看吴恩佑。

吴恩佑似乎什么都不知道，温和地笑笑："进来啊，别站在门口了！你是为了明天的事来找我？"

"嗯。"上官晗烟立刻调整好情绪。话题开始严肃起来。"恩佑哥，你，有把握吗？"上官晗烟小心翼翼地问道，直望进吴恩佑那双深潭般澄澈的明眸，想要从中找到那让自己振作的自信。然而这次，吴恩佑第一次让她失望了。

"晗烟啊，"吴恩佑第一次不敢与上官晗烟对视，是不忍心看到她失望的表情吧。"这次的形势比我们之前所遇到的任何一次都要严峻。不过，我一定会尽我所能，不让无辜的人牵涉其中！"

上官晗烟听出来了，他没有必胜的把握，在毫无把握自保的情况下，他想到的仍然是保护自己身边的人，这便是她认识的吴恩佑，一个有能力成为一国之主的人，一个必定会心怀天下，爱民如子的一代明君。上官晗烟心中一阵酸楚，她眼睛发涩，低头不语。

吴恩佑看了看上官晗烟的神态，笑着宽慰她道："晗烟，放心，我不会让自己有事的。"拍了一下她的肩膀，以示安慰。吴恩佑突然面露难色，似是犹豫了片刻之后，终于下定决心开口："晗烟，有件事，我，我想请你答应我"。吴恩佑可是头一次对上官晗烟说"请"，看来此事非同小可。

上官晗烟立刻回答，"有什么事情便直说好了，只要是我可以做到的，我一定会答应的。"这回答自是在吴恩佑的意料之中。

吴恩佑郑重地说道："如果最后的局面真的到了我们无法控制的

地步……"他停顿了一下，似要下很大决心才能说完后面的话，"你就离开吧，走得越远越好，以你的轻功，想要离开清河应该是没有问题的。"他神色凝重。

"不！"上官晗烟"霍"的一声站起来，险些带翻凳子。她第一次对吴恩佑说"不"，第一次在他面前如此失礼。她哀怨而又坚决地逼视吴恩佑。那眼神，如一个遇人不淑的弃妇看她变了心的丈夫，既委屈又不甘。

上官晗烟的表现也早在吴恩佑的意料之中，吴恩佑拍了拍上官晗烟的肩，以示安抚："晗烟，你先听我说，这一次的事情比我想象中的要严重得多，我不想再牵连更多的人，若是不能保证顺利除去武林盟，那么我们之间，少一个人便会少一分危险。"

"恩佑哥，"上官晗烟定了定神，看着吴恩佑一脸严肃地说道："是，以我的轻功我的确有把握可以全身而退，可是现在面对危险的不仅仅只有我们四人，而是整个客栈甚至日后会牵连整个吴国百姓的安危，你觉得我可能就这样弃大家于不顾吗？若是武林盟的阴谋得逞，那么就算是我人可以安然离开，我也不会安心的。"

"晗烟……"吴恩佑有些无奈地看了看上官晗烟，"我是真的不想让你们……"

"我知道你的用意，但是我想我们之间不会有谁临阵脱逃的。"上官晗烟微微一笑，"恩佑哥，你还记得吗？我曾经和你说过，无论我们面对什么事情，都一定会有解决的办法，你不会是打算放弃了吧？"

看着上官晗烟的坚持，吴恩佑也不好在说些什么了，只是笑着对上官晗烟说道，"晗烟，如果这一次我们可以安然无恙的话，我希望你可以和我一同回宫。"

"恩佑哥，"上官晗烟压下自己心中的酸意，笑着说道："这个我可以考虑一下，不过……还是要等到我们处理好武林盟的事情之后。"上官晗烟笑着说道："所以说，如果想让我和你一同回去的话，那么你就全力对抗武林盟好了。至于其他的事情，我们就先不要想了。"

他们开始行动了，王建华自然也不会闲着。在无尽的等待中，悠闲的姿态终变成了焦躁的表情。他终是急躁的，并未完全蜕变。或者，碰上吴恩佑，他就无法平静。"来人！"语气中有明显的烦躁。

"主公有何吩咐？"

"传我命令，留下一队人马留守总坛，其余人马跟我去客栈！"

"主公不放心穆堂主，要亲自坐镇？"

"吴恩佑绝不可能坐以待毙，他今晚一定会耍什么诡计。若真等到明天，只怕会节外生枝。司徒弈一行诡计多端，我担心穆堂主不是他的对手，还是亲自去看看比较放心。赶快去准备！"

"是！"

片刻之后，大队人马浩浩荡荡向客栈进发。

"见过主公！"穆谦一见忙过来行礼。

"有什么动静？"

"客栈一切正常。"

客栈外，王建华带领武林盟之人将这个客栈团团包围，而客栈内，几人也在紧张地部署着。

从上官晗烟房间中走出的几人神色各异。上官晗烟一脸的从容、平静中透射出英勇赴义的慷慨与悲壮；莫云芊的眼神痛楚、无奈、自责，看向晗烟时流露出不忍、心疼、欣赏和敬意，还有欣慰；周弘则是一脸的严肃谨慎，眼中透出一种异样的坚定。他们要开始实行计划了，必须在天亮以前做完所有的事。

十一　塞北黄沙　送我无尽风华叹

行行重行行，与君生别离

上官晗烟端着一碗热汤，再次走向吴恩佑的房间，她的心前所未有的乱：也许这会是最后一次见吴恩佑吧，今日一别，便是永别。上官晗烟极力让自己镇定，不露出一丝异样，深吸一口气，方才敲门。

"进来。"吴恩佑的声音永远都那么谦和有礼。

"晗烟，这么晚了，还没睡，是有事找我？"

"嗯，我看你这几天一直吃不好，也睡不好，而且明天就是最后期限，担心你今晚睡不好，所以，特地熬了点宁神安眠的汤端过来。"上官晗烟笑着看了看吴恩佑，说道："就算是为了明天那一战，你也要养好精神啊。"

"嗯，好喝，晗烟，看样子你的厨艺不错啊！"吴恩佑笑呵呵地看着上官晗烟，"你究竟还有多少事情是我不知道的啊？"

"恩佑哥，你……"

"嗯？"吴恩佑看了看上官晗烟一脸迟疑的神态，笑着说道："你怎么了，吞吞吐吐的？这可不是你的个性啊。"

"我，能问你一个问题吗？"上官晗烟小心翼翼地说道，同时向他投去探询的目光。

"我想，你我之间是可以直言不讳的。想知道什么？尽管问吧，我一定知无不言，言无不尽。"他把空碗和勺子推到一边，认真地等待上官晗烟发问。

"明天离开之后，你有什么打算吗？"上官晗烟看着吴恩佑认真的样子，笑着对吴恩佑说道："限期将至，我们……"

"离开之后？"吴恩佑想了想，说道："如果这一次可以顺利除去武林盟，那么我当然会回宫了。毕竟我这一次离宫的目的就是为了武林盟的事情。"

"如果……我是说如果我明天会选择离开，你会记得我吗？"上官晗烟抬起头看着吴恩佑，一脸担心地问道："当然，我只是说如果。"

吴恩佑听后心中一惊，猛抬头看她，"晗烟，你有事瞒着我？"

"没有！"她有些心虚，"我只是在想，我们处理好武林盟的事情之后，如果我选择回到师傅身边，你会不会记得我罢了。"上官晗烟微笑着看着吴恩佑，继续说道："何况你不是也说过……算了，我也不过就是问问，其实也没有什么事情。"

"真的没什么事情。"吴恩佑似乎有些怀疑地看着上官晗烟"你……"

"好了，你先回答我的问题好吗？"上官晗烟依旧保持着自己的笑容，对吴恩佑说道。

"我不会让你有事的，我说过，我绝对不愿意看到你受到任何伤害！如果你可以平安离开也是一件好事，而且……我不会忘记我们同行的这一段时间的。"吴恩佑十分严肃，"如果有一天我们真的要分开，那么我一定会记住你的。"

吴恩佑觉得上官晗烟今天怪怪的，可又不知究竟怪在哪儿。正在此时，他突然感到一阵头晕目眩，眼前的上官晗烟在晃动。这是怎么回事？他抚住额头，经验马上告诉他：他被人下药了！可是哪儿来的药？又一阵更猛烈的眩晕袭来，他一个不稳，险些栽倒，慌忙扶住桌子，指尖触到了桌上的空碗，碗！汤！上官晗烟？电光火石之间，这三个词在脑中串联起来。他强撑着抬眼望向上官晗烟。他已看不清上官晗烟的表情，却见烛影摇曳下，她泪光点点，盈盈于睫，泫然欲泣。再无思考，吴恩佑轰然倒下，伏在桌上，人事不省。

　　上官晗烟再也忍不住潸然泪下，但她明白，现在不是伤心的时候。拭去泪水，她把吴恩佑扶到床上，轻轻用近乎贪婪的目光最后一次看他，要把他深深地刻进心里。看着这一段时间以来朝夕相处、生死与共的男子，她的脑中迅速闪过一幅幅画面，从初始的那个意外之吻开始，一点一点、一滴一滴……

　　随着回忆，她的表情不断地变换着，羞怯的、恼怒的、矛盾的、不甘的、惊喜的、伤心的、担忧的、吃醋的、甜蜜的……我们总是以为还有以后，可是却从未想过，这一错，可能便是永远……

　　上官晗烟叹了口气，平静好自己的思绪之后，对门外的几人说道："你们进来吧。"

　　在门外早已等得心急的几人四下看了看，确定没人，迅速闪进门，关上门，三人立即忙碌起来……

　　原本皎洁的月色不知何时变得朦胧、暗淡起来，夜色中已辨不清事物。正是：月黑风高夜，杀人放火时！

　　守在客栈外的王建华越来越烦躁：都快三更了，怎还不见动静？难道自己估计错了？不可能！他们不可能不有所行动。他们到底打什么注意？

正在心焦不已时，听得耳边一声急促又惊喜的低呼"主公！"一近卫示意王建华往客栈门口看。

只见黑魆魆的大门内闪出一个黑影，此人身手矫健、动作敏捷，出了大门径直向西而去。虽看不见他的脸，但从身形以及背后模模糊糊的兵器可以断定那是周弘！

"追！"穆谦低声命令手下。

"慢！"还不等有人领命，王建华便已出声喝止。

"主公？"穆谦及一干人等皆疑惑地望向王建华。

王建华不慌不忙地说："让他走，不必理会！"他对周弘的离去似毫不在意。

所有人都是大惑不解。

"我知道你们在想什么"，王建华扫视了一圈，慢悠悠地开口，"周弘此去必是去搬救兵，若他成功地招来大军，我们就会前功尽弃，甚至赔了夫人又折兵！你们是这么想的吧？不过……他就算是最近的冀州，一来一回怕是也要用上四五天的时间，到时候就算是他找来救兵，也是于事无补了。何况，既然周弘可以离开客栈，那么他们为什么不在刚刚开始的时候便去找救兵，而偏偏要等到现在？我担心这是调虎离山计。"

这群人如遭雷击：这么简单的道理他们居然没想到！

躲在客栈中的上官晗烟和莫云芊看到王建华没有派人去追周弘，不由一笑，"看来王建华是聪明反被聪明误啊。"上官晗烟笑着看了看自己身边的莫云芊，说道："这样的话周大哥就有可能接到那些人进入清河了。"

"接下来就看我们的了。"莫云芊微微一笑，对上官晗烟说道："无论如何，我们都要万事小心，成败就在今天了。"

一盏茶的工夫后客栈大门内又有黑影闪出，这回不是一个，而是三个！黑夜中只能辨认出他们的身形，中间那个，身姿挺拔，矫健颀长，分明就是吴恩佑！他一左一右拉着的两个人，两个人窈窕纤细应为女子，无疑是上官晗烟跟莫云芊。三人向东疾步而去，与周弘相反的方向！

"主公真是料事如神！果真是他们的调虎离山之计。"

作为武林盟的主导者，王建华的确是心细如发、思维缜密。只不过，几人早便已经知道了那王建华多疑的个性，周弘的独自离开，不过是几人计划中的一部分罢了，由此看来，那些兵马应该很快就可以到了吧。

"留下一队人马继续盯着客栈，其余人等，追！"王建华的双眸在黑夜中异常的亮，闪耀着兴奋的光芒：终于等到这一天了，终于要正面交锋了！王建华真的是滴水不漏，明明已经看到四人均已离开客栈，还要盯住那里，以防有诈，不给几人一丝机会！

吴恩佑轻功卓绝，加上有夜色障蔽，虽带着两个人，却也没被追上，但也没那么容易甩掉后面的尾巴。大概两个时辰后，天微微有一丝发白，吴恩佑望望天边，望望身后的追兵，再望向客栈的方向，嘴角居然扬起一抹欣慰的笑意。他抹了一把额头上的汗，平缓了一下有些紊乱的气息，然后果断地与身边的二人分开，独自前行。

王建华一行人追到此地之时，看到的确是之前几人换下的衣服，而早已不见踪影。王建华看到的上官晗烟和莫云芊，均为上官晗烟找来的帮手，江湖之中轻功卓越之人自然不在少数，对于她们而言，想要在武林盟之人毫无察觉的情况下进入客栈并不是难事。

这是怎么回事？

"快！赶快带两队人马返回客栈，一定要抓住他们几人！"还是王建华反应快。

且看客栈。

王建华带队离去不久，留守的那一队便开始松懈下来。他们是一队新兵，迫于生计才加入武林盟的，自然没有王建华的亲信所带的那几人那般谨慎，也就自然成了最好对付的人，现在大家的任务便是保证客栈中众人的安全。

正当他们在各抒不满时，原本漆黑一片的客栈突然灯火通明，混乱起来。接着，住客三五成群地走向大门。

这队士兵立马上前堵住门口，查看情况，"你做什么？"看到有人走向门口，那一行人的头目有些谨慎地问道。

"这位大爷，您行行好，放我们走吧！我们有天花，我们要出去找大夫"。一个中年女子靠近那些把守客栈的人，有些虚弱地说道。

"天……天花！"那头目惊得倒退几步。

"是，我们刚发现不知怎么竟染上了天花……"

"求你行行好，放我们走吧，我家中上有老下有小……"

"放过我们吧……"

"我们只是些老老实实的庄稼人……"

七嘴八舌乱成一片，还有人特意把自己的脸指给他们看，有人捋起袖子，露出手臂，有人在咳嗽……

面对这突如其来的状况，那队士兵一时没了注意，仅余对天花的恐惧。

"大哥，怎……怎么办？"那头目旁边的一个年轻人满眼惶恐地问道。

"大哥，要不，咱们撤吧。"有人提议。

"万一有诈怎么办？主公怪罪下来，我们谁也担待不起！"想到主公对付办事不利之人的手段,他打了个寒战。

"大哥,还能有什么诈?要杀的,要抓的,都跑了,咱待在这鬼地方只能是喝西北风!"

"是啊,大哥,立功受赏是别指望了,可千万别染上这东西啊!"

"大哥,走吧,咱加入武林盟可不是为了立大功,做大官,都只想混口饭吃,可别饭没吃上,把命搭这儿了"。

"大哥,走吧"

"大哥"

"大哥"

……

"好了,撤!"一声令下,一队人马立刻作鸟兽散。

客栈众人终蒙大赦,全都逃之夭夭。

在这群人里,有两个与众不同。一个瘦瘦的大胡子扶着一个看似熟睡的中年汉子离开众人,往不同的方向走去。没走多远,大胡子从一棵大树后找出一辆事先藏好的马车,吃力地把那汉子扶上去,自己驾车,在夜色掩映中绝尘而去。

当王建华遣回来的两队人马赶奔回客栈时,那里早已是人去楼空。

看王建华这边,他仍在追击吴恩佑。天边已渐渐发白,双方依旧是若即若离,仿佛吴恩佑是有意在吊着他们。但最终,他们还是追上了,或者,根本就是吴恩佑停下来等王建华,他们之间,该有个了结了。

"司徒弈,不要再作困兽之斗了,纵使你神功盖世,也终究是寡不敌众,我劝你还是放弃好了。司徒弈,你不要觉得你的那些朋友可以逃出去,客栈那面我一直派人把守,他们几人早便是插翅难飞！"追至一处悬崖边，王建华看着无路可走的吴恩佑，一脸得意地说道。

吴恩佑仿佛没听见一般，只是恨恨地瞪着王建华，旋即拔剑出鞘，直取王建华的颈脖。

"保护主公！"王建华两边的人飞身上前，挡在两人中间，与吴恩佑交上了手，双方兵戎相见，短兵相接。

吴恩佑手中长剑上下翻飞，左推右挡，很快撂倒一片，正要直袭王建华，又有一批人涌了上来，王建华则在一旁悠闲地观战，如看擂台比武。一番激战过后，吴恩佑也是有些疲惫了，他只注意与身旁的人近身格斗，却无法关注背后。几支冷箭已在身后的草丛中悄无声息地对准了他。"嗖、嗖"的几声，几支箭同时射出。吴恩佑听闻背后利箭破空之声，便知缘由，急速回防，箭已到面前。他以左手挡开一支，右手长剑击落一支，正要击落第三支时，身旁有人偷袭，就在他回头防身之际，那支箭直直射进右肩，他仿佛听见了箭簇与骨头摩擦的声音，那锥心的疼痛虽不至于让他惨叫出声，但剑险些脱手。还未及看一眼肩上的箭，腿上又是一阵钻心的疼，腿也中箭了！他一个趔趄，险些跪倒，背后的一箭更是让吴恩佑几乎无力坚持下去。王建华嘴角扬起一抹邪恶的笑意：猎物终于要到手了！"抓起来！"

眼看着王建华的手下越来越逼近吴恩佑了，正当王建华认为吴恩佑已是瓮中之鳖，插翅难飞之时，却见眼前一亮，刀光乍现，晃得人睁不开眼。还没看清发生什么事，就听见"啊、啊、啊"的几声惨叫，只见那几个最逼近王建华的人已悉数横尸面前，个个都是被一剑割断了脖子，连还手的机会都没有，应该是都还没来得及看清对手。而且，来人是同时割断几个人的脖子！此人的剑法实在威猛无比！王建华知道这个坏他大事的程咬金是谁了。待看清来人之后，王建华不由一惊，此次前来的不仅仅只有周弘一人，而是他身后为数不少的冀州兵马和江湖中人。

"怎么可能？"王建华有些惊讶地看着众人。

"王建华，你这是作茧自缚！今天你的死期到了。"周弘一脸杀气地看着王建华，狠狠地说道："各位，给我上！"

随后周弘看了看正在恶战的几人，急忙跑到吴恩佑身边："公子，你怎么样？"

"我……"吴恩佑似乎有些难以坚持下去，"你去帮他们吧，不要管我。无论如何都要保证你们可以全身而退。"

一阵更猛烈的箭雨袭来。吴恩佑手中长剑上下翻飞，运剑如风，周弘长剑舞得虎虎生威，泼水不入，箭是击落了，但他们身上又添了刀伤、剑伤。

眼见自己大势已去，王建华竭尽全力跃向吴恩佑，聚全部内力于掌心，全力击向吴恩佑……

"要是明天我出事了，你会记得我吗？"

"会，我会记住你，一生一世，永远永远……"

对自己来说，这是最好的结局，不是吗？自己是如何被王建华的一掌击中的，他不知道，也不知道自己被震退了多少步，他只感到丹田有一股甜甜的，又带着腥味的液体向喉咙挤压过来，最后从嘴里喷涌而出，是红色的，很美，很有诱惑力的颜色，艳丽而又妖异。他感觉现在双脚已悬空，整个人飘起来了。那种感觉真好，真轻松，没有任何束缚，自由地翱翔，尽管现在不是在翱翔，而是在急速下坠。他抬头望向天，蓝天白云比任何时候都美，那白云慢慢会聚成父母的样子，一如生前那般对他慈爱地笑着，好想他们啊。

不过现在好了，终于要一家团聚了，再也不会分开了。他甜甜地笑了，闭上眼，静静地享受生前最后的快乐。

"公子！"一声撕心裂肺的大吼响彻云霄。周弘已飞至崖边，但还是晚了一步。他跪在山崖边，伸出手，眼睁睁看着吴恩佑离他越来越远，似乎连身畔的厮杀声一开始也有些不真实起来。

听到周弘的声音，吴恩佑猛然睁开眼，拼尽全力对他高呼："快走。保护好'他'！"接着下面传来一声巨响，片刻之后，山下又恢复了原本的宁静，似乎刚刚的一切都没有发生过。

"主公！"听到背后的哀号，周弘回头，见被众星捧月的王建华面色惨白，在众人的刀剑下结束了自己罪恶的一生。

周弘知道现在还不是伤心的时候，而且此地不宜久留。他站起身，又低头看了一眼吴恩佑坠落的地方，随后迅速离去。只是在转身的一刹那，他泪流满面，在心里暗暗发誓："晗烟，你放心，我绝对不会让你白白牺牲的，我向你保证，我一定会以生命来保护公子的，一定！"

那坠入万丈深渊的是易了容的上官晗烟！

……

与此同时。

"恩佑哥，恩佑哥。"吴恩佑睡得迷迷糊糊的，似听见耳边有声音，睁开眼，却是上官晗烟正站在他床前。她一言不发，只是满眼不舍地看着他，一直在流泪，梨花带雨，我见犹怜。月光下，却见她全身是血！

吴恩佑一惊，掀开被子坐了起来，"晗烟，你怎么了？怎么那么多血？你受伤了？"正要伸出手去查看她的伤势，上官晗烟向后飘去，那么轻逸，那么空灵，似毫无重量，毫无生气。吴恩佑心头一紧，他似乎感觉不到她的存在，因为她实在太像一抹幽魂了！这个想法太可怕了。他立即起身下床，站起来，正要走向上官晗烟，她先开口了："恩佑哥，别过来。现在，什么都别说，听我说。我是来向你告别的"。

"告别？你要去哪儿？为什么要走？发生什么事了？你告诉我！"一听到"告别"二字，吴恩佑心里没由来的一阵慌乱，他不愿上官晗烟离开他，甚至害怕她离开，而且，他隐隐感觉她这次离开会跟以前不一样，好像会一去不回。

"去一个很远的地方，再也不回来了。恩佑哥，以后我不能在你身边了，你一定要保护好你自己。"这话听得吴恩佑全身发冷。

"晗烟，你要去哪儿？到底发生什么事了？"他走上前想要抓住她，她又向后飘去，飘出窗外，然后，竟似雾气一般，越来越淡，最后，消散了。天际传来一声缥缈又带着泣音的"恩佑哥，永别了，珍重！"

"晗烟！晗烟……"吴恩佑伏在窗口，徒然地伸出手，想要抓住那渐渐消散的雾气。

"晗烟！晗烟！"吴恩佑大叫着，从噩梦中惊醒，却惊见自己正死死拽着一个人的衣襟，那人正痛苦地挣扎着。他忙松开手，坐了起来，一拱手，"这位仁兄，你没事吧？在下适才冒犯了，但并非有意，你还好吧？"

吴恩佑这才看清坐在他床边的人，是个陌生的大胡子，正在剧烈地咳嗽，看来自己刚才拽得太紧，他被衣襟勒到脖子了。吴恩佑立即下床给他顺气："好点没？"他终于不咳嗽了，只是大口大口地喘着粗气。

"吴大哥，你想做什么啊？"

"你……你是……"他睁大眼睛，仔细看那人的脸，却是徒劳，他脸上找不出一点属于莫云芊的特征。"云芊，你怎么成这样子了？"

"当然是易容了。不光我，你自己也是"。

"我？"吴恩佑忙伸手摸自己的脸，摸不出什么。

"看看吧。"莫云芊递过一面铜镜。

吴恩佑接过来一照，一个陌生的中年汉子，还真是面目全非，自己都认不出来了。

"云芊，这怎么回事？"

"当然是为了让你逃出来，才把你弄成这样的"。莫云芊有些无奈地叹了口气。

听到莫云芊的话，吴恩佑想起刚才的梦境。急忙问道："晗烟她人呢？我刚做了个噩梦，梦见晗烟全身是血，跟我告别，说什么去一个很远的地方，不回来了，永别了，还叫我珍重，然后她就消失了，太可怕了。云芊，晗烟在哪儿？"

想起上官晗烟，莫云芊皱起眉，一言不发。

"怎么了？不会真是出事了吧？"吴恩佑的心提到嗓子眼儿了。

"这个……我也不知道。"莫云芊有些不敢看吴恩佑的眼睛，只是低着头说道："我的任务只是负责把你安全地带离清河，至于其他的……我也不清楚。"

"我们现在在什么地方？晗烟和周弘呢？"吴恩佑看了看四周，发现没有上官晗烟和周弘的身影后急忙问道。

"我们现在是在冀州城外的清风寨，这都是晗烟安排的。"莫云芊看了看吴恩佑，继续说道："晗烟找来了自己在江湖上的朋友帮忙引开王建华的人，至于周弘……"莫云芊叹了口气，继续说道："周弘是去带冀州的兵马和那些过来帮忙的江湖人士进入清河，以便于彻底除去武林盟，现在他们两个人应该都还在清河。这……便是我们的计划。"

"什么？"吴恩佑再也无法保持一贯的处变不惊，几乎是跳了起来，"云芊，快把事情的来龙去脉告诉我"。

"事情经过是这样的。那天，晗烟从外面回来之后我们便开始商议接下来的计划，她的迷药也是我给她的。"莫云芊说出了这件事情的来龙去脉。

"金蝉脱壳。"上官晗烟看了看莫云芊和周弘，笑着说道："我易容成恩佑哥的样子，以此引开武林盟的人。"

"你这么做实在是太危险了。"周弘看了看上官晗烟，严肃地说道："这件事情还是我来做吧，起码我的武功比你好，全身而退的可能性也更大一些。"

上官晗烟摇了摇头，"以我的轻功，想要引开武林盟的人应该不会成问题。我想武林盟之中轻功较高的人应该不在少数，若是被人识破，那么我们便前功尽弃了。"上官晗烟看着周弘，继续说道："周大哥，我还有更重要的事情麻烦你去做。我之前去找冀州太守借兵，他们的兵马会在三天后的三更在清河县外集合，到时候你去接他们。"

"如果武林盟的人看到周弘离开，一定会想到他是去搬救兵的。"莫云芊有些担心地说道。

上官晗烟微微一笑，"你们先听我说，让周大哥去就是为了防止武林盟的人会派人拦截，论武艺，我们几人之中也就只有周大哥可以和武林盟的人抗衡，而且由周大哥亲自带兵，我想清河县的守卫也不敢阻拦。"上官晗烟看了看几人，一脸自信地说道："不过我有把握，武林盟的人不会去追周大哥。"

"王建华是一个极其自负的人，"周弘听完上官晗烟的话，了然地一笑，"我离开，王建华定会觉得这是我们的调虎离山之计。"

"没错。"上官晗烟微微一笑，"不过我们也不能孤注一掷。"

"你还有后招？"莫云芊有些奇怪地对上官晗烟说道。

"这几天会有一些江湖中人分批进入清河，"上官晗烟说道："若是我们没有办法顺利地把那些兵马带入清河，那么还有这些在清河县内的江湖人士出面帮忙，就算是不能铲除武林盟，起码也可以保证清河县百姓的安全。"

"那我呢？"莫云芊有些疑惑地看了看莫云芊。

"把恩佑哥带离清河，还有……"上官晗烟顿了顿，对莫云芊说道："保证整个客栈众人的安全。所以到时候你一定要万分谨慎，若是有半点儿差错，那么很有可能会让这儿的所有人赔上性命。"

"我会万事小心的。"莫云芊看了看上官晗烟，一脸严肃地说道："一会儿我们去和客栈中的客人们说明我们的计划。我们一定要得到那些客人的配合这个计划才能实施。"

……

"我们几人约好，如果……如果五日之内周弘和晗烟还没有回来，那么我和清风寨的人便会一路护送你回京。"

"不行！"吴恩佑从床上起来，对莫云芊说道："我要回去找他们。"

"吴公子，我知道你担心他们，但是我也担心他们，但请你想想，他们为什么那么做？你是吴国的皇子，更是吴国未来的希望，你的命比任何人都重要，你不可以有任何闪失，否则，你让吴国万千子民何以自处？你不只有周弘和晗烟两个朋友，你更有吴国千千万万的黎民，你要为他们想想啊，安皇子为人阴狠毒辣，从这一次

225

十一　塞北黄沙　送我无尽风华叹

的事情上便可以看得出来,若是他登上皇位,那么受苦的便是千千万万的黎民百姓!因此我们不能让你冒险。"莫云芊的话如一记重锤,重重击在吴恩佑心上。

是啊,他不仅仅是吴恩佑,更是司徒弈,是吴国的皇子,他还有着无数的重担,不能为自己决定的事实在太多了。第一次,他讨厌自己的身份!

"吴大哥,对于这一次的事情我们已有了全盘计划,一切都是依计行事,自然也包括我们出现在此地。他们行事向来有分寸,"看到吴恩佑的坚持开始有了些动摇,莫云芊继续说道:"你要知道,牵一发而动全身。他们若是没有万全的计划不会贸然行事,可是你若是再回到清河县,怕是会打乱了周弘和晗烟的全盘计划,这样的话不仅仅是你有危险,他们也会……"莫云芊顿了顿,继续说道:"我也在担心他们的安危,但是,为了他们的安危考虑,我们也要好好在这儿等下去啊。"周弘和上官晗烟,一个是自己爱着的人,一个是自己最好的朋友,莫云芊又怎么可能不着急。现在的莫云芊比吴恩佑更清楚周弘和上官晗烟有多危险,因为上官晗烟托付了她另一件事,她还瞒着吴恩佑,她希望这件事永远都不用做只是知道。

听完莫云芊的话,吴恩佑也平复了自己的心情,说道:"是我一时大意了,我们还是在此地等等消息吧。"

等人真的是一种折磨,何况是这种情况。吴恩佑倍感度日如年,每一刻都是一种煎熬。一个个的夜晚就在紧张和彻夜不眠中度过了,终于到第五天了,约定的日子!从黎明时分开始,吴恩佑的每一根神经都像搭上了弦的箭,一触即发,就这样挨到黄昏仍没消息,依上官晗烟和周弘的速度,他们早该到了,莫非……不会的!一定不会!

入夜，莫云芊一脸激动地冲进吴恩佑的房间。吴恩佑忙向他身后看去，只见周弘行色匆匆而来，风尘仆仆，他面色憔悴，一脸的疲惫，一身衣服还被刮破了不少地方，看来是马不停蹄地赶路，才五天不见，他瘦削了不少，面庞愈加显得坚毅、冷峻。看到周弘总算是安心了，再往他身后望去，却不见上官晗烟。与这个从小就跟着自己的兄弟劫后重逢，吴恩佑此刻的心情是别人无法体会的。他又看看门外，依旧不见上官晗烟，这颗心就无法彻底放下。

"周弘，晗烟呢？"他殷切地看着周弘。

周弘一言不发，只是眼圈已微微泛红，他没有看吴恩佑的眼睛。

见他这样子，吴恩佑稍稍放下的心又悬了起来："周弘，不管发生什么事，告诉我！"难道那个梦是真的？

周弘依旧三缄其口，只是眼圈更红了，他真的无法启齿。最后，他抿了抿双唇，握了握拳头说道："公子，请节哀！"然后低垂着头，再不言语。

这五个字真的是晴天霹雳，真的是五雷轰顶，吴恩佑只觉得瞬间天塌地陷，头晕目眩，眼一花，腿一软，整个人就跌坐下去，幸好周弘眼疾手快及时扶住他，吴恩佑才没坐在地上。

"公子，请保重身体！"

吴恩佑却充耳不闻，目光空洞如偶人，一边的莫云芊则是满眼泪花地看着二人。

"公子，我没有保护好晗烟，请您降罪。"

吴恩佑终于有反应了。他转过脸，低下头，偶人般涣散的眼神好久才重新聚拢，汇集到眼前跟随自己二十余年的兄弟身上，慢慢伸手扶他起来，低低地说道："周弘，虽然我没有看到当时的情形，但我知道你尽力了，我又岂能加罪于你？""周弘，告诉我，晗烟究竟是怎么……"虽不愿面对,但还是要知道,只是,那个字,无论如何无法说出口。

"我带兵赶去的时候,她已身受重伤,正被王建华的人围攻……后来,王建华偷袭我们,晗烟被打下悬崖……"回忆起这一幕,周弘觉得心上有无数根针在扎,眼眶又湿润了,他硬将泪水憋了回去。

"掉下悬崖?那岂不是连尸体都没了?"莫云芊真的崩溃了。

"周弘,晗烟当时伤势如何?依你看,有没有,有没有逃生的可能?"哪怕只有一线希望,也绝不放弃!

"晗烟身上多处受了刀伤、剑伤,又身中数箭,失血过多,最后中了王建华一掌又吐血了,加之那悬崖很深,生还的可能……"他说不下去了,但是,他不愿让吴恩佑绝望,接着又说:"不过我相信,晗烟她吉人自有天相,没见到尸体我们就还有希望!"这其实也是在说服自己。

"好!"吴恩佑看了看周弘和莫云芊,说道:"那悬崖四周所有城县大小官员即刻带人寻找,另外,这个山林所有地方都要严密巡查,只要晗烟还活着,我一定要找到她!一定!"这话不但是对自己说的,也是对不知身在何方的上官晗烟说的,"还有,派人带兵彻底清剿各地武林盟的余党,冥顽不灵者,杀!"吴恩佑那双永远只有宽容和仁慈的星眸里除了悲伤、内疚,第一次浮现出这么森冷的杀气。唉,恸哭六军俱缟素,冲冠一怒为红颜!

吴恩佑从头至尾都背对着周弘,一动不动。屋里陷入了沉默。良久,一阵风吹进来,火苗跳动了几下,昏暗的灯火在挣扎着闪了几次之后终是熄灭了,整个屋子陷入了一片黑暗,正如众人此刻的心境。那黑暗让人窒息。

周弘摸索着想要取出火折子重新点上灯,却听见沉默许久的吴恩佑开口了,"算了,你们都出去吧,我想一个人静一静。周弘,你身上还有伤,好好休息一下吧。"

周弘和莫云芊离去之后,吴恩佑拖着千钧重的步子挪到窗边。天边挂着的是一弯残月,月色迷蒙,跟梦见上官晗烟来告别的那晚一样。这一路上的一幕幕也都重新涌上了自己的心头,当自己真真切切地看清了自己喜欢的人究竟是谁的时候,那个人却已经离她而去。想着想着,他感觉脸上有凉凉的东西滑落,一摸,是满脸的泪水。丈夫有泪不轻弹,只因未到伤心处。

吴恩佑下令的第二天,探子传回了消息:王建华一死,武林盟就起了内讧:先是各元老为了夺权互不相让,各自为政,已分裂成几派;再是长期受压迫的那部分人纷纷要求脱离武林盟,与王建华的亲信派发生冲突,各部已是剑拔弩张。这邦乌合之众已是四分五裂,眼下正是剿灭他们的最佳时机!

武林盟的事完全平息已是一个多月之后的事了,上官晗烟依旧音信全无,几人不得不承认:上官晗烟是真的不在了!

那日,莫云芊一脸无奈地看了看吴恩佑,说道:"这是晗烟留下的,她说过,若是这一次她可以全身而退,那么我便把这个还给她,就当成一切都没有发生过。如果她真的不能回来,让我把这个交给你。"

吴恩佑一脸悲切地接过了莫云芊手中的布包,一个普普通通的布包,在吴恩佑的手中却重似千金,那布包中包的是上官晗烟一直随身佩戴的玉佩,还有,一封信⋯⋯

那一刻,他终于看清了自己的心。上官晗烟早已在不知不觉中融入了他的生活,他的生命,他早已在不知不觉中习惯了她的存在,已经离不开她了。她的一颦一笑都成了他生命中最明媚的一部分,不可或缺的一部分。倘若她现在还在他身边,他一定紧紧抓住她,绝不放手,让她陪着自己,直到海枯,直到石烂,直到地老,直到天荒,只要她愿意!可是,这只是一个"倘若"。

清河的街上依旧是熙熙攘攘的人潮,似乎之前武林盟的事情并没有对这个地方有任何影响,各式各样的人都有,唯独没有停留在心间的那道身影。

几经回转,几多徘徊,恍若穿越了生生世世,看着命运在眼前流过,逝去。周遭的人群似乎静止了,只有自己如陀螺一样在那茫然旋转着,抓不住支点,找不到目标。阒黑的瞳眸渐渐染上一层层的失落,直至如井底之水,平静无痕。

人,对于自己拥有的东西往往会觉得理所当然,更会理所当然地忽视,以至于常常要在失去的时候才能明白它的珍贵,只是,不知那时是否为时已晚……花开堪折直须折,莫待无花空折枝。

十二　云中烛火　顾盼依稀如昨【完】

恩佑哥：

当你看到这封信的时候，我想我已经离开了，只是我没有想到，答应师傅回来帮忙，这看似寻常的选择竟然会改变了我的一生。

我是真的很想继续陪着你们一同走下去，我真的很希望可以和你一同回宫，但是我想我是做不到了。其实大家说得没错，这一路上，我也不知道是什么时候开始被你吸引的，也许是初遇时的那次交流，我看出你是一个胸怀天下之人，就像师傅说的，你是一个帝王之才。或许是因为在冀州的那一段经历，你的照顾和关怀让一直没有安全感的我感受到了许久未曾感知的温暖。不过，从现在来看，一切都已经不重要了。

他日你若是得以登上帝位，那么一定要继续你一心为民的品质，为天下百姓营造一个太平盛世，一个属于他们的太平盛世，这是我最希望看到的事情。

恩佑哥，以后应该也不会有人这么叫你了吧？忘了晗烟吧，去继续属于你的生活，我们之间经历的一切，就当成是一场梦，好吗……

十年生死两茫茫，不思量，自难忘。千里孤坟，无处话凄凉。

今天是上官晗烟的生忌。司徒弈一身素衣独自来到王陵，连随从都没带。王陵气势恢宏,威严气派而又庄严肃穆,尽显王家风范。此时正值烟花三月、草长莺飞之际,陵园里桃红柳绿、鸟语花香。然而,这春意盎然的景象却衬得司徒弈此时的心境越发的荒芜与苍凉。

已届不惑之年的司徒弈已不复当年的俊逸潇洒与神采飞扬,取而代之的是沉稳刚毅与成熟沧桑,以及令人莫敢仰视的君临天下、唯我独尊的霸气。这是十年朝堂历练的结果。然而此时此刻,最明显的是他双眸中与此情此景格格不入的自责与悲痛。

白衣的司徒弈立于王陵外。海上秀影,不如他超凡脱俗;仙家白鹭,不及他风度翩翩。远处湖山,襟怀清旷,却比不上他回眸一笑。绿云影里,明霞织就,海棠花树,仿佛千重文秀,却被一袭素袍的司徒弈轻易压倒。天边幻红如火的朝霞,已被阳光破开,大片金红的光芒,迅速将大半个天空染透,如一匹灿着红光的锦缎,拂拂欲下。在这锦缎中司徒弈凛然而立,肩背挺直有力,神色肃穆沉静,眸光悲戚从容,自然便有了一种让人折服的气度。只是他此刻眸深如水,雾气迷蒙,不见原先的清远深邃。

他支开守陵人,独自步入自己父皇的陵寝,步履沉重地走到父王墓前祭拜一番,而后心情沉重地看着一旁的另一个墓碑。

十年了,碑文他看过很多次,但依旧会刺痛他的双眼。"倩女上官晗烟之衣冠冢 吴恩佑立"。"衣冠冢",这三个字是对他最尖锐的指责与嘲讽:上官晗烟是替他死的,可他却连她的尸首都找不到,只能为她立个衣冠冢。上官晗烟为他可以做任何事,可他为上官晗烟做过什么?

他已记不清当年写碑文时是何等的悲痛,只知道十年来,每次看到墓碑依旧心痛,那种刻骨铭心的痛非但不因时间的流逝而减轻,反而与日俱增。谁谓"时间可以冲淡一切"?

犹记当时的彷徨,他不知该在墓碑上写什么,该如何称呼她,她究竟算他的什么?不是没想过追封,可是封她为什么?郡主?公主?御妹?这些称呼他自己都觉得心酸,更别说九泉之下的上官晗烟,上官晗烟也不会在乎这些虚名的。算了,就写"倩女上官晗烟之衣冠冢"吧。立碑人是吴恩佑,于她,他只是她的恩佑哥,与司徒弈,与吴国的皇上无关。就写"吴恩佑立"。这便是眼前的墓碑"倩女上官晗烟之衣冠冢　吴恩佑立"。

轻抚着墓碑上"上官晗烟"四个字,恍惚间,耳边又传来一声甜甜的"恩佑哥",上官晗烟的一颦一笑再度浮现在脑中。多少个夜晚,上官晗烟如花的笑靥与他梦中相会,仿佛触手可及,却又可望而不可即。司徒弈自嘲像楚襄王梦巫山神女,都只是虚无缥缈的梦啊。

望着眼前冷冰冰的墓碑,他不知该对上官晗烟说些什么。或许是因为十年来想说的话都已说过,或许是想说的实在太多,不知从何说起,抑或是无须多言,只要一个眼神,他的心思上官晗烟便已明了。司徒弈自己也不知究竟从何时起,他与上官晗烟之间的默契竟然超过周弘,他信任上官晗烟甚至胜过周弘。可这个女子却再也不会出现在自己的身边了。

"今天……"周弘看了看自己身边的莫云芊,说道:"不知道皇上怎么样了。"

"还能怎么样?十年了,每到晗烟的生死忌两日,皇上就一定会在王陵待上一整日。"莫云芊有些无奈地看了看周弘,说道:"你说,如果那一天我们阻止晗烟的话,是不是一切就都不一样了,起码我们还是会在一起。"

"晗烟……"周弘叹了口气，说道："她的个性你也是知道的，她当时已经做出了决定，那么就算是我们再怎么小心谨慎，怕是……都留不住她。"

"我真的很想她，"莫云芊叹了口气，说道："如果那天的事情没有发生，那么我想她也会很幸福的，只是可惜，现在一切都回不去了，我们……都已经不复当年的年少轻狂，你知道吗？如果可以，我宁愿希望晗烟和皇上从未相识，那么他们二人就都不会有那些痛苦和纠缠了。"

再度忆及他们之间的点点滴滴，思绪飞回到多年前的那个初遇的日子，跟现在一样的繁花似锦、风清气爽……